강하고 아름다운
할머니가 되고 싶어

강하고 아름다운 할머니가 되고 싶어

김슬기 장편소설

클레이하우스

아직까지는 날씨가 참 좋네요.
이 평온이 얼마나 갈지는 모르겠지만,
저는 폭풍이 두렵지 않아요.
제 배를 모는 법을 배우고 있으니까요.

―루이자 메이 올컷(소설가)

차례

내 목숨을 구하러 온 저승사자들 … 9
혀뿌리가 아릴 정도로 달게 사는 것이 인생! … 45
비가 내리면 우리는 훌라를 추지 … 167
당신과 꼭 닮은 내가 여기 있다 … 269
지난날의 내가 오늘의 나를 강하게 만든다 … 325

작가의 말 … 364

내 목숨을 구하러 온
저승사자들

1

 여자는 한 손에는 아이를 안고, 다른 한 손으론 현관문 손잡이를 잡고 있었다. 노려보는 눈빛에 피곤과 짜증이 뒤섞여 있었다. 걸음마도 못 뗀 것 같은 작은 아기가 여자의 품에서 칭얼대기 시작했다.
 "초인종 밑에 아기 있으니까 누르지 말라는 말 못 봤어요? 그리고 인터폰으로 배달 안 시켰다고 말씀드렸는데도, 왜 자꾸."
 배달 봉투에 붙어 있는 영수증을 다시 살펴보기 위해 고개를 숙였다. 복도 조명이 어두워 잘 보이지 않았다. 짙은 필름지를 붙인 헬멧 실드를 반쯤 올렸다. 굵은 펜으로 영수증 위에 휘갈겨 쓴 글자를 대강 확인하곤, 달칵 소리가 나게 실드를 도로 내렸다.

"501호 맞는데요."

목소리를 최대한 낮게 깔고, 작은 목소리로 말했다. 여자 배달 기사라는 걸 굳이 드러내는 행동은 하지 않는 게 습관이었다. 얕잡아 보거나, 연민하거나. 둘 다 유쾌하지 않을뿐더러, 때론 위협적인 상황에 놓이게도 했다. 여자는 나를 다시 한번 아래위로 훑는 듯하더니, 한숨을 푹 쉬고 조금 누그러든 목소리로 말했다.

"저기요, 언니. 501호가 저희 빌라에만 있냐고요."

"죄송합니다."

미안한 마음은 눈곱만큼도 없었지만, 여자의 심기를 더 건드리기 전에 사과했다. 그건 살면서 내게 남은 유일한 장기 같은 것이었다. 여자는 내게 눈을 흘기면서 문을 닫기 시작했다. 배달 주문자가 주소를 잘못 입력하는 경우도 많았기에 이번에도 그런 일이라 생각하며 뒤를 돌아 계단을 따라 내려가는데, 나를 부르는 소리가 문틈 사이로 날카롭게 번져 나왔다.

"배달 언니!"

여자의 목소리에 아기가 놀랐는지 울기 시작했다. 여자는 불과 몇 초 전의 표정과는 사뭇 달라 보였다. 양손으로 우는 아이를 흔들고, 등으로는 닫히는 현관문을 밀면서 문틈 사이로 오른발 한쪽을 내밀었다. 발레리나처럼 유연하게 발목을 꺾어 발끝으로 어딘가를 가리켰다.

"제가 보다시피 사정이 좀……. 기왕 다시 내려가시는 김에 입구 바로 옆에 공용 쓰레기통이 있거든요. 이것만 부탁 좀 해요."

아이가 몸을 뒤로 꺾어가며 자지러질듯 울기 시작했다. 여자는 정신없이 문을 닫았다. 띠리링. 도어록의 잠금장치가 작동하는 소리가 들렸다. 죄송하다는 말은 쉽게 볼모로 잡히지. 501호 여자에게는 그런 순간을 기가 막히게 잡아내고 적절한 거래를 제안하는 능력이 있는 게 분명했다.

열대야가 일주일째 지속되던 여름밤이었다. 헬멧 안이 후끈거렸고, 장맛비를 맞은 것처럼 온몸이 땀으로 젖었다. 헬멧 실드를 올리고 숨을 크게 들이마셨다. 미적지근한 젤리처럼 끈적한 공기가 기도를 콱 막는 듯한 답답함이 느껴졌다.

여자의 부탁 혹은 거래를 받아들일 마음은 없었다. 다만 궁금했다. 치킨 배달은 시키지 않았지만, 처음 보는 사람에게 냄새나는 쓰레기봉투를 덜컥 쥐여주는 사람이 먹고 사는 게 무엇일지. 오른쪽 장갑을 벗어 조끼 주머니에 구겨 넣고, 여자의 발끝이 가리키던 음식물 쓰레기봉투를 집어 들었다. 반투명한 봉투 안에 흡사 토사물 같기도 한 부패한 음식물이 가득했다. 보기만 하고, 정말 그대로 다시 내려놓으려고 했다. 그러나 그 잠깐 사이 음식물 쓰레기봉투의 묶음 부분이 미끄러지듯 풀렸고, 이내 한쪽으로 치우친 무게를 이기지 못하고 풀어헤쳐졌다. 봉투가 철퍼덕 소리를 내며 바닥에 떨어져 터졌다.

"······씨발."

역한 냄새가 빠르게 퍼졌다. 마지막의 마지막까지 붙잡고 있던 이성의 끈도 끊어졌다. 헬멧을 고쳐 쓰고, 터진 음식물 쓰레기를 뒤로한 채 자리를 벗어나려다, 나는 손에 들고 있던 치킨 배달 봉투를 501호 문 앞에 가지런히 내려놓았다.

호수가 잘 보이도록 휴대전화 카메라를 조정한 뒤 사진을 찍었다.

"나는 내 할 일을 한 거야."

찰칵. 치킨 봉투와 터진 음식물 쓰레기가 한 장의 사진에 담겼다. 배달 앱에 업로드하고, '배달 완료' 버튼을 눌렀다.

"코리안 포크 피트와 톰얌 크림수프, 여산동이요!"

새벽 1시를 훌쩍 넘긴 시간. 식당 종업원으로부터 묵직한 배달 봉두를 받아 늘었다. 포장 용기의 벌어진 틈 사이로 스멀스멀 풍기는 음식 냄새엔 진한 기름내와 묘한 향신료향이 뒤섞여 있었다. 한국, 태국, 프랑스 퓨전 음식점으로, 오직 심야에만 운영하는 독특한 콘셉트로 SNS를 통해 입소문이

나 유명해진 식당이었다.

"이런 콜만 맨날 잡았어도, 이 지경은 안 됐으려나."

심야 할증까지 붙어 이번 배달은 단가가 평균보다 두 배 정도 높았다. 마지막 배달지는 여산동, 그러니까 한강공원 쪽이었다. 탑박스에 배달 음식을 넣고 바이크 시동을 걸었다. 털털털털. 고물 바이크는 언제 멈춰도 이상하지 않을 소리를 내며 힘겹게 달리기 시작했다.

밤늦은 시간인지라 한강공원 잔디밭엔 평소보다 사람이 많지 않았다. 가로등 가까이에 드문드문 돗자리를 펴고 앉아 있는 사람들이, 한 손으론 휴대용 선풍기로 바람을 쐬고 다른 한 손으론 날아드는 벌레를 연신 쫓고 있었다. 바이크를 공원 입구에 주차해두고, 배달 영수증의 '주문 요청 사항'에 있는 위치로 걸음을 옮겼다.

"오늘 배달 일진이 왜 이렇게 사납냐. 저 승합차가 맞긴 한데······. 멀쩡한 배달존을 두고, 굳이 이런 으슥한 곳으로 사람을 불러."

가로등 불빛조차 닿지 않는 삼오대교 아래. 흰색 승합차 한 대가 시동이 꺼진 채 덩그러니 세워져 있었다. 상상할 수 있는 어떠한 끔찍한 일이 일어나도 이상하지 않을 것 같았다. 나는 자꾸만 뒤를 돌아보았다. 밝은 공원에 앉아 있는 사람들이 어느새 저만치 멀어져 작게 보였다. 희미한 웃음소리가 아득하게 들려왔다.

덜컥, 드르르르륵, 부웅.

승합차의 시동이 걸리며 헤드라이트가 켜졌다. 어두운 무대 위에서 홀로 핀조명을 받은 배우처럼, 나는 삼오대교 아래 유일하게 빛나는 사람 같았다. 눈이 멀 지경이었다. 인상을 팍 쓰며 승합차 옆으로 다가갔다. 짙게 선팅된 창문이 반쯤 열렸다. 차 내부엔 몇몇 사람이 앉아 있는 것 같았지만, 어두워 잘 보이지 않았다. 창문 사이로 가죽 장갑을 낀 손이 불쑥 튀어나왔다. 나는 그 손에다 배달 봉투를 걸어주었다.

"맛있게 드세요."

인사를 하고 돌아서려는데, 운전석 쪽에 앉아 있던 사람이 나를 불렀다.

"너."

이번엔 주소지를 틀릴 일이 없었다. 오는 동안 몇 번이고 영수증을 확인했으니까. 그렇다면 또다시, 가는 길에 쓰레기를 버려달라는 것일까. 울컥 짜증이 치밀어 1초라도 빨리 자리를 벗어나고 싶었지만, 몸이 마음대로 움직여지지 않았다. '너' 한마디 했을 뿐인데 위압감이 느껴지는 목소리에 온몸이 뻣뻣하게 굳는 것만 같았기 때문이다. 자존심 따위 아주 멀리 던져놓고, 나는 순한 양, 아니 순하다 못해 겁에 질린 염소처럼 떨리는 목소리로 대답했다.

"네?"

"죽고 싶나?"

내가 죽고 싶다고 말하면 그 자리에서 죽여주기라도 할 것이란 말인가. 도대체 요즘 SNS에서 가장 핫하다는 심야식당에서 코리안 포크 피트와 톰얌 크림수프를 주문한 이 사람들은 뭘 하는 사람들이기에! 몇 년처럼 느껴지는 몇 초의 시간이 삼오대교 아래 강물과 함께 너울너울 흘렀다.

"네, 죽고 싶어요."

위협을 느끼고 본능적으로 움츠러드는 몸과 달리, 입은 따로 분리된 것처럼 마음대로 움직여 제멋대로 말을 뱉어냈다. 물론 그 말은 진심이자, 나의 오랜 염원이었다. 이보다 나이가 들어 더 가난해지고 병이 든 채로 삶의 남은 시간들을 꾸역꾸역 집어삼키며 버티듯 살고 싶지 않았다. 그게 얼마나 추한 것인지, 나는 지긋지긋할 정도로 가까이에서 기대 이상으로 오랜 시간을 지켜봐왔기에.

진짜 나를 죽여줄 수도 있는 사람들일까. 나는 헤드라이트 불빛으로 희미하게 일렁이는 승합차 내부를 힐끔 쳐다보았다. 뒷좌석에서 웅성이는 목소리와 함께, 부스럭거리는 소리가 들려왔다. 배달 봉투를 뜯는 듯했다. 운전석에 앉은 사람은 캄캄한 밤인데도 짙은 선글라스에 검은 마스크를 끼고 있는 탓에 나이도, 성별도 가늠할 수 없었다. 아무 말 없이 창문이 올라갔고, 승합차는 천천히 삼오대교를 벗어나 멀어졌다. 배달 라이더 앱을 실행시켜, '고객님에게 직접 전달 완료' 버튼을 눌렀다. 단단히 뒤집어쓴 헬멧 사이로 굵은 땀이 목을 타고 흘러내렸다.

2

 처음 중고로 사올 때부터 이미 고물에 가까웠지만, 적어도 나보다는 바이크가 장수할 줄 알았다. 아니, 이미 죽었어야 할 내가 오래 산 탓일까. 삼오대교, 수상한 승합차 배달을 마지막으로 바이크가 도무지 움직일 생각을 하지 않았다. 30분 가까이 시동이 걸리지 않는 바이크와 씨름을 하다가, 나는 애꿎은 바이크를 발로 걷어찼다.
 "끝이다. 완전히 끝! 안 해. 더러워서 진짜."
 삼오대교에서 집까지는 걸어서 한 시간 남짓한 거리였다. 무거운 바이크를 끌고 걸으니 서둘렀는데도 꼬박 두 시간이 걸렸다. 온몸이 땀으로 범벅이 되고 나서야, 간판이 반쯤 떨어져 나간 지물포 가게 앞에 도착했다. 이 가게를 경계로 공현동 재개발 1구역이 시작된다. 나의 집, 주옥빌라도 이 구역에 있었다.

철거 준비를 위해 건물 외벽을 따라 둘러진 회색 방진막은 얼마전 주옥빌라마저 삼켰다. 하지만 나는 틀림없이 주옥빌라를 찾아내곤 했다. 지물포에서부터 어린아이 보폭으론 딱 170걸음, 어른이 된 나는 130걸음쯤 걸으면 주옥빌라 앞에 정확하게 도착하곤 했으니까. 방진막 앞에서 나는 땀으로 전 헬멧을 힘겹게 벗었다. 어느새 어깨에 닿을 정도로 자란 머리카락이 얼굴 이곳저곳에 달라붙어 성가셨다. 늘 주차하던 자리에 바이크를 대어두고, 시동을 다시 걸어보았지만 소용없었다. 돌아가신 할머니처럼 영영 움직이지 않게 된 바이크를 한참이고 바라보았다.

방진막 사이 벌어진 틈 사이로 몸을 집어넣었다. 매일 올라도 도무지 적응되지 않는 계단을 헉헉대며 올랐다. 주옥빌라 5층까지 오르면 옥상으로 통하는 문이 있었다. 허리를 많이 굽혀야 겨우 들어갈 수 있는 문을 열었다. 무릎 높이밖에 되지 않는 아찔한 옥상 난간을 따라 걸어, 보일러실 뒤편 알루미늄 문을 힘껏 잡아당겼다.

오래되고 낡은 물건들이 담벼락에 자란 담쟁이넝쿨처럼 뒤덮고 있는 작은 단칸방. 빛 한 점 없는 이 무덤 같은 공간은 가스도 전기도 모두 끊긴 지 오래였지만, 불행 중 다행으로 수도는 쓸 수 있었다. 화장실 창문으로 희미하게 새어들어오는 빛에 의지해 샤워를 했다. 처음엔 더위를 씻어냈고, 다음엔 온갖 냄새를 지우기 위해, 그다음엔 오늘 어쩔 수 없이 들었던 말들을 지우기 위해 씻었다.

방 한가운데 깔아둔 이불 위에 누웠다. 몸을 뒤척일 때마다 눅눅한 공기에서 할머니 냄새가 느껴지는 것 같았다. 세상을 떠난 지 1년이 된 할머니가, 아직도 캄캄한 방 한쪽에서 금방이라도 내게 욕지거리를 쏟아낼 것만 같은 그런 생생함이었다.

"산 사람 혼을 빼먹는 년."

"할머니는 왜 점점 더 뻔뻔해져? 내가 할머니 혼이라도 빼먹는다고 쳐. 근데 그게 어때서? 내가 열여섯 살 때부터 학교 그만두고 벌어온 돈으로 할머니 밥도 약도 다 사는 거잖아. 할머니 목숨줄 내가 연장시켜주는 거잖아!"

"고약한 년. 그렇게 팔자가 드세니까 네 어미가 새끼 버리고 떠나지."

엄마가 나를 떠난 것도 모자라 할머니 본인이 노쇠해지는 것도 '혼을 빼먹는' 내 탓으로 돌리는 데에 어찌할 도리가 없었다. 그저 미워하는 수밖에. 차라리 정아나 태수처럼 완전히 혼자인 편이 낫겠다고 생각한 적이 한두 번이 아니었다. 나는 마음속으로 매일 빌었다. 얼른 나도 자유롭게 해달라고. 더럽고 비좁은, 끝도 없는 계단으로 이어진 이 집에서 벗어날 수 있게 해달라고. 그 바람 때문이었을까. 할머니는 아무런 예고도 없이, 내가 누워 있는 이 이불에서 눈을 감았다. 딱 하루, 정아의 집에서 자고 돌아온 날 아침이었다.

그래서 나는 자유를 찾았나. 할머니만 없으면 뭐든 할 수 있을 거라 생각했지만, 현실은 호락호락하지 않았다. 나는 죽은 사람이 남긴 냄새에 파묻혀 제자리걸음을 하는 중이었다. 낡아가는 기분을 시시때때로 온몸으로 느끼면서.

깨달았다.

결국 내 인생은, 솜이 누렇게 변한 지 오래인 이 이불 위를 한 치도 벗어나지 못한다는 걸.

결심했다.

결코 나이 들지 않겠다고. 그 어떤 것도 내 뜻대로 할 수 없던 삶. 죽음만큼은 내가 원하는 방식으로 선택하겠다고.

3

 사는 게 어려운 거지, 죽는 건 마음대로 될 줄 알았다. 특히 죽을 장소를 고르는 일은 쉽게 느껴지기까지 했다. 그리스 자킨토스의 나바지오 해변. 아주 오래전 정아와 '어디서 죽을 것인가'에 대해 얘기했을 때, 정아가 눈을 반짝이며 얘기한 곳이었다.
 "너무 아름다워서, 사람들이 그 해변을 천국이라 부른대."
 내 인생 처음이자 마지막 바다에서 생의 마지막 날들을 보낼 수 있다면, 내 비루한 삶도 조금은 포장될 수 있을 거란 확신이 들었다.
 연식에 비해 비교적 깔끔한 바이크는 수리한 뒤 중고 마켓 앱에 판매하면 편도 비행기푯값의 절반 정도는 벌 수 있을 것이었다. 아직 수리 전이지만, 나는 휴대폰을 켜 앱에 바이크 판매 글을 작성하기 시작했다.

―배달용 바이크 급처. 배달 셋팅 완료. 엔진, 바퀴 전체적으로 양호.

깔끔하게 찍힌 바이크 사진이 필요했다. 사진첩에 들어가 최근의 사진부터 오래된 순서로 사진을 스크롤하며 거슬러 올라갔다. 낡고 군데군데 녹이 슨 철제문 앞에 놓인 치킨, 고급 도어락이 달린 아파트 현관문 앞에 놓인 샐러드와 스무디, 우유 투입구가 있는 30년 된 빌라 현관문 앞에 놓인 피자. 사진첩엔 닫힌 문 앞에 단단히 묶인 봉투 사진들만 줄지어 남아 있었다. 배달 완료 인증 사진들이었다.

"그러고 보니 이때도 나는 쏙 빼고 둘이서……."

한참을 뒤지고서야 덜 낡은 버전의 바이크 사진을 찾을 수 있었다. 배달 라이더 일을 먼저 시작한 태수의 권유로 중고 바이크를 샀던 날, 기념으로 찍은 사진이었다. 엄연히 내 것을 산 날인데 사진엔 태수와 정아, 바이크만 덩그러니 찍혀 있었다. 짧은 바지를 입은 정아가 바이크 안장에 앉아 밝게 웃고 있고, 태수가 성아의 어깨에 손을 얹은 채 남은 한 손으론 V자를 그려 보였다.

"너네 죽이고 내가 지옥을 가는 게 맞는데."

바이크가 도드라질 수 있도록, 사진 편집기를 열어 태수의 머리부터 댕강 잘라냈다. 정아의 얼굴에는 똥 모양의 스티커를 붙였다. 머리 없는 태수와 똥 얼굴을 단 정아 사진을 중고 판매 글에 첨부했다.

—조금 전까지 일하던 바이크라 성능 문제없고, 배달 일 더 안 할 거라 환불 절대 불가.

이미 실컷 살아버린 인생도 환불이 될까. 아무리 노력하고 발버둥 쳐도 나아질 길 없어 보이는, 오히려 깊은 수렁으로 빠지는 망가진 인생을 누구에게 보상받을 수 있을까.

허기가 몰려왔다. 작동을 멈춘 지 오래된 냉장고 문을 잡아당겼다. 고무 패킹 부분이 녹아 축축하고 끈적한 소리가 났다. 온기만 남은 텅 빈 냉장고에서 무겁고 눅진한 냄새가 느릿하게 퍼져 나왔다. 등줄기를 따라 굵은 땀이 흘러내렸다. 미간을 송곳으로 찌르는 듯 차갑고 달콤한 탄산음료 한 캔만 마시면 소원이 없겠다 싶었다. 냉장고 문을 닫았다가 다시 연다고 해서, 없던 것이 생겨나지 않을 걸 알면서도 나는 계속해서 끈적한 문을 열고, 열고, 또 열어보았다.

문을 열 때마다, 마법처럼 먹을 것이 채워져 있는 냉장고는 나 같은 외로운 인생에게만 허락되지 않는다는 걸 비교적 최근에야 알았다. 배달 콜을 기다리며 편의점 앞 테이블에서 밀키스 한 캔을 마시고 있을 때였다. 대학생쯤 되어 보이는 사람이 옆 테이블에서 큰 소리로 떠들고 있었다.

"미친. 일주일도 안 돼서 한 달 치 용돈 다 썼어."

"알바라도 해."

"마미가 완전 반대하지. 용돈이나 많이 주고 못 하게 하든가. 아무튼 오늘부터는 약속 다 없애고 집에 있는 밥이랑 반찬 먹으면서 버틴다."

"대학생 되면 다 마음대로 할 수 있다는 거 순 거짓말. 이렇게 구질구질하게 편맥이나 하고."

"내 말이."

둘은 참담하다는 표정을 짓고는 손에 든 수입 맥주로 건배했다. 띵, 하는 알람음과 함께 휴대폰 화면 위로 2천2백 원짜리 배달 요청 메시지가 떠올랐다. 나는 수락 버튼을 누르는 것도 잊은 채, 나에겐 낯설지만 그들에겐 익숙할 일상에 대해 생각해보았다. 부모의 집으로 당연한 듯, 그러나 불만족스러운 얼굴로 돌아가 그들의 부모가 채워둔 신선한 음식을 꺼내 먹고, 깨끗하게 잘 세탁된 침구가 깔린 침대에 누워 휴대폰으로 온갖 불평과 불만의 메시지를 주고받는 사람들에 대해. 값비싸 보이는 옷과 가방을 든 그들을 물끄러미 바라보다가, 나는 내가 입고 있는 점퍼 소매 부분을 손으로 가만히 쓸어보았다. 까맣게 때가 타고 해져 구멍이 나 있었다. 그 구멍은 구질구질하다는 단어만으로 메울 수 없는 크고 깊은 싱크홀 같았다.

그리스행 편도 푯값이 사라졌다. 내가 꿈꾸던 죽음과 8천5백 킬로미터가량 멀어진 참담한 기분. 수리한 뒤 중고마켓에 팔려고 했던 바이크는 잠든 사이 누군가 가져가버렸다. 바이크를 세워두었던 곳엔 플라스틱 커버와 낡은 시트, 찢긴 타이어만 내동댕이쳐 있었다. 철거 지역에 버려둔 바이크라 생각하고 고물상이 가져간 게 분명했다.

덩그러니 남은 타이어를 발로 차며 씩씩대는데, 배달 앱에서 메시지가 왔다. 정산금 미지급 결정 통지서였다. 라이더의 배송 완료 상태 조작, 고객의 환불 요청에 따른 정산금 공제 등의 사유가 빼곡히 적혀 있었고, 통지서의 맨 아래엔 정산금 대신 붉은색 글씨로 마이너스 표기가 된 숫자가 적혀 있었다.

"하고, 하고, 또 하고. 그래서 내 이름이 이따위인 걸까. 안간힘을 써도 결국엔 마이너스, 마이너스, 마이너스. 제자리걸음도 아닌 계속해서 뒷걸음질만 치는."

주옥빌라 옥상 난간 가까이에 아슬하게 섰다. 몸을 앞으로 조금 기울였다. 발 아래로 방진막으로 둘러싸인 공현동 재개발 1구역 건물들이 빠른 속도로 낡아가고 있었다. 조금만 더 몸을 기울이면, 가뿐하게 뛰어내리기만 한다면 죽음에 가장 빠르게 가까워질 수 있을지 모른다. 때마침 거센 바람이 불어와 내 등을 밀었다. 몸이 크게 한 번 휘청였다. 나는 바닥에 그대로 주저앉아 가쁜 숨을 몰아쉬었다.

"와씨……. 죽을 뻔했네."

쭈그리고 앉은 자세로 낮은 난간을 양손으로 단단히 붙잡고, 다시 한번 더 아래를 내려다보았다. 소변이 마려운 것처럼 아찔한 기운이 찌르르 온몸에 퍼져나갔다.

"죽긴 할 건데, 이건 아니지. 난 내가 원하는 방식대로 죽을 거야."

자연사.

그리스의 천국 같은 해변에 가지 못하더라도, 내 방식대로 죽겠다는 다짐만큼은 포기할 수 없었다. 그렇게 생각해낸 게 자연사였다. 그건 삶을 아주 능동적인 방식으로 포기하는 거였다. 삶이 나를 버리는 게 아니라, 내가 삶을 버리는 그 과정을 온몸으로 지독하게 느끼고 싶었다. 게다가 그 어떤 비용도 들지 않는다. 눅눅한 이불에 가장 게으르게 누워 그저 죽음의 때를 기다리기만 하면 되는 것이니까.

녹슨 경첩이 기괴한 웃음소리를 내는 알루미늄 문을 열고 집 안으로 들어갔다. 가진 옷 중 가장 말끔한 것을 찾아 갈아입었다. 흰 프릴이 달린 셔츠와 청바지는 태수와 첫 데이트를 할 때 입었던 옷이었다. 늦가을 옷이라 도톰해 푹푹 찌는 날씨와 어울리지 않았지만 상관없었다. 산 채로 관에 들어가는 듯, 할머니 냄새가 짙게 밴 눅눅한 이불 사이로 몸을 밀어 넣었다.

따악, 딱.

늦은 새벽. 텅 빈 벌판에 마지막 남은 고목을 커다란 도끼로 찍어 누르는 것 같은 소리에 잠에서 깼다. 철거를 앞둔 동네의 새벽엔 온갖 건물들이 꺾이는 소리가 심심치 않게 들려왔다. 자주 듣는다고 해서 적응되는 것은 아니었다. 온 신경이 곤두서는 기분이었다. 이렇게 죽으나, 저렇게 죽으나 결과는 똑같을 텐데 나는 왜 죽음과 가까운 것들 앞에서 작아지고야 마는 걸까. 혹, 아득하게 두려운 걸까.

배터리가 9퍼센트 정도 남은 휴대폰을 꺼내 들었다.

─정아야. 그동안 고마웠다고는 말 못 하겠다. 그래도 우리 나름 가족이었으니까 인사는 남겨야겠다 싶어서. 나 이제 진짜 간다.

메시지 전송 버튼을 누르고 SNS를 실행했다. 당장의 불안과 외로움을 잊는 데에 이것만 한 것이 없었다. 온통 화려하고 밝고, 젊고 생기가 넘치는 세상은 눅눅하고 어둑하고, 그저 빈껍데기로 나이만 들어갈 뿐인 현실을 잊게 해주었다. 짧고 빠르게, 아주 간단한 방식으로 지긋지긋함을 대체했다. 국적을 뛰어넘는 화려한 사람들의 즐겁고 쾌활한 삶의 순간들, 모두가 연결된 듯 챌린지라는 이름으로 같은 춤을 추는 사람들에 정신이 팔려 있다 보면 당장 살아내야 하는 비루한 인생보다, 화면 속 화려한 인생에 훨씬 더 가까워지는 듯했다. 환각과도 같은 풍경에 기꺼이 중독되길 바라며, 무한히 흘러가는 장면들에 온 신경을 집중했다.
―실제로 보면 지릴 듯한 해양 이구아나.
자극적인 섬네일에 이끌려 클릭하자 짧은 영상이 빠른 속도로 흘러 나왔다. 한 다큐멘터리 채널에서 방영한 '갈라파고스섬의 친구들: 해양 이구아나' 편을 크리에이터가 재편집해 우스꽝스러운 더빙과 유치한 해석을 달아둔 것이었다.
"해양 이구아나! 빠르게 알아보자. 마치 바위처럼 보이는 검고 강철 같은 피부! 꼬리 큰 거 보소. 이걸로 10분 넘게 수영도 하는 후덜덜한 변종 이구아나인 것임. 생긴 건 육식 공룡 같아도, 물 빠지면 바위에 붙은 해초 떼 먹음. 음냐. 맛있어. 육지에 나오면 콧물 팡! 감기 아니고, 소금물 뿜는 거임."
SNS 알고리즘은 자극적인 영상을 연이어 보여주며, 계속 눈길을 사로잡았다. 멍한 눈으로 과하게 쏟아지는 정보들에 노출되다 보면, 어느 순간 퓨즈가 끊기듯 잠에 내던져지곤 한다. 이날은 화산섬, 갈라파고스의 해안가를 거니는 꿈을 꿨다. 그토록 가보고 싶었던 외국의 바다에 왔다는 기쁨도 잠시, 까만 바위 위를 딛고 있는 내 발이 이상하다는 걸 깨달았다. 파충류의 것으로 보이는 피부와 발톱. 나는 해양 이구아나가 된 것인가. 뾰족한 바위 사이에 바닷물이 고여 만들어진 웅덩이 쪽으로 향했다. 거울 삼아 얼굴을 비춰보았다. 비교적 얇고 말랑한 피부, 가는 꼬리. 강인한 모습으로 진화한 해양 이구아나가 아니었다. 잠수도 하지 못하고, 해조류를 뜯어 먹지도 못하는 그냥 이구아나. 입을 쫘악 벌렸다. 도와줘요! 이구아나의 말로 외쳐보았지만, 아무도 듣지 못했다.

4

 이른 아침부터 늦은 오후까지, 바깥은 분주한 소리로 가득했다. 산사태가 난 것처럼 와르르 무너지거나, 무거운 쇳덩어리가 높은 곳에서 아래로 내던져지는 듯한 소리가 들려왔다. 인부들이 욕하는 소리, 덤프트럭 같은 커다란 차들이 움직이며 내는 묵직한 바퀴 소리까지. 나는 건물 밖으로 한 발짝도 나가지 않고 누워 그 소리에만 귀를 기울였다.
 열흘쯤 지나자, 온도 조절 기능이 고장 난 냉장고처럼 체온이 오락가락하기 시작했다. 찜통 같은 더위에 땀을 뻘뻘 흘리다가도, 오한으로 턱을 덜덜 떨었다. 혼미한 정신이 돌아오는 때면, 천장의 얼룩으로 점괘를 보듯 죽을 날을 점쳐보았다. 때때로 연이 끊긴 사람들의 얼굴을 하나씩 불러와

야광별처럼 천장에 붙여보기도 했다. 다 날 위해서 그런다면서, 결국엔 나를 골탕 먹인 그들은 이제 행복할까. 그러다 참을 수 없는 분노가 깊은 곳에서부터 치밀어 오르면, 나는 마치 살고 싶은 사람처럼 몸을 움찔거리기도 했다. 끈적하게 달라붙어 떨어질 줄 모르는 무기력이 아니었더라면, 이불을 걷어차고 밖으로 나섰을지도 모를 일이었다.

꿈과 현실이 뒤섞여 지나치게 생생한 헛것을 보기도 했다. 고개를 돌렸더니 왼쪽에는 태수가, 오른쪽에는 정아가 나란히 누워 있었다. 태수는 머리가 없고, 정아의 얼굴엔 질퍽한 똥이 가득 묻어 있었지만, 그들은 무엇이 좋은지 싱글싱글 웃는 소리를 냈다. 내 죽음이, 그들에겐 행복한 일인 것이 분명했다. 열여섯, 부모에게 버림받았다는 공통점 때문에 우리는 가까워졌고 서로에게 의지하며 가족처럼 지냈다. 아니, 가족이란 건 나만의 착각이었을지도 모른다. 제대로 된 가족을 가져본 적은 없지만, 적어도 그렇게 이름 붙은 것들이 그래선 안 되는 것 정도는 안다. 내가 이렇게 서서히 죽어가는데, 행복에 겨운 표정을 짓고서 나타나다니. 다시 만나면 그동안 못 했던 말을 죄다 쏟아내야 했는데, 정작 그 순간이 되자 아무 말도 하지 못했다. 금붕어처럼 입만 벙긋거릴 뿐.

"호구, 넌 입이 짧아서 좋겠다. 다이어트도 잘되고 얼마나 좋아. 살찌는 스트레스를 넌 평생 모를 거다."

 정아의 모습을 한 무언가가 내 쪽으로 몸을 휙 돌려 누우며 말했다. 정아는 늘 내 이름 대신 '호구'라 즐겨 불렀지. 모든 것을 내려놓았다고 생각했는데, 속이 끓었다. 말라붙은 입을 간신히 떼어 대답했다.

 "닥……."

 "호구, 뭐라고 그랬어? 다시 말해봐. 안 들려."

 "닥쳐. 네 눈엔 내가 다이어트하는 걸로 보여?"

 머리 없는 태수도 내 쪽으로 몸을 돌렸다. 내가 흠칫 놀랐는데도, 아무렇지도 않은 뻔뻔한 목소리로 잘도 정아를 변론하기 시작했다.

 "정아가 얼마나 너를 아끼는지, 호구 네가 몰라서 그래?"

 그래. 늘 내가 모르는 사람, 꼬인 사람, 넘겨짚는 사람이지. 대답할 가치도 없었다. 남은 힘을 쥐어짜내 고개를 흔들었다. 좌우에 찰싹 달라붙어 있던 정아와 태수의 환영이 스르륵 사라졌다.

 며칠이나 더 지났을까. 손발의 감각이 둔해졌다. 송잇장처럼 얇아지고 건조해진 피부 사이로 날카로운 뼈가 뚫고 나올 것만 같았다. 깨어 있는 것도, 잠든 것도 아닌 상태에서 실제보다 부풀려진 행복한 기억들도 드문드문 떠올랐다. 태수와 손을 잡고 걸었던 길, 부쩍 가까워진 정아와 셋이서 처음 노래방에 가서 목이 터져라 소리를 질렀던 시간, 태수의 것과 같은 모델의 중고 바이크를 처음 사 셋이서 고사를 지냈던 날들까지. 그런 유의 기억들이 선명하게 떠오를 때면, 나는 또 누군가를 기다리는 심정이 되고 마는 것이었다. 휴대폰 배터리가 꺼지기 직전 정아에게 보냈던 메시지는 제대로 전송되었을까. 정아는 내게 답장했을까. 나는 죽음을 기다리는 게 아니라, 정아를 기다리는 것은 아닐까. 바짝 마른 눈물샘이 간질거렸다.

쾅!
다이너마이트라도 터지는 듯, 폭발음이 들렸다. 주옥빌라의 철거가 가까워진 걸까. 안 되는데. 그럼 자연사가 아니게 될 텐데. 나는 가만히 다음 폭발음을 기다렸다. 이상하리만치 고요했다.
저벅저벅.
마치 누군가 집에 들어오기라도 한 것처럼, 무겁고 또렷한 소리가 바닥을 울렸다.
웅성웅성.
몇몇 사람들이 말을 섞는 소리가 들려왔다. 무척 가깝지만, 아득하게도 느껴지는 그런 소리. 또 헛것을 보고, 듣는 것일까. 나는 눈을 떠 생의 마지막 순간을 지켜볼 것인가 말 것인가, 고민하기 시작했다. 그건 내게 남은 아주 중요한 문제였지만 나는 비교적 쉽게 답을 내렸다. 무너진 잔해들 사이에 흩어진 나의 팔과 다리를 보는 일은 생의 마지막 장면으로 그리 좋지 않은 듯했다. 남은 힘을 짜내 눈꺼풀을 닫는데 쓰기로 했다.

"강하고!"

강호구가 아닌 강하고. 희미해지는 의식으로 또렷하게 내 이름을 부르는 소리가 파고들었다. 적어도 정아와 태수가 아닌 것만은 분명했다.

5

"아직 숨은 붙어 있네."

의문의 목소리가 말한 것처럼 '아직' 숨은 붙어 있는 내가 무겁게 눈꺼풀을 들어 올렸다. 미세하게 벌어진 눈꺼풀 사이로, 나는 힘겹게 눈동자를 굴려가며 집 안을 살피기 시작했다. 건물을 가린 방진막 틈으로 들어온 희미한 빛이 전부였다. 헛것을 보는 게 아니라면, 캄캄한 어둠 속에 분명 누군가 있었다. 하나가 아닌, 여럿이.

수상한 존재들은 일부러 몸을 숨기려고 하지 않는 듯했다. 분주히 움직이고 있는지 사락사락 옷 스치는 소리가 들렸고, 바삐 걸음을 옮기느라 쿵쿵대는 소리도 들려왔다.

'……둘, 셋.'

어둠보다 더 짙은 그림자를 일렁일렁 만들어내는 머릿수는 셋. 내가 누운 자리와 가까운 쪽에 하나, 비교적 먼 쪽에 둘이 있었다. 철거를 앞두고 건물을 마지막으로 살피러 온 사람들인 걸까. 그 사람들에게 죽기 직전의 내가 발견되기라도 한 것일까. 만약 신이란 게 있다면 묻고 싶었다. 이제 죽음이 완전히 가까워진 것 같은데, 왜 이제 와서 내 인생에 간섭하느냐고.

나는 집 안에 들어선 존재의 모습을 보고 일면 안도했다. 지난번 정아와 태수를 본 것처럼, 이들도 그런 종류의 환영인 게 분명했다. 창문으로 새어 들어오는 희미한 빛으로도 그들의 머리카락은 잘 벼려진 칼처럼 은빛으로 번뜩였다. 환영이 아닌 다른 것으로 이들을 설명하는 편이 훨씬 더 어렵게 느껴졌다.

얼굴은 영락없는 70대 중후반 노년의 여성인데, 몸이 달랐다. 배달 일을 하면서 남녀노소 온갖 군상의 사람들을 보아왔다고 생각했지만, 이런 모습을 가진 존재는 처음이었다. 떡 벌어진 어깨와 드럼통이라도 통째로 삼킨 것 같은 몸통. 목과 어깨, 허리와 허벅다리, 굽히기니 이어지는 모든 부분이 단단하게 근육으로 이어져 있었다. 불거져 나온 힘줄은 쇠를 섞어 만든 밧줄 같았고, 피부는 어둠 속에서 얼핏 보아도 두껍고 단단한 철판 같았다.

"강하고!"

또 한 번 이름이 불렸다. 단호하고 또렷한 목소리. 지금까지 겪었던 환영과는 달랐다. 현실의 것처럼 생생했다.

"그래도 늦지 않게 왔네. 하고야, 가자. 얼른 가자."

어딜 가자는 걸까. 지금까지 환영들이 내게 말을 건 적은 있어도, 무언가를 하자거나 가자는 말을 건넨 적은 없었다. 그리고 아무리 봐도 처음 보는 낯선 얼굴들이었다. 내 머리가 만들어낸 환영이라면 이럴 리가 없었다.

'그래. 저승사자구나. 저승사자가 날 데리러 왔어.'

저승사자가 데리러 올 거라는 생각은 왜 하지 못했을까. 누구에게나 죽음은 딱 한 번뿐이라 배달 후기처럼 진짜 리뷰를 확인할 수도 없다. 내가 아는 죽음이란 죽어본 적 없는 자들이 지어낸 이야기가 전부인 셈이었다. 그러니 근육질의 할머니라고 해서 저승사자가 아니란 법은 없었다. 드디어 죽을 수 있겠구나. 마음이 놓였다. 안도감에 눈이 스르륵 감겼다.

휘익, 짝!

나는 눈을 번쩍 떴다. 왼쪽 볼에서 얼얼한 통증이 번져나갔다. 아팠다. 다 죽어가는 마당에 뺨을 맞다니. 이게 무슨 일이지. 눈에 힘을 주어 저승사자를 똑바로 바라보았다. 저승사자의 머리엔 스포츠 헤어밴드가 둘리어 있었다. 가운데엔 큼직한 나이키 로고가 박음질돼 있었고, 그 위로 아주 미세하게 검은 실밥 하나가 삐죽 튀어나와 있었다. 죽음을 앞둔 순간에도 그런 게 눈에 들어오다니. 어이가 없어 웃음이 나올 뻔했지만, 저승사자의 한마디에 그 웃음은 쏙 들어갔다.

"정신 단단히 차려라."

저승에 가려면 이제 정신을 잃어야 하는 게 맞는 것 아닌가. 내 속마음이 들리기라도 한 듯 저승사자는 한쪽 손을 높이 들어 올렸다. 또 한 번 저 크고 뭉툭한 손에 맞는다면 머리가 떨어져 나간 귀신이 되어버릴지도 몰랐다.

"가만 보자. 얘가 명희 아들이라고? 그래, 닮았네. 명희 젊었을 적 얼굴이랑 똑같아."

신발장 쪽에서 일렁일렁 검은 그림자를 만드는 저승사자 둘 중 하나가 짜증스러운 목소리로 대답했다.

"아들은 무슨! 노망이 난 거야, 아니면 코앞에 있는 것도 잘 안 보이는 거야. 딱 보면 몰라? 젖가슴이 아무리 나무 판때기처럼 달라붙었어도 계집이잖아. 영춘이가 지난번에 명희한테 아들이 아니라 딸이 있다고 했던 소릴 또 잊었어? 그리고 딸이고 아들이고 따질 때냐. 길자 네가 요 앞에서 길을 잃는 바람에, 얘를 송장으로 데려갈 뻔했구만."

'명희…… 김명희.'

언제부터 그 이름을 알고 있었는지 모르지만, 나는 계속 친모의 이름을 품고 다녔다. 초등학교 시절, 가정통신문에 '모'라고 적힌 칸에 어른 글씨를 흉내 내며 여러 번 그 이름을 써넣기도 했다. 한번은 내가 적어놓은 친모의 이름 때문에 할머니가 노발대발했다. 출생의 비밀, 아니 폐기된 비밀에 가까운 엄마의 이야기를 듣게 된 날이었다. '엄마에게'로 시작하는 편지는 할머니에게 보내는 것이었고, 잠든 내 배 위에 올려둔 채였다고 했다. 할머니는 돈도 한 푼 들어 있지 않은 봉투를 확인하곤, 그대로 찢어발겼다. 좋은 사람들이 있는 곳에서, 새 인생을 시작하고 싶다는 부분만 기억난다고 했다. 사이비 종교에 빠진 게 분명하다고 중얼대던 할머니 목소리가 여전히 선명했다.

"자, 네 이름이 강하고이고, 엄마 이름이 김명희가 맞지?"

저승으로 가기 전 마지막 확인 절차인 걸까. 나는 힘겹게 고개를 끄덕였다. 그러자 가볍게 내 몸이 공중으로 떠올랐다. 곰팡이로 얼룩진 천장에 부딪힐 것처럼 순식간에 가까워졌다가, 언제 몸이 뒤집힌 건지 이내 누렇게 색 바랜 바닥 장판이 보였다. 나는 근육질 할머니 저승사자의 탄탄한 어깨 위에 축 늘어졌다. 단단하면서도 따뜻하게 잘 데워진 바위 위에 배를 깔고 누워 있는 것처럼 편안했다.

"길자는 애 짐 좀 챙겨주고."

저승사자 중 한 명이 목이 짧은 고무장화를 신발장에 가지런히 벗어두고 집 안으로 들어왔다. 반면 가슴 앞으로 팔을 교차해 팔짱을 낀 저승사자는 양 갈래로 길게 땋은 머리를 하고 신발장에 선 채로 꿈쩍도 하지 않으면서 이런저런 불평만 쏟아내기에 바빴다.

"하여간, 유난 떠는 것도 병이야. 길자 너는 이제 곧 무너질 집에 들어가면서도 신발을 벗냐?"

"암만 그래도 집이잖냐. 오락가락하기는 해도, 이 집에 사는 애가 버젓이 눈을 뜨고 우리를 보고 있는데."

길자라 불리는 저승사자와도 눈이 딱 마주쳤다. 그가 나를 향해 조금 웃어 보인 것 같기도 했지만, 분명치 않았다. 어둠 속에서도 선명하게 빛나는 깊은 눈을 가진 그는 나를 들어 올린 저승사자보다는 체구가 작았지만, 그 역시 놀랄 만한 근육질의 몸을 가지고 있었다. 그는 민첩하게 움직여 비키니 옷장 가장 아래쪽에서 빈 가방 하나를 찾아 지퍼를 열고는, 눈에 보이는 것들을 마구 쓸어 담았다. 다 쓴 지 오래여서 한참을 쥐고 뒤집어 흔들어야 겨우 몇 방울 묻어 나오는 로션병, 기한이 만료된 체크카드, 각종 독촉장이 첨부된 종이 고지서들까지. 저승에 갈 때 노잣돈이나 챙겨 가는 줄 알았지, 이런 잡다한 것까지 모조리 챙겨 가는 줄은 꿈에도 몰랐다.

저승사자의 어깨에 실린 채, 나는 아주 오랜만에 현관문 밖으로 나섰다. 자꾸만 정신이 아득해져, 모든 장면이 사진처럼 뚝뚝 끊겨 보였다. 빙글빙글 좁은 계단을 내려가는 장면 하나. 문이 열린 다른 층의 집을 바라본 장면 하나. 그리고 눈이 멀 것처럼 밝은 빛으로 점멸하는 흰색 승합차 앞에서의 장면 하나.

'삼오대교…… 흰색 승합차…… 코리안 포크 피트…….'

이어서 드르륵, 소리를 내며 슬라이드 문이 열렸고 나는 승합자 뒷좌석에 내던져졌다. 시트에 코를 박고 누운 자세로, 진한 가죽 냄새를 맡으며 생각했다.

'백마 탄 저승사자…… 아니, 흰색 승합차를 탄 3인 1조 저승사자라니. 게다가 살아생전 내가 쓰던 물건도 챙겨주는…….'

눈을 감았다가 다시 뜨면 이젠 저승이겠지. 간신히 벌리고 있던 눈꺼풀의 마지막 남은 힘마저 빼기로 했다. 가늘게 남아 있던 시야가, 머리카락 굵기만큼 얇아지다가 이내 세상은 완전한 암흑이 되었다. 우주처럼 짙은 어둠 속에서 나는 죽음에 가까운 깊은 잠에 빠져들었다.

혀뿌리가 아릴 정도로
달게 사는 것이 인생!

1

 눈을 뜰 수 없을 정도로 강렬한 햇빛이 쏟아지고 있었다. 미간을 잔뜩 찌푸리며 간신히 눈을 떴다. 느리게 전원이 켜지는 TV 화면처럼, 눈앞의 풍경이 천천히 선명해졌다.
 바다. 분명 바다였다. 수평선이 하늘과 바다 사이를 가르고 있었고, 그 위로 멀리 있는 배들이 점점이 박혀 있었다. 마치 큰 호수처럼 고요한 바다는 푸른빛으로 반짝였다. 마른 수건으로 깨끗하게 닦아놓은 것 같은, 구름 한 점 없는 하늘과 닮아 있는 바다.
 죽으면 삼도천이나 요단강 같은 강을 쪽배로 건넌다고들 했는데, 다 틀렸다. 나는 유람선을 타고 바다를 건너고 있었다. 어차피 죽은 뒤에 바다를 건너갈 줄 알았다면, 그리스의 해변까지 가서 죽겠다는 목표는 굳이 세우지 않아도 되었을 텐데.

철썩, 쏴아. 철썩, 쏴아.

눈을 감고 귀를 기울였다. 서러운 지난 시간. 미운 얼굴들이 한꺼번에 밀려왔다가도 파도 소리와 함께 금세 깨끗하게 씻겨 사라지는 듯했다. 늘 쫓기듯 살아온 삶에 낯선 여유가 번져왔다. 곰팡내가 나던 눅눅한 마음도 따뜻한 햇볕에 바싹 마르는 것 같았다.

"죽으니 이렇게 좋네."

콧노래가 절로 나왔다. 나는 눈을 감고 파도 소리를 박자 삼아 작자 미상의 노래를 흥얼거렸다. 방금 일어났는데도 나른하게 다시 잠이 쏟아지는 듯했다. 그러나 그 시간은 그리 길지 못했다. 이상한 불안감이 피어오르더니, 머릿속이 그리 낭만적이지 않은 생각들로 가득 찼다.

저승 가는 배가 도착할 곳이, 꼭 천국이라는 보장이 어디 있나.

조금만 생각해봐도 나란 인간은 천국보다는 지옥에 갈 이유가 훨씬 많았다. 꼬리에 꼬리를 물고 이어진 상상은 가장 끔찍한 장면에 이르렀다. 뜨겁게 타오르는 지옥의 불구덩이를 가로지르며, 나를 마중 나온 할머니가 이승에서 같이 산 의리도 없이 지옥의 심판자에게 '저년은 산 사람 혼을 빼먹었으니 가중처벌을 해야 한다'며 고자질하는 그런 장면을.

"안 돼!"

한 번에 일어나지 못하고, 버둥거리다 몸을 일으켜 앉았다. 가벼운 어지럼증이 일었지만, 컨디션은 나쁘지 않았다. 그런데 이미 죽은 사람에게 어지럼증이라니. 맨발에 따뜻하게 데워진 마룻바닥의 감촉이 전해졌다. 나는 발가락을 꼼지락거려 보았다. 죽음은 꿈이나 환영과는 다른 것인가. 모든 감각이 생생하게 살아 있었다.

내가 누워 있었던 곳은 통창과 수직으로 맞닿은 소파였다. 덮고 있다가 걷어찼는지, 담요가 반쯤 흘러내려 있었고 옆 테이블에는 비워진 그릇과 물컵이 놓여 있었다. 고개를 돌려 가볍게 실내를 훑어보았지만, 인기척을 느낄 수 없었다. 나는 소파 등받이에 한 손을 짚고 자리에서 일어섰다.

"저승 가는 유람선이 아닌가 본데."

내가 깨어난 소파를 포함해 4인용, 10인용 테이블과 소파가 창을 따라 나란히 줄지어 있었다. 유람선이 아니라, 마치 바다 위에 떠 있는 것처럼 보일 정도로 바다와 아주 가까운 건물 안이었다. 한낮의 태양에 따끈하게 데워진 통창 유리에 손을 대고 한참 동안 눈앞에 펼쳐진 풍경을 바라보았다. 파도가 하얀 물거품을 일으키며 해안에 끊임없이 부딪쳤다. 햇살을 눈부시게 반사하는 백사장이 있고, 마을을 크게 한 바퀴 휘감는 진녹색 산이 해안 끝에 닿아 있었다. 부드러운 곡선을 그리며 이어진 해안가를 따라, 지붕 색이 다른 집들이 버섯처럼 드문드문 이어져 있었다.

창에서 몸을 돌려 실내를 찬찬히 훑기 시작했다. 군데군데 현대식으로 리모델링을 한 모양이지만, 오랜 세월을 가늠할 수 있는 건물이었다. 평범한 가정집처럼 보이기도 했지만, 4인용 테이블과 10인용 테이블, 소파, 그리고 색과 모양이 제각각인 나무 의자들이 군데군데 놓여 있는 걸 보니, 꽤 많은 사람이 오가는 누군가의 작업실 같기도 했다. 손을 뻗어 가장 가까운 테이블 위를 손끝으로 쓸어보았다. 원목 테이블은 기포 하나 없이 매끈하게 굳어진 달고나 표면처럼 만질만질했다. 얕게 내려앉은 먼지 위로 손가락이 스친 자리마다 짧은 선들이 그어졌다.

1층 이곳저곳을 기웃거리다가, 2층으로 오르는 계단 앞에 멈춰 섰다. 계단의 끝에는 반쯤 열린 푸른색 문이 있었다. 난간을 손으로 붙잡고 천천히 계단을 올랐다. 고작 몇 계단을 오르는데도 숨이 차 몇 번이고 쉬어갔다.

2층도 1층처럼 한쪽 벽면을 가득 채운 커다란 통창 덕분에 바다가 한눈에 내려다보였다. 다만 1층이 탁 트여 있었다면, 2층은 거실과 부엌, 두 개의 방과 화장실로 나뉘어 있어 1층보다는 평범한 가정집 같은 느낌이었다. TV와 소파, 식탁, 침대 위에는 먼지가 앉지 않도록 흰 천이 덮여 있었고, 부엌의 냉장고는 아직 작동 중인지 웅, 하는 낮은 소음을 내고 있었다. 걸음을 옮길 때마다 발끝에서 작은 먼지구름이 피어올랐다.

거실 한쪽 벽면을 가득 채운 사진 앞에 섰을 때였다. 크고 작은 사진들을 하나씩 들여다보다가, '제71회 구절초리 체육대회' 플래카드가 걸린 단체 사진을 보자마자 눈이 휘둥그레졌다.

"구절초리 체육대회? 이 범상치 않은 할머니들은 뭐고."

체육복을 입은 사진 속 할머니들은 하나같이 어마어마한 근육질의 몸을 하고 있었는데, 고작 손으로 V자를 그리고 있을 뿐인데도 어깨 근육이 터질 것처럼 부풀어 있었다. 나는 여러 번 눈을 비벼가며 사진을 다시 들여다봤다. 특히 낯익은 얼굴에 시선이 머물렀다. 그는 사진 정중앙에서 MVP 벨트를 양팔로 번쩍 들어 올리고 있었다. 나를 어깨에 둘러메고, 흰색 승합차에 아무렇게나 던져 넣은 그 할머니 저승사자가 분명했다. 머리에 두른 나이키 스포츠 헤어밴드까지 일치하는 것을 보니 영락없었다.

"여기가 저승이 아니라면…… 아니 저승에도 집이 없으리란 법은 없으니까. 아무튼 집주인은 다른 사람인 것 같고."

이 집 주인으로 보이는 여성의 사진이 여럿, 눈에 띄었다.

근육질 할머니들과는 달리, 배달 일을 하며 흔히 마주쳤던 보통 체격의 중년 여성이었다. 오래된 흑백사진부터 비교적 최근 것으로 보이는 컬러사진까지 다양했고, 바다와 산을 배경으로 한 사진, 1층에서 사람들과 이야기를 나누는 모습, 다리가 유난히 짧은 개와 장난을 치는 순간처럼 일상의 자연스러운 모습들이 담겨 있었다. 처음 보는 사람이지만 어딘지 모르게 낯익은 그런 얼굴이라 생각하고 있는데, 1층에서 청량한 종소리가 울려 퍼졌다.

딸랑!

이어 다급히 계단을 올라오는 소리가 들리더니, 2층 푸른색 문이 벌컥 열렸다. 어찌나 몸집이 큰지, 그의 등장만으로 집 안 전체에 그늘이 드리워지는 것만 같았다. 어깨 저승사자, 그도 아니라면 사진 속 MVP 할머니. 흐린 기억 속 주옥빌라에서 만났을 때보다 더 큰 몸집이었다. 체격만으로도 엄청난 위압감이 느껴졌는데, 설상가상 허리춤에는 망치와 끝이 뾰족한 전동 드릴을 걸고 있어 위협적이기까지 했다. 게다가 한 손에는 용도를 알 수 없는 각목까지.

그는 각목으로 바닥을 툭툭 두드리며, 내가 있는 쪽으로 서서히 다가왔다. 진회색 멜빵바지를 입은 그의 옷에는 흙먼지가 잔뜩 묻어 있었다. 걸음을 옮길 때마다 차가운 금속이 맞부딪치는 소리와 각목을 두드리는 소리가 뒤섞여, 등줄기를 서늘하게 했다. 어느새 한 발 가까이 다가온 그가 내 양쪽 겨드랑이 사이로 팔을 넣어 나를 번쩍 들어 올렸다. 두 발이 가볍게 공중으로 떠올랐다. 그는 신중히 물건을 고르듯 나를 살피더니, 바닥에 살며시 내려놓았다.

"죄, 죄송합니다."

사과부터 했다. '죄송하다'라는 말을 꺼내는 사람은 잘못이 있는 사람이 아니다. 오히려 없는 사람에 가깝다. 그건 잘못의 유무와는 상관없다. 상황을 원만히 마무리할 돈이 없거나, 나 대신 방패막이를 해줄 가족이 없거나, 나를 포장해줄 명예가 없거나. 아무튼 없는 사람들이 자주 꺼내들어야 하고, 또 때로는 그 말 덕에 상황을 간신히 벗어나곤 한다. '죄송합니다'는 나 같은 사람이 상황을 모면하기 위해 쓸 수 있는 가장 저렴하고도 가벼운 말인 셈이었다.

반응이 영 시원치 않았다. 길게 찢어진 눈이 더 매섭게 나를 노려보는 듯했다. 내 직감이 말했다. 더 자세하고 절실한 사과가 필요한 순간이라는 걸.

"제멋대로 주인도 없는 집을 의심스럽게 기웃거리고. 정말 죄송합니다. 다시는 이런 행동을 하지 않도록…… 누차 죄송합니다."

허리까지 직각으로 숙여가며, 진심을 다하는 척 죄송하다는 말을 퍼부었다. 어깨 저승사자이자 MVP인 할머니의 눈치를 보려 힐끔대는데, 그는 의아하다는 듯 고개를 갸웃거리다가 이내 내게 물어왔다.

"그게 아침 인사야?"

"네?"

"도시에서는 죄송하다는 말로 아침 인사를 하는 건 아닐 테고. 아니면 나 없는 사이에 진짜 잘못을 한 거야? 뭐가 죄송한데 자꾸만 죄송하다고 해. 방금 정신 챙긴 놈이 뭔 사고를 칠 게 있어서."

할 말이 없었다. 전혀 죄송하지 않지만, 일단 죄송하다고 한 사람에게 이유 따위 있을 리 없었다. 그럼에도 나는 '왜 죄송하냐'라는 물음에 '대답할 것이 없어 죄송하다'는 말이 입 밖으로 또 튀어 나갈 것만 같았다. 두 손으로 입을 틀어막고, 눈앞에 선 존재의 눈치를 살폈다.

얼굴만 보면 70대 중후반쯤으로 보이는 할머니였다. 하지만 그 외에는 어느 것 하나 '할머니'라는 고정관념 안에 욱여넣을 수 있는 구석이 없었다. 키는 190센티미터 남짓. 얇은 고탄력 기능성 티셔츠 위로는 잘 부푼 빵처럼 매끈하게 솟아오른 근육들이 울룩불룩 존재감을 드러내고 있었다. 넉넉한 통의 반바지 아래로는 웬만한 충격에도 꿈쩍하지 않을 듯한, 기둥 같은 다리가 묵직하게 버티고 있었다. 나이도, 성별도 모두 초월한 강인한 인체의 표본 같았다. 나를 가볍게 들어 올렸던 적당히 그을린 팔뚝엔 만개한 장미 문신이 큼지막하게 박혀 있었고, 팔이 움찔거릴 때마다 꽃잎이 마치 살아 움직이는 듯 흔들렸다.

환영을 흩듯이 머리를 몇 번 흔들어 보았지만, 감각은 점점 더 생생하고 또렷해질 뿐이었다. 죽어서 저승에 왔다는 것 말고는 마주한 현실을 설명할 수 없을 것 같았다.

"저…… 드디어 죽은 거죠?"

"거의."

"그렇죠. 저는 죽은…… 네? 거의요?"

"그래, 거의. 거의 다 죽어가던 걸, 우리가 구해다 살려냈잖나."

"제가 살아 있어요?"

"아직도 정신이 오락가락하는 거야?"

의문으로 가득 찬 대화들. 서로를 영원히 이해하지 못할 것처럼 의미 없는 대화들이 계속 이어졌다. MVP 할머니가 무언가 이상하다는 듯 고개를 좌우로 기울일 때마다 높고 단단하게 올려 묶은 은빛으로 빛나는 긴 머리카락이 말꼬리처럼 부드럽게 살랑거렸다.

"잠시만요. 그러니까, 여긴 저승이 아닌 거고요."

"왜? 저승 가서 눈뜬 줄 알았는데, 살아서 촌구석에 있으려니 억울해?"

"그럼, 저는 언제 집으로 돌아갈 수 있나요?"

"못 간다."

서늘한 기운이 온몸을 훑고 지나가는 듯했다. 푹푹 찌는 날씨인데도, 양팔에 오소소 소름이 돋았다. 해장국 집에서 배달 픽업을 기다리다가 본 뉴스였다. 아무도 찾지 않는 사람을 섬에 납치해 가두고, 노예처럼 부려 먹던 사건이 있었다. 지옥 같은 곳에서 가까스로 구출된 사람은 마음대로 죽지도 못한 채, 끔찍한 생을 이어나갔다고 고백했다. 그때만 해도 아주 먼 세계의 일처럼 느껴져, 남의 일이란 듯 혀를 끌끌 찼었는데. 목덜미를 타고 식은땀이 주르륵 흘러내렸다.

노예가 아니고서는 이 상황을 달리 설명할 방법이 없어 보였다. 모든 퍼즐 조각이 딱딱 들어맞았다. 3인조 저승사자, 아니 납치범 할머니들은 어떻게 주옥빌라 옥탑방에 죽은 듯 누워 있던 나를 찾아낸 걸까. 그것도 모자라, 친모의 이름을 부르며 나를 확인하지 않았던가. 어쩌면 이들은 세상에서 사라져도 아무도 모를 사람들을 찾는 전문가들인지도 몰랐다.

힘이 쭉 빠졌다. 맨바닥에 털썩 주서앉았다. 두 손을 가지런히 모으고 소리 내어 기도하기 시작했다. 어떤 신이라도 여유가 된다면 들어달라는 간절한 마음으로.

"신이시여! 왜 저를 기어이 노예로 만들어 지옥보다 더 심한 지옥으로 떨어뜨리셨습니까. 곱게 죽고 싶다는 바람이 그렇게도 어려운 부탁이었습니까!"

수신인이 정확하지 않은 신과 최선을 다해 소통을 시도하면서도, 나는 납치범 할머니를 곁눈질로 살폈다. 잠깐의 정적이 흘렀다. 이윽고 커다란 울림통이 쩌렁쩌렁 울리는 듯한 웃음소리가 퍼져 나왔다. 마치 천 년 된 동굴이 웃는 소리 같았다.

"노예? 아핫핫핫핫핫핫! 노오-예? 아핫핫핫핫핫!"

당최 무엇이 웃기는 건지 영문을 모르겠는 나와 달리, 납치범 할머니는 웃다가 눈물까지 흘렸다. 티셔츠 아랫부분을 한껏 끌어 올려 눈 가까이로 가져가 눈물을 훔쳤다. 티셔츠 사이로 드러난 배엔 선명한 식스 팩이 새겨져 있었다. 영원히 멈추지 않을 것 같던 납치범 할머니의 웃음도 서서히 잦아들었다.

"돌아갈 곳이 있어야 돌아가지. 네가 살던 빌라는 굴착기랑 불도저가 와서 싹 다 허물어버렸다. 우리가 하루만 더 늦게 왔어도 넌 그 건물이랑 같이 가루가 되었을 거야."

"그럼 이제부터 저는 죽지도, 살지도 못한 채 노예로 여기서 지내는 걸까요?"

"여기 명희 집이야."

"네?"

"네 엄마 집이라고. 김명희. 설마 네 엄마 이름도 모르고 산 건 아니지?"

"아, 그 김명희 씨 집."

"김명희 씨? 제 어미 이름 부르는 버르장머리하고는."

"낳았다고 다 엄마인가. 저한텐 엄마 없어요. 예전부터 그랬고, 언제까지 살진 모르겠지만 앞으로도 쭉. 아무튼 김명희 씨 그분도 어차피 자식 없다 생각하고 살았을 텐데, 낯간지럽게……. 서로 없다고 생각하고 사는 게 편해요."

"그래, 네 말이 맞다. 너 엄마 없어. 명희 죽은 지가 벌써 석 달인데."

납치범 할머니가 지금껏 본 적 없는 슬픈 표정을 지어 보였다. 나는 그 이름을 잊어본 적 없었지만, 그 이름 석 자에는 어떤 감정적 동요도 일지 않았다. 전등, 달력, 시계, 수도꼭지, 리모컨, 가위, 엄마, 김명희. 별반 다를 것 없는 단어들 중 하나에 불과했다.

"김명희 씨, 그러니까 저를 낳아주신 분이 돌아가신 건 알겠는데, 저는 왜 살아서 여기에 와 있는 거죠?"

"아무리 그래도 제 엄마 죽었다는 얘기는 전해줘야 하지 않겠나 싶어 널 찾았어. 처음부터 이 촌구석에 데려올 생각은 아니었지. 네가 폐허가 된 건물에서, 그 지경으로 있을 줄 상상이나 했겠냐. 네가 죽을까 봐. 그러니까 널 위해서……."
"저를 위해서요? 저를 위한다면 그냥 죽게 내버려뒀어야죠."
나를 위한다는 말을 하는 사람치고, 진짜 내 생각을 하는 사람은 단언하건대 단 한 명도 없었다. 내게 '너를 위해서'라는 말은 단번에 발작을 일으키게 하는 버튼과도 같은 것이었다. 아주 오래전부터 참아왔던 억울함과 분함이 한꺼번에 터져 나오기 시작했다. 하고 싶었던 말들이 여과 없이 콸콸 쏟아졌다. 납치범 할머니의 얼굴이 점점 잿빛으로 변해 가는 것도 개의치 않았다.
"김명희 씨가 나 같은 걸 낳은 것부터가 잘못한 거예요. 진짜 그러면 안 됐어요. 태어난다고 다 잘 살아지는 건 아니잖아요. 내 마음대로 되는 게 하나라도 있어야 할 거 아녜요. 내 방식으로 죽는 게, 그게 마지막 소원이었는데. 어르신 오기 전까진 거의 성공할 수 있었거든요. 그럼 이렇게 지긋지긋하게 살지 않아도…… 컥!"
말을 채 마치기도 전이었다. 납치범 할머니의 솥뚜껑 같은 손이 내 등에 날아들었다. 숨이 턱 하고 막혔다. 폐 두 쪽이 몽땅 터져버린 것은 아닐까 싶을 정도로 큰 충격이었다. 간신히 숨을 몰아쉬자 등에서 엄청난 통증과 함께 홧홧한 열감이 일었다.

"죽겠다는 놈이, 정신이 오락가락하는 와중에도 미음을 그릇째 핥아 먹더냐?"

내가 미음을 먹었다고? 그것도 그릇째 핥아 먹었다고? 전혀 기억이 나지 않았다. 나는 등에 얼얼하게 남은 통증을 온몸을 배배 꼬며 버텼다.

"헛소리 그만하고, 따라 나와. 정신 차렸으니, 제대로 된 걸 먹어야지. 널 급히 데려오느라 1층에 던져놓았다만, 기운 차려서 네가 지낼 2층 정리도 해야 할 것 아니냐. 어휴, 이 먼지 봐라."

납치범 할머니는 손으로 부채질하듯 허공을 쓸며 먼지를 쫓는 시늉을 하더니, 나를 등진 채 푸른색 문을 열고 1층으로 이어진 계단을 가볍게 내려갔다. 반바지 아래로 드러난 종아리에 고된 훈련을 거듭한 씨름 선수에게서나 볼 법한 뒤집힌 하트 모양의 근육이 움찔거렸다. 눈치 없는 배가 꼬르륵 소리를 내며 요동쳤다. 팔을 등 뒤로 꺾어 통증이 느껴지는 부위에 손을 갖다 대보았다. 정말 살이 터진 것은 아닌가 싶을 정도로 따갑고 쓰라렸다. 나는 갓 잡아 올린 생선처럼 몸을 파닥거렸다.

"이것 봐. 살아 있으니, 귀찮고 불편하고 아프잖아."
"뭐 하고 있어? 빨리 안 내려오고."

1층에서 납치범 할머니가 재촉하는 소리가 들려왔다. 나는 푸른색 문 앞에 서서, 가파르게 이어진 나무 계단을 물끄러미 바라보았다. 여기서 엎어져 구르기라도 하면, 운 좋으면 죽을 수도 있지 않을까. 죽지도 못하고 비참한 삶을 이어 나갔다던, 아주 멀게 느껴졌던 사람들의 경험담이 자꾸만 귓가를 맴도는 듯했다.

딸랑.

1층 출입문이 열리는 소리가 들렸다. 열린 문을 나서려던 납치범 할머니가, 다시 집 안으로 되돌아와 중요한 말을 깜빡 잊었다는 듯, 계단 아래서 큰 소리로 외쳤다.

"참, 나는 영춘이. 왕영춘!"

2

 신발장에서 대충 꺼내 신은 슬리퍼 사이로, 달궈진 모래가 파도처럼 밀려들었다. 뜨거워도 너무 뜨거웠다. 발이 푹푹 빠져 걷기도 힘들었다. 겨우겨우 발을 빼내 모래를 털어내면, 또 파도처럼 들이닥치는 뜨거운 모래들. 이쯤 되면 지옥이 따로 없었다. 머리 위에선 이글이글 타오르는 태양이, 발아래엔 용암처럼 끓는 모래가 있었다. 나 같은 인간 하나쯤은 가뿐히 구워져도 이상하지 않을 지경이었다.
 나는 뒤를 돌아, 지난밤 머물렀던 이층집을 잠시 바라보았다. 커다란 유람선의 조타실처럼 바다 쪽으로 시원하게 트인 통유리 창이 햇빛을 반사하며 빛나고 있었다. 집과 넓은 마당 둘레를 따라 낮은 돌담이 느슨하게 이어졌다. 마치 집

전체가 마당이라는 넓은 갑판을 가진, 바다 위를 항해하기 직전의 유람선이라 해도 어색하지 않았다. 저곳에서 처음 눈을 떴을 때, 바다를 건너는 배 위에 있다고 착각했던 것도 전혀 틀린 감각은 아닌 셈이었다.

  나는 뜨거운 모래 위를 방정맞게 뛰어가다가, 그만 슬리퍼가 벗겨져 모래와 한참 씨름을 해야 했다. 저만치 앞서가던 영춘 어르신은 운동화 끈을 고쳐 매는 척, 웅크리고 앉아 한참을 꾸물거렸다. 겨우 가까이 다가서자, 그는 기다렸다는 듯 기지개를 켜며 천천히 몸을 일으켰다. 구릿빛으로 알맞게 태워진 팔을 쭉 뻗어 어딘가를 가리켰다.

  "저기가 '길자네 바다 식탁'. 여름엔 오징어물회를 기가 막히게 말아줘."

  지금 이 상황이 더 기가 막히거든요. 나는 이마를 타고 흐르는 땀을 손으로 훔치며, 속마음이 입 밖으로 튀어나오지 않게 애써 참았다.

  "어서 와요. 기운 차린 거 보니 마음이 좀 놓이네."

  "여기가 '길자네 바다 식탁' 주인, 오길자. 저번에 나랑 같이 너 데리러 간 거 기억하지?"

  낮은 단층 건물로 된 '길자네 바다 식탁' 넓은 마당 한가운데에는 커다란 원통형 원목 도마가 세워져 있었다. 그 앞에서, 팔뚝과 어깨에 근육이 단단히 박힌 길자 어르신이 미끈한 보라색 방수 앞치마를 단정하게 두르고 오징어를 손질하고 있었다. 손에는 날이 넓고 끝이 둥글게 말려 올라간 칼이 들려 있었는데, 나무로 된 칼자루가 오랜 세월을 증명하듯 반들반들 빛이 났다.

영춘 어르신이 앞장서서 식당 미닫이문을 힘껏 열며 식당 안으로 들어갔다. 영춘 어르신은 미닫이문 바로 옆, 마당이 가장 잘 보이는 식탁에 앉았다.

"이 자리가 명당이야."

왜 명당인지는 어렵지 않게 알 수 있었다. 수조 위를 덮고 있는 묵직한 나무 뚜껑을 번쩍 들어 올린 길자 어르신이 물속을 회오리치며 돌고 있던 오징어를 맨손으로 휙 낚아챘다. 갓 잡은 오징어가 물을 공중으로 뿜을 때마다, 작은 무지개가 생겼다. 손에 쥔 회칼이 한낮의 태양에 번뜩였다.

타닥타닥. 회칼이 도마에 부딪치며 내는 신나는 박자에 맞춰, 길자 어르신은 신명 나게 춤을 추는 듯했다. 굵고 단단한 팔로 섬세하게 칼을 놀리며, 투명하게 채 썬 빛나는 오징어 살을 도마 위에 소복이 쌓아나갔다. 한 편의 완벽한 공연 같았다. 이름 붙이자면, 오징어 해체 쇼랄까. 나도 모르게 박수를 쳤다.

"길자야. 사위랑 손녀는 어데 가고?"

"오늘 석재 쉬는 날. 둘이서 아침 일찍부터 신나게 읍내 놀러 나갔지. 참, 하고랑 석재가 동년배이니, 다음에 인사하고 친하게 지내면 되겠네."

길자 어르신은 다 썬 오징어회를 접시에 담아 들고, 주방으로 걸음을 옮겼다. 이내 입구가 넓은 스테인리스 그릇에 담긴 물회가 영춘 어르신과 내 앞에 하나씩 놓였다. 가만히 그릇만 쳐다보고 있던 내 손에, 길자 어르신은 손잡이에 인삼 모양이 그려진 숟가락을 쥐여주었다.

"명희도 물회를 좋아했어. 네 입맛에도 맞을 거다."

김명희 씨가 물회를 좋아한 것과, 내 입맛이 도대체 무슨 상관인 걸까. 입맛도 유전이 된다는 말은 살면서 들어본 적이 없었는데.

꼬르륵 소리를 내며 뱃속이 요란하게 울렸다. 영춘 어르신은 못 들은 척하는 것인지, 꼬르륵 소리가 날 때 슬쩍슬쩍 나를 곁눈질하기만 할 뿐 아무 말 없이 제 몫의 물회만 묵묵히 삼켰다. 나는 이곳에서 할 수 있는 마지막 저항이라곤, 단식투쟁뿐이라는 결론에 다다른 참이었다. 숟가락만 꼭 움켜쥔 채, 미간에 힘을 주어 인상을 팍 써보았다. 제대로 된 설명도 없이 시골 마을에 납치당해 정체불명의 할머니들에게 포위당한 채 억지로 살아야 하는 이 불편한 기분. 게다가 메뉴판은 구경도 하지 못하고 '김명희 씨'가 좋아했다던 음식을 먹게 되다니. 메뉴 선택권조차 없는 이 시골 바다 마을에서 강하고라는 인간의 기본권이 과연 보장될 수 있느냐 말이다.

하루빨리 도시로 돌아가, 내 방식대로 세상과 작별하고 싶다는 마음과 달리, 내 눈은 뚫어지게 물회를 바라보고 있었다. 높게 쌓아 올린 경계심도 살얼음 국물과 함께 스르르 녹아내리기 바빴다. 붉게 살얼음 낀 국물, 얇게 썬 당근과 오이, 양배추와 청양고추, 얇게 저며져 꽃잎처럼 단정히 놓인 전복회, 그리고 아이스크림 스쿠프로 퍼 얹은 듯 둥글게 뭉쳐 올린 투명한 오징어회까지.

꼬르륵. 뱃속이 더 큰 소리를 내며 울었고, 이를 신호탄 삼아 내 손이 제멋대로 움직이기 시작했다. 어느새 숟가락은 그릇 깊숙한 곳으로 들어가, 그 안에 든 것을 힘껏 퍼 올렸다. 숟가락 위엔 밥과 채소, 오징어회가 보기 좋게 올라갔다. 자동문이 열리듯 내 입이 쩍 벌어졌고, 그 안으로 물회를 이루던 재료들이 한입 가득 들어찼다. 적당한 간격으로 알알이 씹히는 쌀알, 부드럽게 구부러지는 채소들의 아삭함, 그리고 탱글탱글 살아 있는 오징어의 탄력까지. 입안에 여름 바다가 찰랑거렸다.

내가 한 숟가락을 퍼먹는 사이, 물회 반 그릇을 빠르게 해치운 영춘 어르신이 입안에 든 음식물을 우물거리며 내게 물었다.

"어디 아프냐? 왜 울고 있냐."

나는 울고 있었다. 고장 난 수도꼭지에서 물이 흐르는 것처럼 눈물 콧물이 쏟아져 나왔다. 아픈 것은 아니었다. 죽지 못한 것에 대한 설움도 아니었다. 위협적일 만큼 건장한 할머니들을 향한 두려움은 더더욱 아니었다. 그저 너무 맛있어서 울었다. 서른세 해를 살아오면서 먹었던 음식들과는 비교도 할 수 없는 그런 환상적인 맛이 느껴졌다. 모든 감각이 일제히 깨어나 소리치는 것 같았다. 나를 둘러싼 모든 상황과 내가 겪어왔던 모든 기억을 잊을 만한 황홀함. 이 음식을 계속 먹을 수만 있다면 오징어 배에 팔려 나가 노예 생활을 하게 되더라도 괜찮을 것 같았다. 아니, 분명 행복할 것 같았다.

"비쩍 말라서 새 모이만큼 찔끔찔끔 먹을 줄 알았더니, 잘 먹네. 내가 기가 막히다 그랬지? 이렇게 맛있는 것도 못 먹고 죽었으면, 얼마나 억울했겠냐. 계절마다 길자네 바다 식탁에서 맛난 거 먹기 위해서라도 살아야 할 거다. 그것도 아주 오래."

눈물이 범벅된 얼굴로 바닥에 남은 국물 한 방울까지 숟가락으로 긁어 먹는데, 식당 마당으로 요란한 자동차 엔진 소리가 들려왔다. 그릇에 코를 박고 먹고 있던 나는 고개를 들고 마당을 흘끔 내다보았다. 강렬한 오렌지색 스포츠카 한 대가 마당 한가운데 비뚤게 멈춰 섰고, 바퀴에선 뿌연 모래 먼지가 구름처럼 일고 있었다. 운전석 문이 날개처럼 위로 들려 올라갔다. 그 안에서 은발의 머리를 양 갈래로 굵게 땋은 할머니가 내렸다. 땋은 머리 사이에는 길고 뾰족한 무언가가 꽂혀 있어, 움직일 때마다 날카롭게 빛이 났다.

"길자! 물회."

"신원주. 주차 좀 똑바로 하라니까. 그리고 물회 나한테 맡겨놨어?"

시종일관 온화한 표정이던 길자 어르신의 얼굴에 먹구름이 드리워졌다. 원주 어르신은 길자 어르신이 어떤 표정이든 상관없다는 듯, 광이 나는 굽 낮은 가죽 로퍼를 또각거리며 가게 안으로 들어섰다.

"길자랑 원주는 앙숙이야. 쟤들 둘이 붙어 있을 땐 조심해."

영춘 어르신이 내 쪽으로 몸을 기울이며 소곤거렸다.

"그런데 원주 어르신 머리에 꽂혀 있는 건 뭐예요?"

"바늘."

"바늘을 머리에 꽂고 다닌다고요?"

"원주는 저기 산 아래 '모던걸 테일러숍'에서 옷 만들거든. 마을 사람들 옷은 다 원주 손을 거쳤지. 언제든 꿰맬 작정으로 바늘을 꽂고 다니는데, 그게 옷만 해당된다고 생각했다간 큰일 나는 수가 있지."
 "옷이 아니면, 또 뭐를……."
 "가령, 입이라거나."
 "입이요?"
 길자 어르신은 화려한 오징어 해체 쇼 없이, 냉장고에 미리 떠놓은 회를 그릇에 대충 얹어 원주 어르신이 앉은 자리에 무심하게 내려놓았다. 둘 사이에 흐르는 묵직한 긴장감에 내 목이 타들어가는 것만 같았다.
 선글라스를 머리 위로 올린 원주 어르신이 눈으로 나를 위에서 아래로 훑었다. 맨발에 대충 꿰어 신은 낡은 슬리퍼가 부끄럽게 느껴졌다.
 "마음에 안 들어. 명희랑 얼굴 조금 닮았다고 대충 폐가에서 노숙하던 애 주워 온 거 아닌가 몰라."
 억울했다. 살려달라고 애원한 것도 아니고, 그저 내 집에 가만히 누워 죽을 날을 기다리고 있었을 뿐이었는데. 억지로 나를 납치하듯 데려다 놓고, 말로 형언할 수 없을 만큼 맛있는 오징어물회를 먹이며 생을 강요한 건 여기 사람들의 소행 아니었던가. 하지만 나는 입도 벙긋하지 못하고, 원주 어르신의 땋은 머리 사이에서 위협적으로 빛나는 길고 짧은 바늘을 눈으로 좇을 뿐이었다.

길자 어르신이 날이 시퍼렇게 선 칼을 집어 들며 말했다.
"너 저 차, 얼마전에 새로 또 뽑았다 그랬지?"
"왜? 또 바퀴 터뜨리시게?"
"못 할 건 또 뭐 있어."
원주 어르신이 굵게 땋은 머리카락 사이에서 한 뼘이 훌쩍 넘는 기다란 바늘을 꺼내 들었다. 뾰족한 끝이 반짝거렸다. 보다 못한 영춘 어르신이 두 사람의 긴장 사이를 파고들었다.
"그만들 해."
"원주 쟤는 저런 막말 주둥이로 지금껏 살아낸 게 용하지. 영춘이 너도 원주 편 아예 들어주지도 말아. 하고한테 하는 말 들었잖아."
"얼씨구? 내가 어디 틀린 말 했어? 특히 길자 너, 사람들 앞에서는 착한 척 가증스럽게 굴면서 내 앞에서는 회칼 들고 협박질이나 하고!"
"원주는 바늘 다시 머리에 꽂아 넣고 밥이나 먹어. 길자는 칼 내려놓고. 내일모레면 여든인데, 아직도 서로 못 잡아먹어 안달이야."
칼과 바늘 사이. 숨 막히는 팽팽한 긴장감이 흘렀다. 고래와 고래의 싸움. 그리고 그 고래들의 싸움을 말리는 더 크고 더 위협적인 고래. 그 한가운데 끼어 있는 나는 새우쯤 되려

나. 아니다. 젓갈용 새우만도 못한 존재감이라고 봐야 맞을 것 같다.

"여긴 어디, 나는 누구."

작게 중얼거렸지만, 이 물음에 대답해줄 사람은 아무도 없었다. 대신 저 멀리, 고등어 닮은 몸통의 갈매기 한 마리가 끼룩거리며 날아갔다. 하얀 포말을 일으키며 부서지는 파도, 속절없이 뒤로 밀려간 파도가 다시 힘을 짜내 와락 하고 달려들고, 또다시 거품이 되어 산산이 부서졌다.

3

자정을 훌쩍 넘긴 시간. 창밖엔 깜깜한 어둠이 내려앉아 있었다. 파랗게 빛나던 바다도 어둠에 가려 잘 보이지 않았다. 고요한 실내. 쏴아, 하고 파도가 모래를 쓸고 내려가는 소리만 간간이 들려왔다.

충전기에 꽂아둔 휴대폰을 집어 들어 전원 버튼을 눌렀다. 배터리가 다 되어 꺼진 지 몇 주나 된 휴대폰이었다. 까만 화면에 제조사 로고가 떠오르고 휴대폰이 켜졌다.

땡땡땡땡땡.

적막하던 실내에 메시지 알람이 경고음처럼 울려 퍼졌다. 꽉 막혀 있던 수문이 열린 듯, 메시지들이 빠른 속도로 쏟아졌다. 대부 업체의 대출 연체 안내, 배달 계정 이용 제한 안

내, 법무 법인의 대출금 미납 법적 절차 안내까지. 메시지가 도착한 날짜를 확인해보니, 불과 몇 시간 전에 도착한 것도 있었다.

내가 죽으면, 내가 속한 세상도 함께 부서지는 줄로만 알았는데 그게 아니었다. 세상은 아무 일도 없다는 듯 돌아가고 있었다. 설령 내가 죽는 데 성공했더라도, 내 이름으로 남겨진 빚과 처리하지 않은 책임들이 원혼처럼 이 세상에 남아 구천을 떠도는 것이었다.

SNS 메시지 함은 더 심각했다. 모르는 사람들에게서 온 수백 통의 읽지 않은 메시지들이 가득 쌓여 있었다. 하나씩 메시지를 눌러 확인해보던 나는 머릿속이 멍해졌다. 일면식도 없는 사람들이 '고인의 명복을 빈다'고 말하고 있었다. 그것도 나를 향해.

―정아 언니 친구님, 고통 없는 곳에서 평안하시길.

고작 스무 명 남짓한 팔로어밖에 없는 내 계정에 무슨 일이 벌어진 걸까. 설사 내가 주옥빌라에서 진짜로 죽었다 한들, 누가 그걸 알아차릴 수 있었단 말인가. 나는 정아의 SNS 계정에 들어가보았다. 검은 바탕에 하얀 국화꽃이 합성된 사진이 가장 먼저 눈에 들어왔다. 두 번째 사진엔 정아가 오피스텔로 보이는 방 창가에 걸터앉아 있는 모습이, 마지막 사진엔 병원 침대에 누워 팔에 링거를 꽂고 있는 사진이 이어졌다.

―내 오랜 친구 강하고를 추모하며. 슬퍼서 아무것도 먹지도, 잠을 자지도 못하는 날들. 결국 쓰러지고야 말았어요. 마지막 가는 길을 배웅해주지 못해 미안해. 약한 내 몸을 원망해. 특허받은 활기튼튼 효소 공구는 슬픔이 끝날 때까지 조금만 기다려주세요, 인친님들!

나는 지난번 정아에게 보냈던, 아주 먼 곳으로 떠난다는 작별 인사 메시지를 다시 확인했다. 그 메시지에 정아는 끝내 답장하지 않았다. 하마터면 또 속을 뻔한 거다. 정아가 내 죽음을 진심으로 애달파 해, 식욕 억제제 없이는 다이어트도 못 하던 넘치는 식탐이 사라져버린 것이라고.

나는 정아의 추모 게시글의 사진 중, 창가에 앉은 사진을 확대해보았다. 사진은 지나치게 보정을 한 탓에, 정아를 제외한 배경이 봄 아지랑이가 피어오른 것처럼 나른하게 물결치고 흐물거리고 있었다.

창문 너머 풍경이 익숙했다. 세원 사거리 근처 8차선 도로. 무너진 건물 잔해로 가득한 철거 현장이 훤히 내려다보이는 곳. 공현동 새새빌 구역이었다. 내가 그곳에 살고 있다는 걸 정아도 뻔히 알았을 텐데, 철거되는 꼴을 보려고 일부러 그 집에 살고 있었던 걸까. 건물이 무너지는 그 순간에도 태연히 그 풍경을 배경으로 셀카나 찍고 있었던 걸까.

"이게 진짜 보자 보자 하니까!"

화가 끓어올랐다. 참지 못하고 자리에서 발을 마구 굴렀다. 만약 내가 진짜로 죽었더라면, 억울해서 무덤이라도 뚫고 기어 나왔을 것이다. 보나 마나 효소 공구가 문제였겠지. 핑곗거리가 필요했고, 적절한 시점에 죽어버린 나를 이용하고 싶었겠지. 그런데 나는 그걸 몰랐던가. 아니, 그 반대였다. 정아는 처음부터 그랬다. 속이 뻔히 들여다보이는 거짓말, 그걸 완전히 덮는 환한 미소까지. 나는 그게 다른 사람이 아닌 정아와 진짜 가족 같은 사이가 될 수 있는 이유라 믿었다. 적어도 속이 훤히 보이는 악이 더 낫지 않겠느냐는 생각 때문이었다. 누군가는 정아에게 늘 뺏기기만 하는 나를 보고 '진짜 사랑'을 받으며 성장하지 못해 그렇다는 말을 한 적 있었다. 아무렴, 그렇겠지. 하지만 그때의 나에겐 그게 최선의 사랑이었고, 우정이었다.

─신태수 님이 이 게시글을 좋아합니다.

"사람 죽었다는 글에 대체 '좋아요'를 왜 누르는 거야?"

정아의 추모 글에는 세 자리 수의 '좋아요'가 찍혀 있었다.

"이런 걸 뭐라고 하더라. 호상? 몇백 명이 좋아하는 죽음이면 호상 맞지. 우리 할머니도 못 했던 호상을 손녀 강하고가 다 해보네."

소파에 벌렁 드러누웠다. 어처구니가 없어 헛웃음을 터뜨렸다. 그러다 벽에 걸린 김명희 씨의 사진과 눈이 딱 마주쳤다. 무슨 생각인지 알 수 없는 표정이었다.

"저기요. 당신도 호상 하셨어요?"

죽은 사람은 대답이 없고, 살아 있지만 죽은 나는 혼잣말을 할 뿐이었다.

휴대폰을 다시 집어 들어 정아에게 메시지를 보냈다. 마지막 인사에는 대답도 없던 정아가, 마치 내 메시지를 기다렸다는 듯 답을 해왔다.

―아쉽게도 나 안 죽었으니까, 당장 추모 글 내려.

―어디야? 걱정했잖아. 너 살던 곳은 철거되고, SNS에 몇 주 동안 접속도 안 하고. 진짜 죽은 줄 알았다니까.

―그렇게 걱정되는 애가 문자 메시지엔 답장도 안 해?

―내가 널 몰라? 죽고 싶다는 소리를 한두 번 했냐고.

―진짜 걱정한 거 맞아? 슬픈 건 맞고?

―가족 같은 너를 잃고 내가 멀쩡한 게 이상한 거지. 근데 내가 추모 글 네 계정을 태그해서 그런데, 효소 공구 잘 마무리될 때까지만 뭐 올리지 말아줘. 접속 상태도 비공개로 해주면 좋겠어. 살아 있으면 곤란한 거 너도 알 거 아냐.

4

 "아무리 생각해도 도시에 돌아가는 게 맞아. 여기선 어차피 마음대로 죽지도 못할 테니."

 다짐과 달리 마을을 벗어나는 것부터 문제였다. 부지런한 데다 지나치게 건장한 마을 할머니들 중 몇몇은 새벽같이 일어나 '구절초리 구보대' 단체 티셔츠를 입고 뛴다. 이른 아침에 집 앞 마당으로 나갔다가, 구절초리 구보대 할머니들의 우렁찬 인사에 심장이 떨어질 뻔한 적이 한두 번이 아니었다. 한낮은 또 어떤가. 육지에서 농사를 짓는 마을 사람들은 나를 향해 끝이 날카로운 곡괭이를 위협적으로 흔들며 인사를 하기 바빴다. 마을 사람들 눈이 살아 있는 감시 카메라처럼 번뜩였다. 내가 마당에서 기지개만 켜도 '강하고가 마당에서 기쁨의 만세를 부른다'는 식의 소문이 금세 퍼지곤 했다.

　나는 휴대폰으로 지도 앱을 열고 새로고침을 반복했다. 다른 지역들은 멀쩡하게 도로와 건물 정보가 뜨는데, 지금 내가 있는 이곳은 지도상에선 도로도, 건물도, 마을 이름도 알 수 없었다. 회색 지대처럼 아무 정보도 없는 곳에, 내 위치를 표시하는 붉은 점만 깜빡였다. 알 수 있는 것이라곤, 회색 지대로 표시된 마을의 경계를 따라 ㄷ자 형태의 높은 산이 감싸고 있고, 나머지 한 면은 바다 쪽을 향해 열려 있다는 것이었다. 나는 위성 지도를 몇 번이고 확대하고 축소했다. 그러다 마을 끝자락, 높은 산 아래 작고 어두운 틈 하나가 눈에 들어왔다. 터널인 듯했다. 그게 유일한 마을의 출입구인지도 몰랐다.

　"터널까지만 어떻게든 가면 돼. 거기서부터는 지도도 이어져 있고."

　창 가까이로 다가갔다. 굳게 닫힌 커튼을 손끝으로 조금 벌려 밖을 내다보았다. 가로등도 아주 드물게 이어져 있어, 밖은 대체로 깜깜했다. 가로등이 비추는 곳을 따라 꽤 잘 닦인 길이 여러 갈래로 이어져 있는 듯했으나, 집들이 있을 게 뻔했다. 괜히 내 얼굴을 아는 누군가에게 들키기라도 하면 곤란해질뿐더러, 최악의 경우엔 이곳을 빠져나갈 기회를 영영 잃어버릴 수도 있다고 생각했다.

나는 반항기 많은 사춘기 중학생처럼 김명희 씨의 사진을 노려보았다. 그러곤 밀린 배달 콜을 처리할 때 그랬듯이 민첩하게 방과 방 사이를 오가기 시작했다. 수건과 겉옷, 다용도 칼, 손전등, 손톱깎이 같은 생필품을 있는 대로 가방에 쑤셔 넣었다.

"생일, 크리스마스 그리고 평범한 부모들이면 매주 준다던 용돈까지. 그동안 당신이 저한테 못 주신 거 받아가는 거예요. 절대 훔치는 게 아니고."

서재 방에 들어섰다. 고풍스러운 가구들로 꾸며진 곳이었는데, 벽면 두 곳이 책으로 가득했다. 『약초의 세계사』, 『한국의 토종 식물』 같은 제목의 책들은 그 두께가 어마어마해, 벽돌이 모자란 공사장에 가져다주면 집 짓는 데 유용하게 쓰일 수 있을 정도였다.

책상 위를 덮고 있던 흰 천을 걷었다. 성인 여성이 누워도 될 만큼 넓은 책상이었다. 나는 몸을 숙여 책상 서랍을 하나씩 열어보기 시작했다. 마지막 서랍에서 나는 꽤 두툼한 현금 한 뭉치를 찾을 수 있었다. 돈, 돈, 돈……. 돈 없는 설움에 돈으로 노래를 지어 부르며 살았고 나름 열심히 일했는데도 이렇게 큰돈을 현금 다발로 손에 쥐어본 적은 없었다. 덥석 집어 가방에 넣는 상상을 몇 번이나 했지만, 차마 손을 대지 못하고 바라만 보았다. 아무도 없는 집인데, 나는 자꾸만 주위를 살폈다.

"김명희 씨. 교통비, 그래요. 딱 도시로 돌아갈 교통비만 빌려주세요. 다음에 저승에서 혹시나 뵙게 되면, 그때 갚을 테니."

나는 열 장이 채 안 되는 만 원권 지폐를 꺼내, 가방에 아무렇게나 쑤셔 넣었다. 김명희 씨 것이었을 진녹색 야구모자를 깊게 눌러쓰고 1층으로 내려갔다. 누가 볼세라 조심스럽게 출입문을 열었다. 문에는 소 코뚜레 모양을 한 종이 달려 있었다. 나의 복잡한 이 마음을 아는지 모르는지 맑은 소리를 내며 울려 퍼졌다.

잡풀이 무성한 길을 따라 더듬더듬 걸었다. 한 시간이면 넉넉히 터널 입구에 도착할 것이라 생각했지만, 벌써 세 시간이 지났다. 대책 없이 나온 거라 해도 이렇게 헤매게 될 줄은 몰랐다. 밤은 더 깊어졌고, 비슷한 길이 이어지고 또 이어졌다. 몹시 허기졌다. 다리에 힘까지 풀렸다.

철거를 앞두고 전기가 끊긴 집에서 반년 넘게 살았다. 어둠에 나만큼 익숙한 사람이 있을까 생각한 정도였는데, 시골의 어둠은 달랐다. 너무 무서웠다. 무수히 많은 것이 어둠 속에 몸을 숨기고 나를 지켜보고 있는 것 같은 기분이었다. 후후우우우, 후후우우우. 올빼미 우는 소리. 바람이 불 때마다 촤아아아, 일제히 박수를 치는 듯한 나뭇잎 소리. 여름밤이라 조금만 걸어도 이마에 삐질삐질 땀이 새어 나오는데도 팔에는 오소소 소름이 돋았다.

시간이 얼마나 더 지났을까. 시끄럽게 울던 벌레들도 잠에 빠져들었는지 사위가 고요했다. 빼곡히 박혀 있던 별빛이 옅어지고, 새벽하늘이 푸르스름하게 물들고 있었다. 나무와 바위와 흙길이 창백하게 잠든 채였다. 희미하게 밝아져오자 바짝 긴장했던 마음이 조금 놓였다. 나는 가방을 바닥에 내려놓고, 커다란 바위에 걸터앉아 다리를 주물렀다.

타닥타닥.

작은 체구의 짐승이 흙바닥 위를 빠르게 달리는 소리가 들렸다. 주변을 두리번거리던 나는, 발아래 두었던 가방이 사라진 걸 알아차렸다. 발소리가 점점 멀어지고 있었다. 그리고 풀숲 사이로, 털이 부숭부숭한 엉덩이와 풍성한 꼬리를 가진 짐승이 가방을 물고 달아나는 것을 보았다.

"들개다! 이리 안 내놔?"

늘 뺏기기만 했던 삶이었다. 여기까지 와서 또 잃고 싶지 않았다. 밤새 걷느라 발엔 물집이 잡혔지만, 가방을 되찾기 위해 이를 악물고 절뚝이며 달렸다. 낮은 나무들 사이 좁은 길, 내리막길, 날카로운 바위 조각들이 깔린 오르막길, 그리고 또 내리막길. 짐승과의 거리는 좁혀지지도, 그렇다고 완전히 멀어지지도 않았다. 그 점이 이상하다는 생각이 스치기도 했지만, 가방을 잃을 수 없다는 생각 하나만으로 계속 들개의 뒤를 쫓았다. 다시 좁은 길, 다시 내리막길, 그리고 허리 높이까지 치솟은 잡초 사이를 정신없이 헤쳤다. 날아드는 날벌레를 손으로 막으며, 앞만 보고 뛰었다.

"이게 무슨, 도깨비에 홀린 것도 아니고."

그렇게 땀을 뻘뻘 흘리며 거의 탈진 상태로 도착한 곳은, 출발 지점. 김명희 씨의 집 마당이었다. 바다를 등지고 몇 시간을 걸었는데, 단 몇 분 만에 다시 바다 앞에 서게 된 것이었다. 수평선 위로 구절초리의 할머니들처럼 부지런한 해가 머리를 내밀고 있었다. 찻잎의 고유한 색이 따뜻한 물에 퍼져 나오듯, 바다도 아침 햇살에 서서히 물들고 있었다. 끔찍했다!

가방은 먼지를 잔뜩 뒤집어쓴 채, 집 현관문 앞에 아무렇게나 놓여 있었다. 가방 도둑은 보이지 않았다. 손가락 하나 까닥할 기운조차 남아 있지 않았다. 나는 거의 기듯이 걸어가 가방을 집어 들었다. 다행히 가방 안에는 챙겨 넣은 것들이 그대로 늘어 있었다. 짜증을 낼 힘도 없었다. 이상한 나른함이 밀물처럼 밀려왔고, 눈치 없는 하품은 길게 이어졌다.

"일단 오늘은 작전상 후퇴. 조금만 자고 일어나서 다시 생각하자."

무거운 몸을 이끌고, 출입문을 힘겹게 밀었다.

딸랑.

누군가 나를 부르는 것 같았지만, 뒤를 돌아볼 힘도 남아 있지 않았다. 그저 너무 피곤해서 헛것을 들은 거라 생각하기로 했다.

*

이른 아침, 구절초리의 아침을 여는 '구절초리 구보대'가 바닷길을 따라 뛰고 있었다. 요즘 말로 하면 러닝 크루쯤. 오늘의 멤버는 영춘과 길자를 포함해 총 여섯. '하나둘, 하나둘.' 리듬에 맞춰 구호를 외치며 달리는 모습이 절도 있다. 개인의 건강 증진도 목적이지만, 구절초리 구보대의 또 다른 자부심은 마을 순찰 역할을 한다는 것이다. 스포츠 선글라스를 낀 할머니들의 눈이 마을 사방으로 뻗친다. 무리의 선두에서 달리던 영춘이 하고를 처음 발견하고 멈춰 서서는 소리쳤다.

"하고야!"

하고가 구보대 쪽으론 눈길조차 주지 않은 채, 바닥에 놓인 가방을 주워 들고 집 안으로 들어갔다. 영춘이 '못 들은 것 같다'며 구보대 대열로 돌아가 다시 뛸 준비를 했다. 길자가 허리 스트레칭을 하면서, 영춘을 향해 말했다.

"아직 몸도 성하지 않을 텐데. 아침부터 저렇게 빨리 뜀박질해도 되나 몰라. 걱정이네."

영춘이 대수롭지 않다는 듯, 무릎을 높게 들어 올리며 대답했다.

"아핫핫핫! 구절초리 할매들이 최고로 튼튼하다고 해도, 역시 젊은 건 못 이겨. 운동을 해서 기운은 차려야겠고, 할매들 구보 뛰는데 끼워달라고 하긴 쑥스럽고. 대견해. 자랑스러워!"

"그래. 명희를 닮았으면 뭐든 열심이겠지. 그 집엔 먹을 게 전혀 없을 건데. 석재 보고 물회라도 한 그릇 갖다주라 해야겠어."

"말해 뭐해. 당연히 그래야지. 그렇지 않아도 나도 어제 좀 챙겨둔 게 있으니까. 자, 이제 속도를 내서 좀 더 달려보자고. 아핫핫핫!"

5

 수면 부족과 과도한 활동량으로, 죽은 듯 잠들었다가 깨어났다. 기름칠하지 않은 고장 난 기계처럼 몸 이곳저곳이 뻐걱거렸다. 다리는 퉁퉁 부었고, 발바닥엔 물집까지 잡혀 있었다. 살아 있다는 건 이렇게 뻐근하고, 함부로 붓고, 또 아프고 끝없이 피곤한 일. 도대체 사람들은 왜 그렇게 쉽게 '살아라'라고 말할 수 있는 걸까.
 자는 내내 품에 끌어안고 있던 가방을 챙겨 마당으로 나왔다. 손에 힘을 주어 가방을 두드려 털었다. 특히 앞주머니 쪽에 찍힌 동물의 발자국은 쉽게 지워지지 않아, 결국 침을 묻혀가며 문질러 닦아내야 했다.
 배가 고팠다. 1층 주방으로 천천히 걸음을 옮기며 생각했다. 김명희 씨가 죽은 지 몇 달이 지났다지만, 그래도 사람이 살던 곳이니 조금이라도 먹을 만한 것이 남아 있지 않을까 하고. 물론 자신이 있었다. 냉장고가 텅 비어 있어도, 절대 실망하지 않을 자신이. 주옥빌라에서도 전원이 꺼진 냉장고를 하루에도 몇 번씩 열어보지 않았던가. 냉장고 손잡이를 힘주어 당겼다. 문이 열리며 시원한 냉기가 몸을 훑고 지나갔다.

"이게 다 뭐지?"

투명 랩이 씌워진 오징어물회 한 그릇, 알이 굵은 감자 같은 신선한 채소들, 크레용처럼 나란히 누운 전갱이와 살짝 데친 문어, 속을 알 수 없는 둥글고 단내가 나는 빵까지. 냉장고 안에는 금방이라도 쏟아질 것처럼 먹을 것들로 가득 차 있었다. 심지어 냉장고 옆에는 표고버섯이 뭉게뭉게 피어 있는 큼지막한 나무토막이 기대어져 있었다. 딱 봐도 한 사람의 소행은 아닌 것 같았다.

냉장고 문을 열고 안에 든 것들을 살펴보고 있는데, 발등에 묵직한 무언가가 툭 떨어졌다. 흙당근이었다. 주홍빛이 도는 색깔만 아니었다면, 그 크기 때문에 무라고 생각했을지도 몰랐다. 흙을 대충 털어내고, 싱크대에 가져가 뽀득뽀득 물로 닦았다. 한입 크게 베어 물었다. 도시에서 사 먹던 것과 차원이 다른 단맛이 입안 가득 퍼졌다. 오독오독 당근을 씹으며, 냉장고에 있던 오징어물회 그릇을 양손으로 조심히 꺼냈다. 바다가 가장 잘 보이는 테이블에 앉았다. 조심스럽게 숟가락을 들고, 살얼음이 뜬 국물을 퍼 올려 입으로 가져갔다. 어김없이 눈물이 터져 나왔다.

"이렇게 눈물 날 정도로 맛있는 게 있다는 것도 모르고 죽을 뻔했잖아. 억울해. 치사해."

딸랑.

그릇째 남은 국물을 들이켜는데, 영춘 어르신이 이전보다 더 화려한 색과 무늬의 운동복을 입고 현관문으로 들어섰다.

"밥 든든히 먹어두라고 말하러 왔는데, 잘 먹고 있네. 아주 좋아. 다 먹었으면 이제 가자. 늦겠다."

다짜고짜 가자니. 게다가 늦겠다니. 나는 입에 머금고 있던 국물을 삼키지 못하고 그대로 뿜을 뻔했다. 남은 국물을 마저 넘기며 영문을 몰라 우물쭈물하는 사이, 영춘 어르신은 팔과 다리를 길게 늘어뜨리며 스트레칭했다.

"흡흡흡!"

프로 운동선수처럼 호흡을 조절하며 시종일관 절도 있게 움직였다. 어르신의 팔과 다리를 이루는 굵은 근육들이 움찔움찔, 각기 다른 호흡기관을 가진 생명처럼 살아 숨 쉬었다.

"제가 어디에 가야 하나요?"

드디어 오징어 배를 타고 노예 생활을 시작하게 되는 걸까. 김명희 씨도 여기서 그렇게 살아온 걸까.

"그럼!"

맞구나. 이 마을에서 탈출하지 못하면 고된 생활이 시작될 거란 걸 각오하긴 했지만, 저렇게 남 일처럼 시원하게 대답하는 영춘 어르신을 도무지 이해할 수 없었다. 이 마을 할머니들은 사이코패스거나, 이상한 신념에 사로잡힌 사람들인 게 분명했다. 그를 따라나서기 전에 나는 중요한 한 가지를 확인해야 했다.

"거기서, 오징어물회는 마음껏 먹을 수 있는 거죠?"

"네가 생각보다 먹성이 좋은 것 같아 내심 안심이 된다. 근데 거기서 물회 먹기는 힘들 거다."

이어진 절망. 오징어 배를 타지만, 더 이상 오징어물회는 먹을 수 없다. 작은 희망조차 사라진 기분이었다. 지난밤, 탈출에 성공해야 했는데. 지난날의 나를 탓하며 후회했다.

"얼른 가자."

"조금만 시간을 주세요. 마음의 준비가 필요해요."

"너는 오늘 구경만 하는 건데, 무슨 준비가 필요해?"

"네? 다른 노예들이 또 있나요?"

"그놈의 노예 타령 또 시작됐구나. 헛소리 말고 따라와. 오늘 마을서 제일로다가 중요한 구절초리 체육대회가 열린다고! 얼른 가지 않으면 좋은 자리에 앉지도 못해."

"체육대회요?"

그러고 보니 가방을 털기 위해 마당에 나갔을 때 먼 곳에서 들려오는 희미한 노랫소리를 들은 것 같기도 했다. 그런데 마을에서 중요한 행사와 내가 무슨 상관이란 말인가. 어르신은 내 마음을 읽기라도 한 듯 말을 이었다.

"그래. 1년에 한 번 열리는 구절초리 대축제. 너도 구절초리 사람이 되었으니 당연히 가야지."

몸의 무게중심을 낮추고, 오른쪽 다리를 옆으로 길게 뻗고 있던 영춘 어르신이 가볍게 몸을 일으켰다. 손바닥으로 맨살 부분을 짝짝 소리가 나도록 때리고, 양 무릎을 번갈아가며 빠르게 들어 올렸다가 내렸다. 마지막으로 1층 출입문 쪽에 걸린 거울을 보며 헤어밴드를 이마의 정중앙에 맞추었다.

"뭐 해? 어여 안 일어서고."

영춘 어르신의 목소리에, 나는 천적이라도 만난 작은 동물처럼 털이 쭈뼛 곤두서는 기분이 들었다. 일어나지 않으면 당장 납작하게 짓눌러버린대도 이상할 것 같지 않았다. 나는 언제든 기회만 생기면 도망칠 수 있도록 가방을 챙겨 들었다. 이미 앞장서고 있는 영춘 어르신의 뒤를 따라가기 시작했다.

딸랑. 영춘 어르신이 문을 밀고 나가며 종소리가 한 번.

딸랑. 내가 나가며 또다시 종소리가 한 번.

딸랑. 작은 소리지만 또 한 번 종이 울렸다.

나는 세 번째 딸랑이는 소리에 걸음을 멈추고 뒤를 돌아보려 했다. 하지만 영춘 어르신이 재촉하는 바람에 그러지 못했다. 잠기지 않은 출입문이 바람에 흔들린 것뿐이겠지, 스스로를 타이르며 발걸음을 옮겼다.

바다를 등지고, 구불구불 이어진 골목길을 따라 걸었다. 미로처럼 이어진 골목들을 영춘 어르신은 한 치 망설임 없이 걸어갔다. 물집이 잡힌 발바닥이 쓰라려 절뚝이면서도, 나는 그녀를 놓치지 않으려 열심히 발을 재촉했다.

멀리서 들리던 팡파르 소리가, 조금씩 또렷해지고 있었다.

6

 20분쯤 걸었을까. 영춘 어르신은 나무와 풀이 양쪽으로 줄지어 있는 오솔길로 방향을 틀었다. 사람들의 웅성거리는 소리가 들려오기 시작했다.
 "여기가 구절초리 중심에 있는 능만산. 구보대도 여기서부터 달리기를 시작하지."
 시골 마을의 체육대회라고 해봐야 대충 윷놀이나 제기차기 따위를 하겠지, 생각하며 터덜터덜 영춘 어르신의 뒤를 따라 걷고 있는데 예상치 못했던 거대한 건축물이 불쑥 내 눈앞에 모습을 드러냈다.
 "이게 다 뭐야."
 '구절초리 스타디움'은 능만산 숲속, 넓고 푸른 들판 위에

웅장한 모습으로 서 있었다. 고대 유적을 연상케 하는 돌로 지어진 경기장은 높이도, 크기도, 모든 면에서 과연 압도적이었다.

'동쪽'이라 적힌 커다란 아치형 문으로는 영춘 어르신처럼 엄청난 근육을 자랑하는 할머니들이 형형색색 운동복을 입고 바삐 걸음을 옮기고 있었다. 발달한 부위는 사람마다 달랐지만, 두꺼운 밧줄 같은 우람한 근육과 거친 주름이 짙게 파인 구릿빛 피부가 공통점이었다. 하나같이 허리를 꼿꼿하게 세우고, 탄력 넘치는 종아리 근육으로 사뿐사뿐 가볍게 걸었다.

안으로 들어서자, 감탄이 절로 나왔다. 경기장은 가운데 커다란 타원형 운동장을 중심으로, 3층 높이의 객석이 둘러싸고 있는 구조였다. 딱 한 번, 정아가 티켓을 협찬받아 왔다며 태수와 셋이서 축구 경기장에 가본 적 있었다. 그날의 경기는 기억나지 않았지만, 드넓게 펼쳐진 잔디 운동장을 넋 놓고 바라보았던 낯선 감각, 사람들의 환호성과 함께 나눠 먹었던 간식의 맛은 결코 잊히지 않았다. 구절초리 스타디움은 그때 그 축구 경기장보다 훨씬 더 크고 압도적인 느낌을 주었다. 나는 숨을 깊이 들이마시고, 눈을 크게 떴다. 이 순간의 기억이 어쩌면 내 맘속 깊은 곳에 남게 될 거란 걸, 아주 잘 알고 있다는 듯이.

시원한 바람이 불어왔다. 바람이 부는 쪽으로 고개를 드니, 막히지 않은 경기장 천장 위로 파란 하늘이 지붕을 대신해 덮고 있었다. 초대형 플래카드가 펄럭이며 요란한 소리를 냈다.

─제76회 구절초리 체육대회: 구절초리 최강, 세계 최강!

관중석 중간쯤 자리를 잡은 영춘 어르신이 운동 가방을 열고, 장갑과 보호대 등 운동 용품들을 꺼내며 분주하게 준비하기 시작했다. 나는 앞으로 멘 가방을 끌어안은 채 엉거주춤 그녀의 옆자리에 나란히 앉았다.

각기 다른 신체적 강인함을 가진 할머니들이 경기장 곳곳에서 탄성 좋은 스프링처럼 높이 튀어 올랐다가 가볍게 착지하기를 반복했다. 아직 본격적인 체육대회는 시작하기도 전인데, 나는 준비운동으로 보이는 그들의 움직임에도 넋을 놓을 지경이었다. 이 광경을 본 사람들이라면 그 누구라도 플래카드에 적힌 '구절초리 최강, 세계 최강'이라는 말을 부인할 수 없을 듯했다. 그러다 문득 의문이 일었다.

"이렇게 엄청난 할머니들이 모여 있는데, 왜 아무도 모르는 거지?"

SNS에는 하루가 멀다 하고, 아니 초 단위로 세상의 온갖 일들이 짧은 클립으로 편집돼 빠르게 퍼 날라지는데. 아무리 떠올려보아도 바다 마을의 엄청난 힘을 가진 할머니들이 살고 있다거나, 이탈리아의 콜로세움을 닮은 경기장이 있다는 이야기는 듣지도 보지도 못했다. 목이 긴 양말 사이로 정강이 보호대를 집어넣던 영춘 어르신이 내 혼잣말을 듣더니 대답했다.

"우리 마을도, 아주 오래전엔 이렇게까지 폐쇄적이진 않았어. 괴물이라며 손가락질하는 사람들이 늘어나면서, 문을 걸어 잠글 수밖에 없었던 거지. 아무도 모르게 살면, 적어도 자유로울 수는 있으니까. 이 체육대회도 마을 문을 완전히 닫은 그때부터 시작됐어. 남 눈치 보지 않고, 마음껏 힘을 펼치는 것. 그게 우리 마을다운 일이거든."

"지금껏 남자 어르신들은 한 분도 못 뵌 것 같은데, 다들 어디 계세요?"

"너도 보다시피, 구절초리 토박이들 중에 여자들만 이런 운명을 타고났어. 몇 없던 토박이 남자들은…… 갔고."

"모두 돌아가셨단 말인가요?"

"아니. 죄다 도시에 나간 지 오래야. 마을서 힘센 토박이 여자들이 일도 다 하고, 대장질하는데 구절초리에 사는 재미가 있나. 구절초리 토박이 남자들은 바깥 사람들이랑 신체적으로 차이 나는 것도 아니니 젊었을 적부터 떠나고 없지."

드르르륵. 드르르르륵.

모래 운동장 한가운데를 거대한 원통 모양 롤러가 마찰음을 내며 가로지르고 있었다. 철제 원통이 지나간 자리는 호수 표면처럼 미끈해졌다. 집채만 한 롤러를 끄는 건 비교적 체구가 작은 할머니 단 한 사람뿐이었다. 한 걸음씩 묵직하게 걸음을 내디딜 때마다, 롤러 할머니의 허벅지가 크게 부풀었다.

"짐 잘 보고 있어야 한다."

"아, 네. 누가 훔쳐 가면 안 되니까."

"차라리 누가 훔쳐 가는 게 낫지."

"네?"

"훔쳐 가면 훔친 놈을 찾으면 되는 건데, 깜빡 잊어버린 물건은 찾을 방도가 없어. 암만 불러도 대답이 없지. 나이 들면서 다른 건 다 괜찮은데, 이 깜빡깜빡하는 게 문제야. 네가 좀 더 젊으니까, 나보단 낫겠지."

흡흡흡. 영춘 어르신이 절도 있게 호흡하며, 두 다리를 번갈아 뻗어 스트레칭하더니 이내 계단 아래로 가볍게 뛰어 내려갔다. 그 뒤로, 팔뚝에 돌담을 두른 듯 울퉁불퉁한 근육을 가진 할머니, 한쪽 어깨에 농업용 타이어를 걸친 할머니, 그리고 어깨가 좌우에 커다란 바위를 얹은 것처럼 보이는 할머니가 차례차례 내려갔다. 이곳저곳에서 붕붕붕, 통나무를 돌리며 몸을 푸는 소리가 들려왔다. 어마어마한 크기의 동물이 포효하는 듯한 기합 소리도 끊임없이 들렸다.

바닥에 떨어져 있던 체육대회 팸플릿을 집어 들었다. 앞장부터 천천히 넘기며 살펴보았다.

"1톤 모래 수레 끌기, 트랙터 타이어 멀리 던지기, 스피드 나무토막 쪼개기, 왕복 바윗돌 굴리며 달리기, 불타는 줄다리기?"

평범하지 않을 거라고 생각했지만, 경기 종목들은 역시 남달랐다.

"제76회 구절초리 체육대회를 시작합니다!"

장내 아나운서의 힘찬 목소리가 경기장 전체에 울려 퍼졌다. 귀가 먹먹해질 정도로 거대한 박수와 함성이 이어졌다. 생사도 모르는 친모가 살던 집에 오게 된 것, 근육질 할머니들이 모여 사는 비밀스러운 마을이 존재한다는 것. 이 모든 일을 한 번에 이해할 방법은 단 하나뿐인 것 같았다.

"아, 내가 아직 꿈꾸고 있구나."

철거 직전 주옥빌라에서 생사를 오가던 그때 꾸었던 꿈의 일부가 아닐까. 나는 오른손으로 뺨을 찰싹 소리가 나게 때려봤다. 꼬집어도 봤다. 따끔한 통증만 또렷하게 느껴질 뿐, 꿈에서 깨어날 기미는 보이지 않았다.

7

탕!

신호총 소리가 하늘을 갈랐다. 첫 번째 경기인 '1톤 모래 수레 끌기 대회' 순위 결정전이 시작됐다. 부산하던 관람석이 일순간 조용해졌다. 모래를 잔뜩 실은 수레를 끄는 다섯 할머니가 모래 폭풍을 만들며 결승선을 향해 달려갔다. 뿌옇게 먼지가 일어 경기장 공기가 매캐해졌다. 할머니들의 팔과 다리에 불거진 힘줄과, 움찔거리는 근육들이 마치 각기 다른 생명을 가진 것처럼 선명했다. 이내 결승선을 가장 먼저 통과한 파마머리의 선수가 수레를 뒤집으며 포효했다. 입안에서 모래의 까끌까끌하고 텁텁한 맛이 느껴졌지만, 나는 할머니들의 움직임이 만들어낸 박진감과 긴장감에 침을 꿀꺽 삼킬 수밖에 없었다.

"이제 결승전 참가자들 준비해주세요."

출발선으로 다시 돌아온 수레에 모래가 무덤처럼 둥글고 높게 채워지고 있었다. 은색 머리를 하나로 높게 묶은 영춘 어르신도 대기석에서 나와 준비하기 시작했다. 습관처럼 헤어밴드를 정중앙에 맞추고, 미끄럼 방지 장갑을 낀 뒤 주먹을 쥐었다 펴고 있었다. 긴장한 표정이 역력한 다른 할머니들과 달리 영춘 어르신의 표정은 무척 여유로웠다. 나는 김명희 씨의 집에 걸린 사진 속에서 영춘 어르신이 MVP 벨트를 들고 있던 것을 떠올렸다.

"기왕 체육대회까지 보게 됐으니, 영춘 어르신 이기라고 응원이나 해야겠다."

그때였다. 영춘 어르신의 바로 옆에 선 선글라스를 낀 참가자가 무언가를 영춘 어르신의 수레 위에 몰래 얹고 있었다. 가만히 보니 낯이 익었다. 3인 1조 저승사자 무리 중 한 명이자, 길자 어르신과 앙숙인 원주 어르신. 그는 좀 전부터 수레를 지나치게 꼼꼼히 살피고, 몇 번이나 교체 요청을 하며 경기를 10분 넘게 지연시킨 당사자이기도 했다. 바꾼 수레에는 관심이 없다는 듯 두리번거리고 안절부절못하는 것이 의심스러웠는데, 이젠 부정행위까지 서슴지 않는 것이었다. 누가 보고 있다는 것도 신경 쓰지 않는 듯, 원주 어르신은 자신의 수레에서 모래를 한 주먹씩 퍼 영춘 어르신의 수레에 성실히도 옮겨 담았다.

"저건 아니지!"

아무것도 모르고 멍청하게 당하고만 있는 영춘 어르신을 보자, 욱하고 화가 치밀었다. 주먹을 꽉 쥐었다. 바들바들 몸이 떨려왔다. 그러는 사이에도 원주 어르신은 또다시 자신의 모래를 주머니로 퍼 담았다. 경기장 바닥을 고르는 내내 원주 어르신의 부정행위는 멈추지 않을 것처럼 보였다. 나는 경기가 시작되기 전 그의 만행을 영춘 어르신이나 심판 그 누구에게라도 알려야겠다는 생각에 사로잡혀 눈이 뒤집힐 지경이었다.

하지만 정의도 지켜본 사람이나 지킬 수 있는 것일까. 관중석에서 경기장 쪽으로 가는 것부터가 내게는 험난했다. 앞으로 멘 불룩한 가방이 시야를 가렸고, 관중석 벤치 아래 놓인 사람들의 크고 작은 짐들이 장애물처럼 이곳저곳에 놓여 있어 두 걸음에 한 번씩 뜀뛰기를 해야 했다. 하도 신체 건장한 구절초리 할머니들을 본 탓일까. 지방도 근육도 거의 남아 있지 않은 내가, 주제도 모르고 곡예를 시작한 셈이었다. 나 홀로 체육대회 장애물 경기를 치르는 듯했다. 그때였다.

딱!

나무 쪼개지는 듯한 소리가 들렸다. 나는 내 머리가 두 쪽으로 갈라진 것은 아닌지 양손으로 더듬어보았다. 얼얼하게 아팠지만, 멀쩡했다. 그럼 쪼개진 것은 대체 무엇인가. 누군가 끙끙 앓는 듯한 신음이 들렸다. 마른 체격의 남자가 양손으로 코를 감싸 쥔 채 바닥에 주저앉아 있는 것을 발견했다.

탕!

결승을 알리는 신호총 소리가 울려 퍼지자, 관중석에서 와아, 하는 함성이 터져 나왔다. 휘익휘익, 날카롭게 공기를 가르는 휘파람 소리와 박수 소리가 뒤섞여 귀를 울렸다. 경기장 천장으로 쏟아져 들어온 햇살은 모래 먼지를 통과해 사선으로 흘렀고, 공중에 떠오른 입자들이 눈앞을 천천히 지나갔다. 코를 다친 건 상대였지만, 일순간 숨이 멎은 건 나였다. 나는 시간이 멈춘 듯 얼어붙었다.

8

 결승전은 순위 결정전과 차원이 다른 수준으로 펼쳐졌다. 결승전 참가 선수들은 공중을 가르듯 가뿐하게 달려나갔다. 수레바퀴가 바닥에 끌리는 거친 소리도 들려오지 않을 정도였다. 모래 폭풍마저 훨씬 더 짙고 빠르게 경기장을 뒤덮었다. 불안정한 대기에서, 급격하게 상승하며 만들어지는 적란운처럼 모래로 된 구름이 빠르게 소용돌이치며 아래에서 위로 쌓였다. 관중석은 진공 상태처럼 아무 소리도 번져 나오지 않았다. 마치 경기장엔 다섯 명의 선수만 숨 쉬고 있는 것 같았다.
 모래 폭풍은 점점 결승선에 가까워지고 있었다. 2등과 상당한 격차를 벌리며 달리고 있는 사람이 모래 폭풍 사이로 모습을 감췄다가 잠깐씩 드러내곤 했다. 그리고 나는 선두를 달리는 사람의 팔뚝에 새겨진 만개한 장미 문신을 똑똑히 보았다. 영춘 어르신의 팔뚝에서 마치 동물처럼 펄떡이던 그 장미 문신이었다.

마치 내가 전력 질주를 하는 것처럼 심장이 터질 듯 두근거렸다. 스포츠 경기 하나 때문에 이토록 가슴이 뛸 수 있을까 싶을 정도였다. 살면서 이랬던 적이 있었나. 하계와 동계 올림픽, 아시안게임, 피파 월드컵, 월드 베이스볼 클래식, 프로 농구 리그, 골프 메이저 대회 등등. 사람들이 열광한다는 경기에 큰 흥미를 느껴본 적 없었다. 오히려 피곤했다. 큰 경기가 열리는 날이면 몰아치는 배달 호출을 소화하느라 정신이 없었던 것이다. 이리저리 엉키는 바이크와 차 사이에서 목숨을 건 주행을 이어나갔고, 평소보다 세 배는 많은 고객 불만을 묵묵히 감내할 뿐이었다.

경기 결과에 반전은 없었다. 영춘 어르신이 가장 먼저 결승선을 통과해, 반 회전을 하며 멋지게 수레를 멈춰 세웠고 뒤이어 원주 어르신, 그다음 3, 4, 5순위가 차례로 들어왔다.

"와아아아아악!"

흥분을 감추지 못하고 소리를 질렀다. 불끈 쥔 주먹을 공중에서 휘두르고, 제자리에서 두 발을 모아 폴짝폴짝 뛰기도 했다. 영춘 어르신이 내가 있는 쪽으로 손을 흔들어 보이자, 나는 아주 오래도록 좋아했던 가수의 콘서트장에 온 골수팬처럼 소리를 지르고, 양손으로 엄지를 치켜세웠다. 머릿속이 온통 영춘 어르신의 깔끔하고도 멋진 승리로만 가득 찬 것 같았다.

"벌써 마을에 적응 완료네요."

코를 훌쩍이며 남자가 말을 걸어왔다. 손에 땀을 쥐게 만드는 경기에 정신이 팔려, 고통을 호소하던 그를 완전히 잊고 방방 뛰었던 것이 부끄러워졌다. 나는 앞으로 멘 가방 위에 두 손을 가지런히 올리고, 곁눈질로 그를 바라봤다.

짙은 눈썹에 높은 콧대, 날카롭지만 부드럽게 찢어진 눈매. 동남아 유명 배우를 연상케 하는 이국적이고도 매력적인 얼굴이었지만, 눈꼬리에는 눈물방울이 대롱대롱 매달려 있었고, 콧대가 붉게 부어오르고 있었다. 인중을 따라선 선명한 코피 자국이 붉은 길을 만들며 줄줄 흐르고 있어 마주보고 있는 것만으로도 미안한 마음에 어쩔 줄 모를 지경이었다.

나는 남자를 향해 팔을 쭉 뻗어 손가락으로 코피가 흐르는 쪽을 가리켰다. 그때였다. 짐짓 태연해 보였던 남자가, 사색이 된 얼굴로 거북이가 목을 감추듯 움츠렸다. 그 때문에 남자의 코에선 더 많은 양의 코피가 뿜어져 나왔고, 이내 바닥에 뚝뚝 떨어졌다.

큰일이었다. 남자는 확실히 의심하고 있는 거였다. 오해를 사고 싶지 않았다. 나는 서둘러 양손을 바지 주머니에 집어 넣었다. 남자는 미심쩍다는 표정을 거두지 않았고, 코피는 멈추지 않고 콸콸 흐르고 있었다. 저 남자는 아까의 충격으로, 자기 코에서 피가 흐르는 것조차 느끼지 못하게 된 것인지도 몰랐다. 나는 급한 마음에 헐거워진 바지의 허리 안쪽으로 양팔을 깊게 찔러 넣었다. 주먹을 지나 손목을, 그다음엔 팔꿈치까지. 나 스스로를 결박시킨 자세가 되어서야 남자는 움츠렸던 목을 조금 빼내었다.

"절대 위협하려는 게 아니라요. 그쪽, 코피가 나요. 그것도 아주 많이."

나는 봉인된 팔 대신, 턱끝으로 남자의 얼굴 쪽을 가리키며 말했다. 남자는 피로 흥건해진 인중에 손을 갖다 댔다. 양심에 찔리다 못해 찢기는 것 같았다.

"죄송합니다. 정말 죄송합니다. 어떻게든 제가 책임을 지고 싶긴 한데요, 제가 그 책임을 돈으로 지기엔 빈털터리이고······. 아무튼 차차 책임을, 그러니까 반드시."

병원비나 합의금을 달라고 하면, 도대체 얼마나 기나러딜라고 애원해야 할까. 이 마을에서 내가 돈 벌 수 있는 일이 있기는 한 건가. 또 돈이 문제였다. 나도 모르게 한숨이 나왔다. 머리가 지끈거렸다.

손으로 코피를 닦아낸 남자가, 피로 물든 손을 흔들며 무시무시하게 말했다.

"진짜 책임져요."

양팔을 바지 사이에 그대로 넣은 채, 고개를 90도로 숙여가며 사죄하던 나는 고개를 들려다가 균형을 잃고 우스꽝스럽게 휘청였다. 그 모습을 본 남자의 콧구멍이 벌름거리기 시작했다. 이내 하마의 콧구멍처럼 둥글고 큰 모양이 됐다. 눈가도 좀 전보다 더 촉촉하게 젖어 있었다. 나는 남자가 머리를 다쳐 완전히 망가져버린 것은 아닐까 생각했다. 묘한 표정을 짓던 남자가 처음에는 작게, 그러다 점점 더 크게 웃기 시작했다.

"와하하하하!"

웃는 남자의 입이 시원하게 벌어졌다. 나는 공포에 떨었다. 남자의 앞니 두 개가 코피로 붉게 물들다 못해 절여진 것 같은 끔찍한 상태였기 때문이다.

"내가 이래서 구절초리를 못 떠났지."

"그게 무슨 소리인지."

"하고 씨도 딱 구절초리 사람이네요. 힘도 세고, 책임감도 있고."

"저를 아세요?"

"그럼요. 모르는 게 더 이상하죠. 지난번에 인사도 갔었는데, 주무시고 계셨거든요. 평소에도 아침잠이 많은가 봐요. 제가 갔을 때가 오후 2시쯤이었으니, 따지고 보면 아침은 아니었지만."

"제가 밤에 좀 할 일이 있어서……."

"농담이에요. 듣던 것보다 건강해 보여서 다행이에요. 벌써 마을에 적응도 마치신 것 같고. 저라면 못해도 두 달은 걸렸을 거예요."

손으로 대충 문지른 탓에 남자의 인중은 붉은 콧수염이 돋아난 것처럼 더 얼룩덜룩해졌다. 그 얼굴을 하고서도 남자는 소년처럼 해맑게 웃고 있었다. 모든 경계심을 거두는 햇살 같은 웃음이었다.

"촉차이 쑤파뀐."

"무슨 콘요?"

"제 이름이에요. 태국 사람, 태국 이름. 한국 이름도 있어요. 수석재. 구절초리 사람들은 다들 석재라고 부르고요."

"네? 한국 사람 아녜요?"

깜짝 놀랐다. 석재의 한국말은 한국어가 모국어인 사람처럼 지나치게 유창했다. 그 때문에 나는 그가 이국적인 외모를 가졌다고 생각했지, 외국 사람일 거라곤 생각도 못 했다. 외국인이라고 생각하자 석재와 무슨 대화를 해야 할지 갑자기 막막한 기분이 들었다.

"저 한국말 되게 잘하죠? 원래는 잘 못했는데, 애가 말 배우기 시작하면서 공부 열심히 했어요. 특히 발음 공부요. 아빠가 외국인이라 애가 말을 잘 못한다는 소리 들으면 좀 그렇잖아요."

한국말을 잘하는 외국인에게는 무슨 질문을 해야 좋을까. 고향이 그립지 않으냐고 물어야 하나. 불고기는 입맛에 맞는지, 그도 아니라면 김치는 매운데 잘 먹는지, 혹시 당신도 케이팝이 좋아서 한국에 온 건지 등 전혀 궁금하지 않지만 어쩐지 외국인을 만나면 물어야만 할 것 같은 시답잖은 말들만 자꾸 떠올랐다.

"김치 좋아하고요. 특히 장모님 깍두기를 제일 좋아하고. 싸이의 「강남스타일」은 한국에 살기 시작하면서 듣게 되었지만, 아무튼 좋아해요. 사랑해요, 케이팝. 또 사람들이 많이 물어보던 게 있는데, 어디 보자."

석재는 이런저런 얘기를 줄줄이 읊었다. 한두 번 질문을 받은 사람이 아닌 것만은 확실했다. 나는 더 이상 설명하지 않아도 된다는 의미로, 허리춤 사이에 넣었던 팔을 조심스럽게 빼내 X자를 만들었다. 석재가 빙긋 웃어 보였다.

"참, 아까 어디 가시려던 길 아니었어요?"

"아, 방금 2등 한 선글라스 선수."

"신원주 어르신이요?"

"네, 신원주 어르신. 그분이 뻔뻔하게 부정행위를 하길래 누구에게라도 알려주려 했거든요. 뭐 영춘 어르신의 압승이어서 상관없을지도 모르지만요."

석재가 별일 아니라는 듯 천천히 고개를 끄덕였다.

"그거라면 걱정 마세요. 이미 진행팀에서 원주 어르신 수레에 모래 5킬로그램을 더 넣어두었을 거예요."

사람이 한 주먹에 쥘 수 있는 모래는 100그램이 채 될까 말까 한 양일 것이었다. 아무리 손이 크다 해도 원주 어르신이 한 주먹씩 영춘 어르신의 수레에 퍼다 나른 모래량은 300그램 남짓이었을 것이고. 석재가 태연하게 원주 어르신의 승부욕과 관련된 이야기를 들려주는 동안, 나는 되려 혼란스러워졌다.

"5킬로그램이나요? 그럼 원주 어르신이 2등을 한 게 오히려 억울한 거 아녜요?"

석재는 어깨를 으쓱하며 다시 나를 향해 웃어 보였다. 그의 앞니 사이에는 여전히 피가 고여 있었다.

순위 결정전과 결승전이 끝나자, 올림픽처럼 구절초리 체육대회도 곧바로 종목별 시상식이 이어졌다. 1등부터 3등까지 오를 수 있는 시상대가 금세 경기장 한가운데 설치됐다. 시상대에 영춘 어르신이 1등 자리로 올라섰다. 진행자가 커다란 트로피를 영춘에게 건넸다. 근육이 불끈거리는 양팔과 모래가 가득 실린 수레를 형상화한 독특한 트로피였다. 영춘 어르신이 가뿐하게 트로피를 머리 위로 들어 보였다. 시상대의 중간 높이인 2등 자리에서 원주 어르신은 주먹 크기만 한 은색 메달 하나를 받아 들었다. 원주 어르신은 영춘 어르신에게 눈을 흘기며 발끝으로 애꿎은 시상대 바닥만 툭툭 찍었다.

"투덜이, 너도 낼모레면 팔순이다!"

관중석에서 누군가 큰 목소리로 외쳤고, 사람들의 웃음소리가 한꺼번에 터져 나왔다. 원주 어르신이 선글라스를 벗어 바닥에 패대기치고는 주먹을 번쩍 들어 보이며, 욕설이 섞인 듯한 말을 관중석에 뱉었다.

"끝없는 바위 굴리기 종목에 영춘 어르신은 올해도 핑계를 대고 안 나갈걸요."

"자신이 없어서요?"

"아뇨. 영춘 어르신이 1등 하지 못하는 종목은 없을 거예요. 근데도 꼭 끝없는 바위 굴리기 종목 출전을 앞두곤 설사병이 났다, 장비를 집에 놓고 왔다, 집에 가스불이 켜져 있는 것 같다, 하면서 사라져요."

"왜요?"

"원주 어르신이 제일 잘하는 종목이거든요."

"영춘 어르신이 양보한다는 말씀이죠?"

석재는 피 묻은 이를 씩 드러내며 웃었다. 역시 긍정도 부정도 하지 않았다.

"저 가봐야겠어요. 또 뵈어요."

저만치 멀리서 길자 어르신이 계단 아래쪽으로 뛰어 내려가고 있었다. 석재는 길자 어르신을 향해 '장모님' 하고 살갑게 불렀다. 길자 어르신이 뒤를 돌아 그를 향해 다정히 미소 지었다.

모래로 목욕이라도 한 듯, 머리부터 발끝까지 모래를 잔뜩 뒤집어쓴 영춘 어르신이 커다란 트로피를 안고 성큼성큼 경기장 위로 올라왔다. 트로피는 가까이서 보니 더 크고, 더 독특한 모양을 하고 있었다. 정교하게 새겨진 근육과 힘줄의 무늬도 인상적이었다. 손끝으로 조심스럽게 트로피를 쓰다듬어 보았다. 햇빛에 달궈진 금속 특유의 뜨거운 열기가 전해졌다.

영춘 어르신은 운동 가방에서 수건을 꺼내, 흐르는 땀을 닦았다. 숨을 고를 틈도 없이, 전쟁터로 향하는 비장한 전사 같은 얼굴을 하고는 다시 경기장 아래로 뛰어 내려갔다. 한 종목을 제외한 모든 종목의 결승전에 출전하는 영춘 어르신은, 구절초리 스타디움에서 가장 바쁜 사람이었다.

경기는 쉬지 않고 이어졌다. 영춘 어르신도 쉬지 않고 각

종목에서 우승을 했고, 모양과 색이 각기 다른 트로피를 가져와 내가 앉은 자리 옆에 차곡차곡 쌓아나갔다. 늦은 오후가 되자 나는 영춘 어르신이 가져온 트로피들 사이에 거의 파묻힐 지경이 되었다.

해가 뉘엿뉘엿 넘어갈 때가 되어서야, 모든 경기가 끝났다. MVP 시상식이 열리는 폐회식에 참석하기 위해 참가자와 객석에 있던 관람객 모두 경기장 아래로 내려왔다. 나도 사람들 무리에 섞였다. 아직 식지 않은 열기가 후끈후끈 느껴졌다. 건강한 기운이 눈에 보이는 것처럼 떠다니는 듯했고 그중 몇 개는 손으로 잡아 집어삼킬 수도 있을 것만 같은 생생함이 느껴졌다. 장내 아나운서가 폐회식을 위해 설치한 간이 무대 위에 올라 마이크를 잡았다.

"아아, 마이크 테스트. 하나둘."

아직 준비 중이라 호명하지 않았는데도, 영춘 어르신이 가볍게 무대 위로 뛰어 올라갔다. 장내 아나운서는 다급히 MVP 벨트를 집어 영춘 어르신에게 건넸다.

"올해의 MVP도 역시 왕영춘!"

영춘 어르신이 MVP 벨트를 받아 들고 머리 위로 번쩍 들어 올렸다. 노을빛에 벨트가 금빛으로 번쩍였다. 원주 어르신만은 자신의 '끝없는 바위 굴리기' 1등 트로피를 끌어안고 영춘 어르신을 노려보고 있었지만, 그를 제외한 모두가 축하의 박수를 쳤다. 휘익휘익. 휘파람 소리가 날랜 새처럼 운동장을 날카롭게 가로질렀다. 두 팔을 쭉 뻗어 벨트를 치켜든 영춘 어르신 뒤로, 구절초리의 반짝이는 파도가 넘실대는 풍경이 이어졌다.

9

딸랑.

1층 출입문 종소리에 잠에서 깼다. 힘겹게 눈을 떠 시계를 확인했다. 초침이 막 정각을 지나고 있었다. 1초도 틀림없는, 무시무시하게 정확한 오전 7시 정각. 나는 반사적으로 베개를 꾹 눌러 귀를 막았다. 선제 조치를 하지 않으면, 울림통 큰 목소리에 귀가 터질지도 몰랐다.

"으하하하하하!"

예상대로였다. 체육대회 다음 날부터였든가, 아니면 그다음 날부터였든가. 구절초리 구보대의 종착점이 김명희 씨의 집 1층이 된 것은. 나는 2층 가장 끝 방 침대에 누워 있었지만, 할머니들의 목소리는 마치 바로 옆에 있는 것처럼 쩌렁

쩌렁 울려 퍼졌다.

대화 주제는 언제나 똑같았다.

'일을 하지 않는 강하고가 걱정이다.'

직접 와서 솔직하게 말하는 것도 방법일 텐데, 매일 아침 들으라고 벌이는 이 연극 같은 대화가 이 마을의 방식이었다. 누군가는 고래고래 외치고, 누군가는 귀를 틀어막는 요란한 아침이 또다시 시작되었다.

"길자야, 내가 요즘 아주 두근두근해."

"영춘이 너 지난번 마을 밖에 나갔다 오더니, 거기서 잘생긴 할아버지라도 본 거야?"

"그런 것도 아닌데 말이야. 두근두근, 쿵덕쿵덕. 아주 그냥 심장이 벌렁벌렁해."

"그거 부정맥이다. 이 나이쯤 되면 설레는 것도 다 병이라 생각하는 게 안전하다 그랬어. 부정맥 그게 사람 잡는다고, 응? 영춘아. 이제 우리 나이도 있고 하니, 갈 때가 됐다 생각하고 방치했다간 훅 가는 수 있어."

"부정맥이면 또 어때. 갈 때 되면 가야지. 노인네가 죽는 게 대수가 아닌 거야. 내 두근거림과 불안, 초조 아무튼 만병의 근원이 다 저 새파랗게 젊은 놈이 집에 콕 틀어박혀선 안 나오는 것 때문에 그런 거야. 저 젊은 것도 삶이 의미가 없고 곧 죽니 마니 그런 소리를 하는데. 아무튼 나도 이대로 냅뒀다가 하느님, 부처님, 알라신 만나러 저승이나 가련다."

"아이고, 나도 이상하게 심장이 두근두근하는 것 같다. 내가 내일 원주한테 하고 입을 수의나 미리 만들어달라고 해야 속이라도 편해지겠어."

베개로 귀를 더 세게 눌러 막으며, 나는 이틀 전 영춘 어르신이 들려준 김명희 씨 이야기를 떠올렸다. 어르신은 내가 혼란스러워 할까 봐 일부러 먼저 말하지 않으려 했다고 했지만, 정작 내가 묻기도 전부터 김명희 씨에 대한 이야기를 쉴 새 없이 쏟아냈다.

김명희 씨는 '치료할 수 없는 병'으로 죽었다. 그 말을 하다 말고 영춘 어르신은 터지는 울음을 참지 못하고 끝내 목 놓아 울었다. 나는 그 앞에 선 채 이렇다 할 슬픔을 표현하지 못했다. 그것이 내 솔직한 마음이었다. 얼굴도, 목소리도 알지 못하는 사람을, 단지 나를 낳았다는 이유 하나만으로 애도할 수는 없었다.

김명희 씨의 죽음이 이날 아침 문득 다시 떠오른 건, 어르신이 말한 '치료할 수 없는 병'이 무엇인지 어렴풋이 짐작할 수 있었기 때문이었다.

"김명희 씨 불치의 병명은 보나 마나 스트레스야. 시도 때도 없이 함부로 쳐들어와서 간섭하는 어르신들 때문에 결국엔 꼭지가 돌아버린 거지. 아침잠 없고, 성실하고, 끈질긴

데다 심지어 건강한 구절초리 할머니들을 이길 수 있는 사람은 세상 어디에도 없으니까. 그건 자식까지 모질게 버리는 못된 김명희 씨여도 감당 못 하는 거야. 극심한 스트레스로 말라 죽은 게 분명해. 암, 그렇고말고."

귀를 틀어막고, 몸을 웅크리고, 이불까지 뒤집어썼다. 그런데도 시간이 갈수록 할머니들의 목소리는 점점 더 커지는 것만 같았다. 게다가 창문 너머로는 눈부신 햇살까지 쏟아지고 있었다. 눅눅하게 몸을 짓누르던 잠기운도 바짝 말라버린 듯했다. 밀려오는 짜증을 주체하지 못하고, 침대 위에 누운 채 양발로 허공을 물장구치듯 차댔다. 그때였다.

깽!

작지만 분명한 소리가 들렸다. 나는 온몸에 시멘트를 들이부은 것처럼 단단히 굳어버렸다. 심지어 엄지발가락 끝에 낯선 촉감이 느껴졌다. 까슬까슬하면서도 물컹한, 살아 있는 듯한 온기. 몸 전체가 레이더가 되어 발 아래 생명체를 감지하는 것 같았다. 지금껏 듣지 못했던 소리까지 들렸다. 아주 작게, 부스럭거리는 소리. 그리고 코를 킁킁대는 미세한 숨소리.

"아아아아아악!"

나는 비명을 지르며 자리에서 튀어 올랐다. 내가 빠져나온 이불 아래는 작은 무덤처럼 불룩 솟아 있었다. 소름이 쫙 끼쳤다. 도대체 언제부터 저 안에 저것이 함께 있었던 걸까. 무엇인지는 몰라도, 이불 속에서 뛰쳐나와 온 방을 휘젓는 참사는 막아야 했다. 만약 저것이 위험한 짐승이라면? 나는 사는 데 미련이 많은 사람은 아니었지만, 짐승에게 뜯기고, 너덜너덜해진 채 죽고 싶은 사람도 아니었다. 죽음이 그렇게까지 처참한 것이라면, 애초에 죽고 싶다는 생각도 하지 않았을 것이다. 그러니 지금 이 순간만큼은, 멀쩡히 살아내야 했다.

방 한쪽에 놓여 있던 커다란 플라스틱 빨래 바구니를 집어 들었다. 나는 조심스럽게 다가가, 이불 위에 바구니를 뒤집어엎고 엉덩이로 깔고 앉는 데 성공했다.

"하고야, 우리가 때마침 네 수의 얘기를 하고 있긴 했지만, 그렇다고 지금 죽으면 안 된다."

"그 전에 무슨 일이 있는지 먼저 물어봐야지. 하고야, 괜찮으냐?"

"그래, 무슨 일이야?"

영춘과 길자 어르신을 필두로 한 어르신들이 어느새 2층 방문 앞에 와 어슬렁거리고 있었다. 나는 엉덩이로 꽉 눌러 고정한 빨래 바구니 아래를 손가락으로 가리키며 말했다.

"무시무시한 걸 잡았어요."

영춘 어르신이 폭발물 처리반처럼 조심조심 걸음을 옮기

며 내 가까이로 다가왔다. 그 사이, '무시무시한'이라는 단어를 들은 마을 어르신들 사이에서는 이불 밑에 있는 것이 '새끼 멧돼지'라는 여론이 급속히 퍼지기 시작했다. 구보대에 참여했던 마을 어르신들이 누구랄 것도 없이 각자의 말을 웅성웅성 쏟아냈다.

"또 멧돼지 아녀? 며칠 전 새벽에 복자 언니네 창고 과자 다 파먹었다던데."

"가만 보자. 덩치가 작은 걸 보니, 멧돼지는 아닌 것 같은데."

"아이고, 야단났네, 야단났어. 그럼 새끼지 새끼! 지금쯤이면 어미 멧돼지가 찾느라 난리일 거 아녀. 농사지은 것들 다 헤집어놓겠네. 어미 멧돼지가 얼마나 무서운데."

이불 밑 수상한 것이 꿈틀거릴 때마다 깔고 앉은 바구니가 휘청휘청 흔들렸다.

"근데, 멧돼지가 어디로 들어왔담?"

영춘 어르신이 침대 가까이 다가가 바구니 아래를 살피려던 순간, 매트리스가 꿀렁였다. 폭신한 매트리스와 바구니 사이 벌어진 틈으로, 부숭부숭한 털을 가진 무언가가 잽싸게 튀어나왔다. 바구니는 힘없이 뒤집혔고, 나는 그대로 바닥에 엉덩방아를 찧었다.

통증을 느낄 새도 없이, 거실 쪽으로 두 손 두 발을 바닥에 붙이고 네 발로 살금살금 기어가는데, 방문 앞을 가로막고 있던 할머니들이 한 명도 보이지 않는다는 것을 깨달았다. 거실이 텅 비어 있었다.

 역시, 매일 아침 구보하는 분들이라 줄행랑도 빠른 것일까. 어이가 없어 나도 모르게 헛웃음이 새어 나왔다. 집에 숨어든 짐승 몰래 거실까지만 나간다면, 그래서 방문을 닫기만 한다면 일단 한숨 돌릴 수 있을 것 같았다. 그때였다.

 헥헥헥헥.

 침대 아래서 거칠고 낮은 숨소리가 들려왔다. 숨이 멎을 것 같았다. 돌아보지 않으려 했지만, 고개가 저절로 돌아갔다. 깜깜한 침대 밑. 그 속에서, 번뜩이는 두 눈이 나를 노려보고 있었다.

 "너 혹시, 그때 그 가방 도둑?"

 멧돼지가 아니었다. 낮은 포복을 한 채, 개 한 마리가 느릿하게 침대 밖으로 기어 나왔다. 숨이 찬 듯, 길게 혀를 빼고 헉헉거렸다. 긴 몸통, 계단 하나 제대로 오를까 싶은 짧고 통통한 다리, 감정이 여실히 드러나는 쫑긋거리는 귀, 납작한 얼굴과 짧은 주둥이. 갈색과 노란색, 흰색 털이 규칙 없이 뒤섞여 있는, 위협적인 요소라고는 하나도 없는 영락없는 시골 잡종이었다. 개는 이불 속에서 더위를 먹었는지 침을 뚝뚝 흘리면서도, 나와 적당히 거리를 두고 힘겹게 꼬리를 쳤다.

"언제부터 내 방에 있었던 거야?"

개는 아주 천천히 내 쪽으로 다가왔다. 귀를 한껏 뒤로 젖히고는 내 손 밑으로 조심스레 머리를 들이밀었다. 뻣뻣하고 거친 털이지만, 손으로 쓸어내리니 생각보다 부드럽게 느껴졌다. 개에게선 쿰쿰한 야생의 냄새가 피어올랐다. 그동안 세탁한 이불에서 구릿한 냄새가 나는 게 이상했는데 내가 잠든 틈을 타, 이 녀석이 몰래 침대까지 올라와 이불을 공유했던 게 분명했다.

나는 개의 정수리 한가운데를 손끝으로 가만가만 긁어주었다. 개의 목에는, 작고 낡은 이름표가 달려 있었다.

"두콩."

개가 뾰족한 귀를 움찔거렸다. 제 이름을 알아듣는 것일까. 내가 두콩이라는 이름을 한 번 더 말하자, 개는 가만히 숙이고 있던 고개를 들어 나와 눈을 마주쳤다.

"이 집엔 도대체 초대하지 않은 손님이 몇이나 되는 거야."

개의 등을 천천히 쓸어내려 보았다. 손에 야생의 냄새가 점점 더 진하게 배어들었다.

"하고! 너도 얼른 이쪽으로."

어딜 도망갔다가 이제 나타났는지, 구절초리 구보대 할머니들이 다시 거실을 꽉 채웠다. 그들의 손에는 쟁기, 삽, 곡괭이 그도 아니면 무쇠솥이 들려 있었다. 어르신들은 끝이 날카롭거나 단단한 쇠붙이들을 사방으로 휘둘러댔다. 엉성해 보였지만, 이들이 만들어내는 대열은 한두 번 해본 것이 아닌 듯 일사불란한 움직임을 만들었다.

눈치 빠른 두콩이 몸을 한껏 낮추고, 방문 사이로 얼굴을 빼꼼 내밀었다. 아직 사태 파악이 안 된 영춘 어르신이 비장한 얼굴을 하고서 외쳤다.

"평생을 우리 힘으로 지켜온 마을이야. 인간도 무시무시한 들짐승도 어쩌지 못하지. 하고 너도 대열에 들어와라. 길자는 하고 빈자리를 좀 만들어주고. 두콩이 너도 거기 있었구나. 이리로 와라. 너는 거기 있으면 한 입 거리다. 춧춧춧. 어서."

"도망갈 땐 언제고, 이제 와서……."

"우리는 절대 구절초리의 그 누구도 버리지 않아! 하고 너도 이리 오라니까."

천천히 자리에서 일어났다. 거실에는 군무를 추는 듯 할머니들이 빙글빙글 돌고 있고, 언제 목욕을 했는지 알 수 없는, 냄새나는 두콩이 살랑살랑 꼬리를 쳤다. 어르신의 부름에 두콩까지 대열에 합류하자, 나는 활짝 열려 있던 방문을 닫았다. 할머니들도, 그 어떤 짐승도 들어오지 못하게 단단히 잠갔다.

그 방엔 무시무시한 게 있다, 멧돼지가 있다, 하고가 여기서 죽으려 환장을 했다 등등. 온갖 호들갑스러운 말들이 방문 너머로 넘실넘실 넘어왔다. 나는 침대에 다시 벌렁 드러누웠다. 베개로 두 귀를 꽉 막은 뒤, 있는 힘껏 소리쳤다.

"그렇게 간절할 때는 곁에 아무도 없더니! 죽고 싶게 만들더니. 죽고 싶다고 하니까 지긋지긋하게 몰려드는 거야! 아무튼 오늘은 절대 안 죽을 테니까, 제발 다 나가줘요!"

베개 너머로 문밖의 웅성거림이 들려왔다. 물속에서 들리는 소리처럼, 먹먹하고 멀게 느껴졌다. 귀를 틀어막고서도 이상하게 밖의 소리에 귀를 기울였다. 이 소리가 잠잠해지고 혼자 남기를 기다렸지만, 동시에 이 소리가 계속 이어지길 바라는 마음이 되었다. 눈꺼풀이 무거워졌다. 소란 속에서도 자꾸만 졸음이 쏟아졌다. 자고 일어나서 냉장고에 있는 걸 좀 꺼내 먹어야겠다는 생각을 했다. 물회일지, 빵이 될지 모를 식사를 하며, 언제까지 여기 있을지 몰라도 이곳에서 할 수 있는 일이 있는지도 조금 고민해야겠다고 생각하면서.

10

 눈을 뜨니 정오가 가까워져 있었다. 배가 고파 견딜 수 없어, 끙끙거리며 몸을 일으켰다. 계단을 비틀비틀 내려가던 중, 1층에서 오징어물회 그릇을 들고 냉장고 쪽으로 가던 석재와 딱 마주쳤다.
 "일어나셨네요."
 석재는 마치 잘못을 저지르려던 사람처럼 놀라 멈춰 서더니, 이내 머쓱한 듯 웃으며 말했다.
 "조용히 놓고 가려고 했는데, 타이밍이 딱 맞았네요."
 나는 석재가 건넨 그릇을 두 손으로 받았다. 투명 랩이 씌워진 그릇은 얼음덩이처럼 시원했다. 싸늘한 감촉이 손끝을 타고 퍼졌다. 그릇 표면에 맺힌 물방울이 손가락 사이로 미끄러지듯 흘러내렸다. 덥고 끈적한 여름 공기 속에서, 짜릿한 시원함이 또렷하게 손끝에 각인되었다.

나는 바다가 가장 잘 보이는 테이블로 가 앉았다. 그릇 위 랩을 벗기려는데, 석재가 맞은편 자리에 조심스럽게 앉았다. 주머니에서 귀여운 그림이 그려진 플라스틱 수저통을 꺼내, 마치 중요한 것을 건네듯 슬쩍 내밀었다.

나는 고개를 꾸벅 숙이고, 수저통에서 숟가락을 꺼냈다. 국물 한 숟갈을 퍼 올려 입에 넣었다. 다시 먹어도 울컥할 만큼 맛있었다. 눈물이 핑 도는 걸 꾹 참고 있는데, 석재가 부담스럽게 나를 지켜보고 있었다. 나오려던 눈물이 쏙 들어가는 기분이었다.

"안 바쁘세요?"

"원래 바쁜 시간이긴 한데, 괜찮아요. 혼자 먹으면 쓸쓸하잖아요."

"안 쓸쓸해요."

"쓸쓸할걸요."

"저는 괜찮다니까요."

"그럼 제가 쓸쓸한 셈 토 해요. 그러니까 다 드실 때까지 여기 있게 해주세요. 하고 씨가 말동무도 해주시고."

나는 뭐 어쩌겠냐는 식으로 어깨를 으쓱해 보였다. 석재는 어쩐지, 다 큰 어른을 대하면서도 어린애에게 하듯 말하는 버릇이라도 있는 것 같았다. 나는 고개를 숙이고 물회를 퍼먹는 데만 집중했다.

코를 훌쩍이며 물회를 한 그릇 다 비웠다. 배가 빵빵하게 부풀었다. 벨트를 하지 않으면 흘러내리던 바지도, 구절초리에 온 며칠 사이에 허리에 딱 맞게 되었다. 팔과 다리, 손가락 끝까지 골고루 팽팽하게 부푼 느낌. 많이 먹고, 충분히 잠을 잔 덕분에 피부도 미끈한 그릇 표면처럼 반질반질 윤이 나기 시작했다.

"도움이 필요하면, 제일 편한 게 저일 거예요. 언제든 얘기하세요."

"왜 제일 편해요?"

"어르신들 표현을 빌리자면, 동년배니까요."

"동년배면 다 편한가."

"걱정하지 마세요. 편하게 될 거예요."

누군가 쉽게 선의를 건넬 때, 있지도 않은 친분을 강조하며 손을 잡을 때, 그게 바로 가장 경계해야 할 순간이었다. 게다가 이른바 '동년배'들은 편한 존재였지만, 동시에 내게 가장 깊은 상처를 남긴 사람들이기도 했다. 정아와 태수 생각만 하면, 세상에 다시는 믿을 사람이 없다고 생각할 정도였으니까. 가슴을 갑갑하게 만드는 생각들이 먹구름처럼 몰려왔다.

맞은편에 앉아 있던 석재가 다 먹은 빈 그릇을 집어 들며 자리에서 일어섰다. 그러곤 심각한 표정이 된 나를 향해, 싱긋 웃어 보였다. 몰려오던 먹구름이 한순간에 걷히는 듯했다. 바닥에 남은 마음의 찌꺼기까지 파도가 깨끗하게 쓸고 지나간 것 같은 기분이었다.

'물회 같은 청량함이야.'

그 생각을 했을 때 나는 얼굴이 붉어지는 것만 같았다. 머리에 있는 생각을 털어내기라도 할 것처럼 고개를 휘휘 저었다.

"아무런 대가 없이 누군가를 살피고, 돕고, 아껴줄 수 있다는 걸, 저도 구절초리에 와서 배웠거든요. 여기가 다운이의 고향이 되면 좋겠다고 생각한 것도 그 때문이었고요. 인디 톤랍 쑤 구절초리 나 크랍! 구절초리에 온 걸 진심으로 환영해요, 하고 씨."

석재가 돌아간 뒤 1층 통창 앞 소파에서 부른 배를 끌어안고 깜빡 잠이 들었다가 딸랑, 하는 종소리에 깜짝 놀라 일어났다. 석재가 또 온 것일까. 나는 입 주변에 흐른 침을 다급히 옷소매로 닦았다. 방석 위에서 낮잠을 자던 두콩이 출입문으로 쪼르르 먼저 뛰어갔다.

"영춘 어르신 오셨네요. 손에 든 건 웬 꽃다발이에요?"

영춘 어르신이 바스락 소리가 나는 종이에 싼 다발을 테이블 위에 살며시 내려놓으며 대답했다.

"꽃 아니고, 이름 없는 풀."

가까이 다가가보았다. 어르신의 말처럼 꽃이 아닌 건 분명해 보였지만, 처음 보는 생김새였다. 흔히 보는 말린 고사리 같은 평범한 외형이지만, 보는 각도에 따라 색이 묘하게 달랐다. 뿌리 쪽은 어두운 남색에서 시작해, 줄기는 청록색에 가까워 보였다가 잎끝은 붉은빛을 띠었다. 손을 가져다 대자, 피가 도는 생물처럼 온기가 느껴지는 것 같기도 했다.

"이름 없는 풀은, 딱 구절초리에서만 나. 세상 어디에도 없어. 특히 무덤가에 나는 것들은 빛깔도 향도 더 오묘하고, 색도 더 다양하지. 풀 자체도 그래. 보는 각도마다 색이 달라지고, 우려내면 물 위로 퍼지는 빛깔도 가지가지야. 이 풀 한 다발 안에, 온 우주의 빛깔이 다 스며 있고, 차를 마시는 건 그걸 한 모금 들이켜는 거라고. 차를 마시는 게 아니라, 온 우주를 마시는 거야. 아무튼, 너도 이제 구절초리 사람 됐으니까. 이 차 맛에 익숙해져야지 싶어서 가져왔지."

"돌아갈 곳만 다시 정해지면, 떠날 거예요. 가서 마저 할 일도 있고요."

"그럼. 네가 기운 차리고, 하고 싶은 일이 생기거든 언제든 그래야지. 그래도 한번 구절초리 사람은 영원히 구절초리 사람! 여기 있는 동안에도, 밖으로 나서더라도 우리 마을 사람들이 너를 힘껏 도울 거다."

"김명희 씨가 이 마을에 대단한 공이라도 세웠어요? 그것도 아니라면 피둥피둥 살찌워서 잡아먹을 것도 아니고요. 왜 이렇게까지 잘해주시는지 이해가 안 돼서."

"명희가 우리 마을에서 공을 아주 많이 세웠지."

"본인이 낳은 자식은 내팽개쳐두고, 여기 사람들한테는 잘했나 보죠?"

영춘 어르신이 몸을 크게 부풀리며 숨을 들이마시더니, 푸우, 긴 숨을 뱉었다. 나이가 들면 한숨도 길어지는 걸까. 나는 시큰둥한 척하면서도, 그 숨 끝에 어떤 말이 나올지 기다리고 있었다.

"명희가 네 인생에 참 못 할 짓을 했지. 그래도 너무 미워하지는 말아라."

어르신은 이름 없는 풀 다발을 끌어안은 채 주방으로 향한 뒤 주전자에 물을 붓고, 가스레인지 위에 올렸다. 내게 이리 오라는 듯 손짓했다. 나는 못 이기는 척, 발을 끌듯 주방으로 걸어갔다.

영춘 어르신은 풀 다발에서 잎 몇 개를 적당량 손으로 뜯어, 팬 위에 조심스럽게 볶기 시작했다. 수분이 날아갈수록 어디서도 맡아본 적 없는 향이 피어올랐다. 나는 두콩이처럼 코를 쿵쿵댔다. 과일 껍질 같은 달콤하고도 새콤한 냄새, 보리차 같은 구수한 냄새, 작은 들꽃이 풍기는 은은한 냄새, 갓 지은 밥처럼 포근한 냄새……. 한 가지로 콕 집을 수 없는 다양한 냄새들이 섞여 있었다.

"평생을 마셔왔지만, 찻잎을 덖을 때마다 새로운 냄새를 맡아."

영춘 어르신은 찬장에 있던 도자기 찻잔 두 개를 꺼냈다. 덖은 찻잎을 넣고, 조심스럽게 뜨거운 물을 부었다. 물이 닿자 찻잎이 부풀며 온갖 색이 퍼져나갔다. 하늘을 닮은 연한 하늘색에서, 짙은 바다의 색, 그러다 노을처럼 붉은빛이 감돌기도 하다가 이내 흙을 닮은 짙은 갈색으로 변했다.

"이 세상 전부를 품은 것 같지? 색깔도 다양하고 말이야."

영춘 어르신은 찻잔 하나를 내게 건넸다. 나는 두 손으로 찻잔을 받쳐 들고 후후 불었다. 그러곤 호로록, 한 입을 마셨다. 나와 비슷한 속도로 차 한 모금을 마신 영춘 어르신이 조리대에 비스듬히 기댄 채 지그시 눈을 감고 말했다.

"어떠냐?"

나는 고개를 갸웃거리다가, 몇 모금을 더 마시고 나서야 조심스럽게 답했다.

"맛이 없어요. 그러니까, 맛이라는 게 느껴지질 않아요."

"오래전부터 우리 마을 사람들은 그렇게 믿어왔어. 이름 없는 풀이 세상의 향과 빛깔을 다 담아내서, 오히려 아무런 맛이 느껴지지 않는 거라고. 너무 많은 걸 품으면, 끝내는 아무것도 아닌 게 돼버리는 거지. 비워서 빈 게 아니라, 가득 채워서 빈 거야. 그 모든 것이자, 아무것도 아닌 걸 들이켜는 거야."

"모든 것이자, 아무것도 아닌 것."

어렵게만 느껴지는 영춘 어르신의 말을 곱씹고 있는데, 문이 벌컥 열렸다. 종이 부서질 것처럼 울렸다. 1층 마룻바닥을 뚫을 듯 또각거리는 구두 소리가 이어졌고, 주방 창문 너머로 원주 어르신의 머리가 불쑥 들이밀어졌다. 땋은 머리 사이에 꽂혀 있던 커다란 바늘 하나가 빠져 조리대 위에 쨍그랑 소리를 내며 떨어졌다. 선글라스를 머리 위로 밀어 올린 원주 어르신이, 떨어진 바늘을 주워 다시 머리에 꽂으며 날카롭게 말했다.

"그래. 이제 폐가 노숙자, 너도 월세 낼 준비는 하고 있는 거지?"

"월세요?"

원주 어르신은 눈을 감고 있는 영춘 어르신 쪽으로 눈을 흘기더니, 깊은 한숨을 내쉬었다.

"이 중요한 걸 또 왕영춘이가 말도 안 하고 넘어갔구먼. 착한 척하는 것도 병이지. 꼭 해야 할 말들은 불편하다고 나한테 떠넘기고."

그는 혀를 차듯 숨을 내쉬고, 말을 이었다.

"노동하고, 돈을 벌고, 그 돈으로 응당 집이랑 땅 사용료를 내야지!"

"여긴 김명희 씨 집이라면서요."

"그래. 김명희가 살았던 집은 김명희 집, 왕영춘이 사는 집은 왕영춘 집, 오길자가 사는 집은 오길자 집."

"네?"

"여하튼, 바깥 애들한테는 설명이 길어져. 아주 피곤해. 구절초리에서 집주인, 땅주인은 우리 신씨 집안뿐이야. 신씨 집안의 마지막 핏줄인 나한테 월세든 뭐든 내야지, 안 그래?"

여전히 눈을 감고 있던 영춘 어르신이, 마치 동의한다는 듯 아주 느린 속도로 고개를 끄덕였다. 나는 그제야 원주 어르신에게서 어딘지 모르게 고급스러운 인상을 받았다는 사실이 떠올랐다. 실은 '어딘지 모르게'가 아니었다. 머리부터 발끝까지, 원주 어르신을 감싸고 있는 명품 브랜드가 제 존재감을 뽐내고 있었다. 목에는 H 마크가 선명한 고가의 스카프가 둘리어 있었고, 선글라스에는 샤넬 CC 로고가 박혀 있었다. 귓불을 늘어뜨릴 만큼 묵직한 보석 귀걸이가 고갯짓마다 크게 흔들렸고, 팔목에는 롤렉스 시계의 베젤이 창문 너머 햇빛을 눈부시게 반사하고 있었다.

"마을 사람들한테 수금만 해도, 돈 다 못 쓰고 죽을 나 같은 사람도 양장점 하나를 착실하게 굴리는데, 젊은 놈이 이렇게 게을러서야 어디 쓰겠어!"

"제가 이 마을에서 할 일이란 게……."

호프집, 카페, 편의점, PC방, 영화관, 콜센터 상담, 물류센터 상하차, 인형 탈 쓰고 전단 돌리기, 배달 기사까지. 시간을 팔아 돈으로 바꿀 수 있다면 어떤 일이든 가리지 않고 해왔지만, 모두 도시에서의 일이었다. 바닷가 마을에서 내가 할 수 있는 일은 도통 떠오르지 않아 우물쭈물하고 있는데, 영춘 어르신이 슬며시 눈을 뜨며 말했다.

"사람 사는 게 다 똑같지. 여기라고 다를 게 있나. 내가 너를 찾아내고 제일 놀랐던 게 그거였다. 명희도 구절초리서 배달 일을 하며 지냈어."

"네?"

"너도 보다시피 우리가 눈에 너무 띄는 사람들 아니냐. 명희 같은 평범한 사람들이 해줄 일이 중요했지. 사람들 부탁한 것도 읍내 나가서 사나 주고. 요즘 들어선 그 수고도 덜었지. 택배가 잘되어 있으니, 터널 입구까지 배송된 물건들 옮겨다 집마다 가져다주고 그랬어."

"누가 보면 명희가 배달 일만 한 줄 알겠어."

원주 어르신이 빈정거리듯 말하자, 영춘 어르신이 대신 차근차근 설명해주었다.

"간판은 없어도, 여기 1층이 도시로 치면 카페인 셈이었지. 구절초리 구보대도 이름 없는 차 마시러 매일 아침 들르던 버릇 때문에 자꾸만 찾아왔던 거고. 그냥 카페랑 좀 다른 것이, 명희는 배달까지 했으니까. 농사일에, 뱃일에. 마을 사람들 바쁠 때 명희가 보온병에 뜨끈한 차를 담아서 배달 오면 그게 얼마나 고마웠는지 몰라."

"심부름센터 같은 거네요?"

"이게 또 심부름이라 그러면 좀 삭막하지. 구절초리 사람들이 나름 부르는 이름이 있었는데."

"그게 뭔데요?"

"만나다방. 명희가 구절초리 곳곳을 다니면서, 사람들 만나 물건 전해주고, 이름 없는 차도 갖다주고. 또 마을에서 재미있는 일 있으면 죄다 여기 1층에서 만나 놀고. 그래서 만나다방이라 불렀지."

"맛없는 차도 팔고, 배달도 하는 만나다방이라……."

"맛없는 차가 아니라, 이름 없는 차라니깐."

"아, 그렇죠. 이름 없는 차. 맛없는, 이름 없는 차."

"너무 서두를 필요는 없다. 네 몸이 회복되면 그때 천천히."

"영춘이 또 마음에도 없는 소릴 한다. 월세 내려면 당장이라도 일해야지!"

"아니, 그래도 하고가 여기 온 지 얼마 되지도 않았고."

"영춘이 너는 이름 없는 풀을 한 무더기를 뜯어 와서 던져 놓고는, 또 사람 좋은 척. 어이구, 속 터져! 사람이 자기 구실을 하고 일을 해야 죽지 않고 사는 거라고, 뒷말하지를 말든지!"

"그래도 억지로 시키면 쓰나."

고래들이 또 싸우기 시작했다. 하찮은 젓갈용 새우인 나는 끼어들 타이밍을 잡지 못하다가, 결국 한 손을 번쩍 들고 소리쳤다.

"저, 할게요! 만나다방인가 뭔가, 그거 할게요. 그러면 월세도 내고, 돈도 벌 수 있는 거 맞죠? 도시에선 배달 일 하면서도 늘 뒷걸음질이었거든요……. 막 대단히 떼돈을 벌고 싶다는 건 아니고요. 혹시 나중에 도시에 돌아가게 될 때 필요한 돈? 딱 그 정도만 벌면 되니까."

"구절초리 월세가 얼마 한다고 그것도 못 벌면 바보 천치지! 그리고 요즘 세상은 대기업도 친자식늘 안 물려주는 세상인데, 제 어미가 하던 거 고대로 물려받아서 하는 게 뭐가 그리 어렵다고. 오늘내일하는 놈 데려다가 삼시 세끼 밥 챙겨주고 이만큼 살려놨으면, 아이고 감사합니다, 하는 마음으로 봉사하지는 못할망정, 돈을 버니 어쩌니. 읍읍읍!"

원주 어르신의 날카로운 말들을 듣다못한 영춘 어르신이, 한 손으로 원주 어르신의 입을 꽉 틀어막았다. 원주 어르신은 양팔을 허우적거리며 저항했지만, 영춘 어르신은 꿈쩍도 하지 않았다. 그러곤 원주 어르신의 입을 단단히 잡은 채, 출입문 쪽으로 연행하듯 끌고 갔다.

"천천히. 원주가 한 말은 신경 쓰지 마라. 전혀 급할 것 없으니까."

두 건장한 할머니들이 투닥거리며 좁은 현관문을 빠져나가는 모습을 한참 동안 바라보았다. 그리고 들리지 않을 만큼 낮은 목소리로 혼잣말을 흘렸다.

"그래도 기왕이면 맛있는 게 낫지 않나? 어울리는 이름도 하나쯤 붙은, 그런 차."

찻잔 위로 피어오르는 김처럼, 평소라면 감히 떠올리지도 않았을 생각들이 조용히 번져나갔다.

*

"우리도 바깥사람들처럼 나이가 들수록 구부러지고, 약해졌다면 더 나았을까?"

영춘이 핸들을 쥔 손에 힘을 주었다. 근육이 금방이라도 더 자라날 듯 불끈불끈 솟았다.

"꺾일 줄도 모르고, 힘이고 덩치고 자꾸만 자라나는 게, 지금 이 나이쯤 되니 가끔은 서글퍼. 시계태엽을 거꾸로 감는 것처럼."

길자가 낮게, 탄식하듯 말을 이었다.

"우리가 남자였다면 장군감이라며 도시에도 가고, 외국에도 가고, 하물며 텔레비전에도 나왔겠지. 서글픈 일이 아니라, 자랑할 만한 일이 됐을지도 모르지. 마을 밖으로 나가는 것조차 쉬쉬하는 여자로 태어난 게, 그게 슬프면 슬픈 일이지."

영춘이 백미러로 뒷좌석을 흘깃 쳐다봤다. 죽은 듯 누워 있는 깡마른 하고의 모습이 희미하게 보였다.

"적어도 남의 손 안 빌리고 다 늙어가는 마을을 지킬 수 있다는 것만으로도 복받은 거라 생각하며 살어, 나는."

운전석 바로 뒷좌석에 앉아 있던 원주가 깜깜한 터널을 지나면서도 굳이 머리 위에 얹어두었던 선글라스를 다시 끼며 길자의 말을 가로챘다.

"지키긴 뭘 지켜. 토박이들은 나 하나같이 펄펄 날아다니다가도, 제명 다하면 예고도 없이 꽥! 죽어버리는데, 인사도 없이. 그게 대체 무슨 저주받은 팔자냐."

원주 옆자리에 앉아 있던 길자가, 제 무릎을 베고 누워 있는 하고의 짧은 머리카락을 쓰다듬으며 조용히 타일렀다.

한참을 달리던 차가 터널 끝에 가까워졌다. 깜깜한 밤, 구절초리에서 번져 나온 희미한 빛이 터널 끝에서 별처럼 반짝이고 있었다. 영춘은 자동차의 속도를 조금 더 높였다. 원주가 고개를 젖히며 투덜거렸다.

"난폭 운전은 질색이라니까! 제발 천천히!"

그러거나 말거나, 영춘은 구절초리를 향해 더 빠른 속도로 달려갔다.

11

D-7

순 거짓말이었다.

전혀 급해할 것 없다던 영춘 어르신은, 다음 날 아침 7시 구절초리 구보대 7인을 이끌고 1층으로 쳐들어와 큰 소리로 '만나다방 오픈'을 주제로 회의하기 시작했다. 2층 침대에서 베개에 귀를 묻고 나 몰라라 할 수 없는 주제였다. 머리에 까치집을 얹고 나도 자리를 차지하고 앉았다. 물론 나는 입도 뻥끗하지 못했다. 내 의견은 전혀 반영되지 않은 채로 만나다방의 문 여는 날이 정확히 7일 뒤로 결정되었다.

"근데 왜 7일 뒤예요?"

"너도 이름 없는 차 만드는 것 연습을 해야 할 것 아니냐.

배달 다녀야 하니 지리도 좀 익혀야 할 거고. 그리고 제일 중요한 축하 화환. 그게 꽤 손이 많이 가는 일이거든."

"차는 그냥 볶은 다음에 뜨거운 물 부으면 끝 아닌가요? 배달도 뭐, 대충 필요한 거 가져다 드리기만 하면 된다 그러셨고. 그런 일에 축하 화환은 너무 과한 거 아닌가 싶기도 한데요."

"자, 다 정해졌으니 회의는 이쯤 하고 하루를 시작해보자고."

명색이 회의라면서, 내 물음에 답해주는 사람은 아무도 없었다. 통보에 가까운 회의를 끝낸 어르신들이 상쾌하다는 듯 기지개를 켜고, 자리에서 일어나 가볍게 스트레칭을 한 뒤 현관문을 씩씩하게 밀고 총총 사라졌다.

D-6

초식 공룡처럼 목이 길고 무거운 청소기를 끌고 나왔다. 청소기는 요란한 소리를 냈지만 흡입력은 형편없었다. 덕분에 나는 아주 천천히 집 안 구석구석을 음미하듯 돌아다녔다. 오래된 가구와 크고 작은 물건들이 먼지에 덮여 있었다. 사람은 죽고 없는데, 그 사람이 쓰던 것들은 여전히 제자리를 지키고 있었다. 나는 물건들 위에 쌓인 먼지도 청소기로 훑어 없앴다.

지난번부터 신경 쓰였던 서재 구석 쪽문을 열어보았다. 잠기진 않았지만 문짝이 굳어 있었다. 힘을 주어 밀자 텁텁한 먼지 냄새가 먼저 밀려 나왔다. 안은 작은 창고였다. 벽면을 따라 키 큰 철제 서랍들이 줄지어 있었고, 창고 가운데엔 협탁이 덩그러니 놓여 있었다. 그 위에는 커다란 투명 비닐봉지 하나가 얹혀 있었는데, 김명희 씨가 먹던 약들로 가득했다. 아침, 점심, 저녁으로 나뉜 약 봉투 속에는 크기와 색, 형태가 제각각인 알약들이 빽빽이 들어 있었다. 한 끼 분량의 약을 꺼내 손바닥에 펼쳐보았다. 살려고 먹는 약인데, 이걸 삼키다 목이 막혀 죽을 수도 있겠다는 생각이 들 만큼 많았다.

서랍 몇 개를 열어봤다. 고지서, 사용 흔적 없는 문구류, 용도를 알 수 없는 낡은 물건들. 그리고 맨 안쪽 서랍에서 두툼한 노트 한 권이 나왔다. 일기장이었다. 꾸준히 쓴 것 같지는 않았다. 나는 아무 페이지나 펼쳤다.

―병원을 나와 이탈리안 레스토랑으로 향했다. 오랜만에 시내에 나와서 기분이 들뜬 건지, 결과에 오히려 후련한 척 해서인지, 자꾸만 웃음이 나왔다. 이제야 그동안 짊어지고 있던 짐을 내려놓을 수 있게 된 걸까.

비교적 최근에 쓴 글인 것 같았다. 김명희 씨는 혼자 병원에 가서 의사에게 검진 결과를 들었다. 얼마 남지 않은 시간을 통보받았다. 그리고 이탈리안 레스토랑에 가 크림스파게티 하나와 사이다를 주문하고, 한입 가득 면발을 입에 넣고 몇 분 동안이나 천천히, 꼭꼭 씹으며 먹었던 일을 기록해두었다.

나는 일기를 더 읽고 싶기도, 동시에 읽고 싶지 않기도 한 복잡한 마음이 들었다. 고작 몇 장 되지 않는 이 기록으로, 그 사람을 이해하고, 용서 비슷한 걸 해버릴까 봐 두려웠다.

"짊어지고 있는 짐······. 이게 내 얘기는 아니겠지? 연락 한번 한 적 없으면서."

혼자 중얼거리면서도, 나는 다시 일기에 눈을 돌렸다. 도무지 이해할 수도, 해명을 들을 수도 없는 김명희 씨의 일기였지만 읽는 일을 멈출 수 없었다. 몇 번이고 일기를 덮으려다 말고, 결국 창고 구석에 주저앉아 기록된 페이지의 모든 부분을 읽고 또 읽었다. 특히 조금이라도 내 존재를 떠올리게 하는 단어를 찾아 부풀려보았다. 죄책감, 짐, 슬픔 같은 단어가 나올 때마다 억지로 내 이름을 끼워 넣었다. 그렇게라도 무언가를 찾지 않으면, 나는 아예 처음부터 없던 사람이 되어버릴 것만 같았다. 버려진 시간을 되돌릴 수 없는 걸 알면서도, 계속해서 페이지를 넘겼다.

느끼함이 오히려 매력인 스파게티, 혼자 들어간 노래방, 다시 돌아와 마주한 구절초리의 푸른 바다, 이름 없는 차를 내리고 마을 손님들을 맞이하던 작은 일상들이 지나칠 만큼

세세하게 기록돼 있어, 내 눈앞에도 김명희 씨가 보고 느꼈던 것들이 펼쳐지는 것만 같았다. 이렇게 집요하게 써두면, 죽어서도 살아 있는 순간들을 짊어지고 갈 수 있다고 믿기라도 한 걸까.

일기장은 절반을 채우기도 전에 끝이 나 있었다. 백지로 된 부분을 의미 없이 넘겨보다가, 나는 김명희 씨의 일기에서 뭔가를 발견하고 싶은 건 아니었는지 스스로 되묻게 되었다. 실은 김명희 씨가 나를 그리워했다거나, 피치 못할 사정이 있어 데리러 가지 못했다거나 하는 이유를 찾고 싶었던 것은 아니었을까. 마음 깊숙한 곳에 숨겨둔 물음들에 대한 답을 하나도 찾지 못한 채, 나는 일기장을 덮었다.

청소기를 제자리에 가져다 둔 뒤, 나는 서재 창고로 돌아왔다. 언제든 떠날 수 있게 꾸려둔 탈출용 가방을, 협탁 아래 바닥에 조용히 내려놓았다. 아귀가 맞지 않아 완전히 닫히지 않는 문을 힘주어 눌러 닫았다.

D-5

만나다방 뒤편으로 난 길을 올랐다. 매일 밤을 헤매고 다녔던 길이어서, 한낮에도 긴장되었다. 어디를 쏘다녔는지, 온몸에 도깨비풀을 붙이고 나타난 두콩이 따라나섰다.

이름 없는 풀은 어르신들 말처럼 구절초리 곳곳에 피어 있었다. 돌담과 바위 사이의 좁은 틈, 시멘트 바닥의 갈라진 틈새, 햇빛이 잘 드는 곳과 그늘진 곳까지. 가리지 않고 자라는 듯했다.

언덕에 올라서자, 이름 없는 풀이 허리 높이까지 빽빽하게 무리 지어 자라고 있었다. 드넓은 갈대밭 같았다. 한여름 바닷바람이 불어오자, 풀들이 서로의 몸을 부딪치며 물결처럼 일렁이고 쏴아, 파도 같은 소리를 냈다. 나는 챙겨온 빈 가방을 깔고 앉아, 그 풍경을 오래 바라보았다. 빛깔도 냄새도 제각각이지만 하나로 어우러진 이름 없는 풀의 물결 속에서, 한참을 그렇게 꼼짝 않고 앉아 있었다.

"두콩아, 살아서 갈 수 있는 천국이 있다면 여기일까? 그래서 김명희 씨도 나를 잊고 살 수 있었던 걸까."

내 말을 알아들은 것인지, 두콩이 꼬리를 살랑살랑 느리게 흔들었다. 챙겨온 가방에 이름 없는 풀을 가득 담아 돌아왔다.

D-4

조리대 서랍에서 김명희 씨의 비법 노트를 발견했다. 이름 없는 풀을 다루는 방법이 자세히 쓰여 있었다.

—이름 없는 풀은 구절초리의 햇볕에 바짝 말리면 더 맛이 없어진다. 더 맛없는 이름 없는 풀은 더 깊은 명상을 할 수 있게 돕는다.

맛이 없을수록, 더 깊은 명상을 하게 된다니. 이해가 되면서도, 이해가 되지 않는 구절초리의 취향에 대해 생각하며 나는 마당에 돗자리를 펴고, 뜯어온 이름 없는 풀을 펼쳐놓았다. 줄기와 잎을 따로 분리해 대나무 소쿠리에 나누고, 잘 마를 수 있는 곳을 찾아 널어두었다.

저녁 무렵엔 바싹하게 마른 잎을 프라이팬에 올려 약한 불에서 덖었다. 나무 주걱으로 약초를 뒤집을 때마다 새로운 냄새를 맡았다. 갓 찐 두부에서 피어오르는 고소한 냄새, 향긋한 아카시아 냄새와 감귤류의 상큼한 냄새를 맡기도 했다. 잘 덖은 약초 한 줌은 작은 종지에 담아 1층 테이블 위에 올려두었다. 가게 안에 온 세상의 냄새가 다 쏟아져 들어와 뒤섞인 듯했다.

찻잔에 찻잎을 적당량 넣고, 뜨거운 물을 부었다. 적당히 김을 날린 뒤, 차를 한 모금 마셨다.

"음, 맛없어. 확실히 맛없어. 이런 걸 왜 먹는 거지?"

D-3

배달용 바이크를 깜박하고 있었나. 집 뒤편에 창고가 있는 건 대충 봐두었지만, 문을 열어볼 생각은 하지 않았다. 배달용 바이크야 다 거기서 거기겠지 싶기도 했고, 선뜻 이곳에서 일하겠다고 말은 해놓고도 다시 배달 일을 한다는 사실에 김이 팍 새는 기분이 들었다. 너무 잘 알아서 지긋지긋할 정도였다. 구절초리에 있는 누구보다, 심지어 김명희 씨보다도 잘 해낼 자신은 있었지만, 그 일을 다시 떠올리는 것만으로도 힘이 빠졌다.

가끔은 기계 초기화 버튼을 누르듯, 과거와 인연을 끊고 새출발을 할 수 있다면 얼마나 좋을까 생각했다. 게다가 살아 있다는 사실조차 몰랐던 친모, 김명희 씨가 나와 같은 시간, 다른 공간에서 바이크를 타고 배달을 했을 거라는 상상을 하자, 불편한 기분마저 들었다. 이상하게 마음이 헝클어졌다.

찬장에 있던 에메랄드색 보온병과 노란색 깔때기 하나를 꺼냈다. 그 안에 찻잎을 던져 넣고, 뜨거운 물을 부어두었다. 뚜껑을 단단히 닫고, 보온병에 달린 가죽끈을 어깨에 둘러멨다.

"영춘 어르신께 시식도 부탁하고, 겸사겸사 마을도 한 바퀴 돌아보고."

보온병을 들고 나서자, 두콩이 더 신나서 날뛰었다. 앞장서 차고로 향했다. 나는 보온병에서 퍼져 나오는 온기를 느끼며, 차고의 셔터를 힘껏 밀어 올렸다. 그리고 놀란 나머지 어깨에 메고 있던 보온병을 바닥에 떨어뜨리고 말았다.

"하…… 할리, 할리데이비슨 팻보이!"

오랫동안 마음에 품어왔던 내 꿈의 바이크, 할리데이비슨 팻보이. 나는 흙이 묻은 보온병을 주워 안고 홀린 듯 차고 안으로 걸어 들어갔다.

바이크는 금방이라도 성난 황소처럼 벽을 뚫고 튀어나올 듯한 위용을 뽐내고 있었다. 거대한 강철 덩어리는 늦은 오후 햇빛을 받아 금빛으로 찬란히 빛났고, 날렵한 직선과 유려한 곡선이 어우러지며 묵직한 안정감을 자아냈다. 나는 감히 손끝 하나 대지 못한 채, 그 주위를 몇 바퀴나 돌며 넋을 놓고 바라보았다.

"설마 이 멋진 아이를 배달용으로 썼다고?"

내심 그럴 리 없다고 생각했지만, 바이크 곳곳에 남겨진 흔적은 분명히 그렇다고 말했다. 양옆과 뒤쪽엔 '신속배달'이라는 멋없는 홍보 스티커가 덕지덕지 붙어 있었고, 왼편엔 김명희 씨가 쓰던 전화번호가 궁서체로 큼지막하게 새겨져 있었다. 나의 드림 바이크가 이곳에선 그저 배달 수단으로 쓰였다는 사실이 적잖이 충격이었다. 당장이라도 바이크에게 사과하고 싶었지만, 동시에 '배달'이라는 공통분모 덕분에 이 바이크가 나와 조금 더 가까워진 것 같기도 했다. 나는 뒷좌석에 덧댄 배달용 짐칸 위에 조심스럽게 보온병을 내려놓았다.

"실례하겠습니다."

바이크에 올라 시동을 걸었다. 그르렁. 낮고도 위협적인 바이크의 울림이 차고 안을 가득 채웠고, 진동이 온몸에 전해졌다. 심장이 요동쳤다. 마치 원동기 면허를 처음 따고 바이크의 시동을 걸었을 때처럼, 긴장과 흥분이 동시에 몰려왔다.

바이크에서 잠시 내려, 차고 벽면에 전시되어 있던 헬멧 중 하나를 골라 머리에 썼다. 헬멧에도 어김없이 신속배달을 약속하는 스티커가 빼곡히 붙어 있었지만, 나는 단박에 알아볼 수 있었다. 한때 바이크 마니아들 사이에서 인기 많았던 고가 브랜드의 헬멧이 분명했다. 헬멧은 마치 신데렐라의 유리구두처럼, 머리에 한 치의 오차도 없이 꼭 맞았다.

"웃겨. 김명희 씨랑 머리 크기도 닮은 건가."

두 팔을 번쩍 들어 핸들을 꽉 움켜쥐었다. 할리데이비슨의 상징처럼 개조된 이른바 만세 핸들. 자세가 불편할 줄 알았는데, 뜻밖에도 몸에 착 붙는 편안함이 느껴졌다. 오른쪽 핸들 바에 달린 가속 레버를 당기자, 바이크 엔진이 짐승처럼 포효했다. 탄성 좋은 뒷다리를 가진 야생 동물처럼 바이크는 순식간에 앞으로 튀어 나갔다. 다리가 짧은 두콩이 전속력으로 바이크를 따라오다가, 대문 앞에 멈춰 왈왈 짖으며 배웅했다. 나도 두콩을 향해 손을 흔들어주었다.

"배달 다녀올게!"

차고를 벗어난 바이크는 미끄러지듯 도로 위를 달렸다. 속도가 안정권에 접어들자, 활짝 벌린 두 팔에 바닷바람이 시원하게 스쳤다. 만세 하듯 열린 겨드랑이 사이로, 구절초리의 푸른 바다가 나란히 달리고 있었다.

"하고 씨!"

나를 부르는 소리에 천천히 속도를 줄였다. 마주 오는 길 건너편에서 석재가 손을 번쩍 들어 흔들고 있었다. 한 손으론 키 작은 아이의 손을 꼭 잡은 채, 해사하게 웃으며 말했다.

"어디 가시는 길이에요?"

"영춘 어르신께 차 맛 좀 봐달라고 가고 있어요."

"이름 없는 차요?"

"네, 이름 없는 차요."

"배고프면 언제든 저희 가게 오셔서 식사도 하세요. 참, 얘는 제 딸이에요. 정다운, 여섯 살. 다운아, 인사해야지."

피융피융. 다운이 들여다보던 휴대폰에서 온갖 현란한 소리가 흘러나왔다. 아빠를 닮아 크고 둥근 눈이 잠시 나를 훑듯 바라보다가, 이내 휴대폰 화면으로 향했다. 다운은 석재와 잡은 손 쪽으로 몸을 아주 살짝 기울인 채, 고개를 까딱 하고 인사 흉내를 냈다.

"다운아, 인사 제대로 해야지."

"이 정도면 충분하죠. 그나저나 구절초리 온 뒤로 다운이 엄마를 한 번도 뵌 적이 없네요. 어디 멀리 계신가요?"

"아, 그게……."

석재가 머뭇거리는 동안 다운이 작은 새처럼 재잘거리며 말했다.

"다운이 엄마는 없는데. 아빠가 아빠고, 아빠가 엄마예요."

석재가 멋쩍은 웃음을 지으며 아이의 머리를 쓰다듬었다. 아차 싶었다. 내가 어릴 적 가장 듣기 불편했던 질문이 바로 내가 무심결에 던진 바로 이 질문이었다는 걸 뒤늦게 떠올렸다. 당연하다는 듯 엄마는 어디 있냐고, 아빠는 뭐 하시냐고 묻던 사람들. 다른 사람들에겐 너무나 자연스러운 그 물음이 누군가를 얼마나 조금씩, 조용히 낡게 만드는지 너무나 잘 알면서.

"죄송해요. 괜한 말을 꺼냈어요."

어색하게 웃으며 손사래를 치는 석재 대신, 다운이 동그랗게 빛나는 눈을 나와 마주치며 말했다.

"우리 아빠가 두 배로 멋진 거잖아요. 난 그래서 좋은데, 엄청 좋은데."

"두 배로 멋진 아빠로 만들어주는 우리 딸은 열 배는 더 멋져."

"길자 할머니랑 영춘 할머니보다도 멋지고 힘세?"

"그럼."

다운이 신나서 큰 소리로 웃었다. 정말로 강력한 힘이라도 얻은 영웅이 된 듯한 얼굴을 하고서, 석재를 중심으로 빠르게 뛰어다니기 시작했다. 석재는 나를 향해 장난스럽게 눈을 찡긋하더니, 힘주어 외쳤다.

"자, 슈퍼파워 정다운! 강하고 이모에게 슈퍼 울트라 특급으로 반가운 마음을 전해볼까?"

다운이 한껏 상기된 얼굴로 나를 바라봤다. 눈빛은 한층 더 반짝였다. 작은 발을 힘차게 굴러 나를 향해 달려왔다. 허리쯤 닿는 작은 다운의 몸이 두 팔을 활짝 벌려 나를 꽉 껴안았다. 단단하고 둥근 머리가 볼링공처럼 배에 날아와 묵직하게 박혔다. 숨이 턱 막히는 반가움이었다.

"진짜진짜 반가워요, 하고 이모."

바이크의 속도를 높였다. 금세 구절초리 스타디움이 있는 능만산 초입에 닿았다. 그곳엔 중고등학교 운동장만큼 넓은 마당을 품은 마을회관이 있었는데, 영춘 어르신의 집은 마치 마을회관의 별채처럼 보일 정도로, 담벼락 하나를 사이에 두고 가까이 붙어 있었다.

"누가 마을 대장 어르신 아니랄까 봐."

마당 한편에 바이크를 세우고 보온병을 챙겼다. 현관문이 활짝 열려 있었다. 방금 누군가가 나간 듯, 미처 닫지 못한 채로.

"영춘 어르신, 하고인데요!"

대답은 없었다.

"계세요?"

조금 더 목소리를 높여 불러보았지만, 적막한 정적만이 되돌아왔다. 어르신이 낮잠이라도 자고 있어 내 목소리를 듣지 못한 건 아닐까. 나는 신발을 가지런히 벗고, 조심스럽게 집 안으로 발을 들였다.

"……영춘 어르신?"

거실 한복판에서 영춘 어르신을 마주쳤다. 정확히 말하면, 아주 거대하고 구릿빛으로 빛나는, 압도적인 크기로 인화된 영춘 어르신이었다. 유럽 대저택을 떠올리게 하는 층고 높은 집. 한쪽 벽면엔 천장의 끝까지 닿는 대형 액자가 걸려 있었다. 지금보다 10년은 젊은 얼굴을 한 영춘 어르신이 손바닥 크기도 안 되는 하의에, 가슴의 중요 부위만 가린 상의를 입고 하얀 이를 가지런히 드러내며 누가 봐도 과한 자세와 미소를 짓고 있었다.

영춘 옆에 또 영춘, 그 옆에도 영춘. 대형 사진 외에도 영춘 어르신이 주인공이거나, 함께 찍힌 사진들이 셀 수 없이 걸려 있었다. 장성해 출가한 자식들의 결혼사진이나, 손자 손녀의 스튜디오 사진 같은 것은 눈을 씻고 찾아봐도 보이지 않았다. 이것은 마치······.

"왕영춘 박물관이다, 이 말이야. 아핫핫핫핫!"

깜짝 놀라 제자리에서 펄쩍 뛰었다. 영춘 어르신이 어느새 내 뒤에 서서 호탕하게 웃고 있었다. 벽면을 빼곡히 채운 분신 같은 사진들이 진짜 영춘 어르신을 중심으로 나를 에워싸고 있는 것 같아 어질어질했다. 나는 망치와 톱 같은 연장이 어지럽게 놓인 나무 테이블 위에, 어깨에 메고 있던 보온병을 살며시 내려놓았다.

"집 더 구경시켜주랴?"

"거실만 봐도 지나치게 충분한 것 같은데요."

"아핫핫! 네 말이 맞다. 너무 충분하지."

충분하다면서도 영춘 어르신은 앞장서 방 곳곳을 소개해주었다. 박물관이나 전시장처럼 방문마다 명패가 붙어 있었다. '영광의 방'은 네 벽면에 맞춤형 나무 진열장이 세워져 있고 그 안에 각종 상패, 임명장, 표창장, 메달, 인증서, 트로피 따위가 빼곡하게 들어서 있었다. 그마저 자리가 모자랐는지, 최근 체육대회의 트로피는 바닥에 아무렇게나 놓여 있었다. '힘의 방'은 근력과 유산소 운동을 할 수 있는 기구들이 모여 있고, 한쪽 벽면엔 수십 년간 영춘 어르신이 모아온 역대 전성기 시절의 운동복이나 용품들이 전시되어 있었다.

"영광의 방, 힘의 방, 추억의 방. 다른 방들은 이름을 잘 붙여놨는데, 안방은 왜 그냥 안방이에요?"

"안방이 안방이면 안 돼? 왜, 멋이 없어?"

장난스럽게 웃으며 영춘 어르신이 '안방' 문을 열었다.

"이게 다 뭐예요?"

"뭐긴 뭐야. 내 침대랑 인테리어한 거지."

방 안인데도 바닥에는 축축한 기운이 도는 흙이 깔려 있었다. 커다란 화분에 서로 다른 활엽수들이 정글처럼 들어차 있었고, 방 한가운데엔 나무로 만든 관이 뚜껑을 연 채 덩그러니 놓여 있었다. 실제로 잠을 자는 곳인지 베개와 약간 헝클어진 이불도 들어 있었다.

"진짜 여기서 주무세요?"

"너도 부럽지? 죽어서도 살아서도, 품격 있는 곳에 누워 잘 수 있다는 게 얼마나 멋진 일이냐!"

해를 가리고 있던 구름이 걷히고, 천장에 뚫린 유리창으로 햇빛이 스며들었다. 빛은 관 위로 조용히 내려앉았다.

"내가 너 하는 거 봐서 네 관도 이 고급 흑호두나무로 만들어주마. 다른 할매들은 아무리 사정해도 안 해주는 거야. 어때, 나한테 잘하고 싶은 마음이 좀 생기지?"

"아뇨, 전혀요."

"왜, 잘해주기 싫으냐? 내가 생각보다 엄청 정도 많고 단순한 할머니거든. 오늘처럼 차 한 잔만 가져다줘도 홀랑 너만 특별 취급해줄 수도 있단 말이지. 그 비싼 흑호두나무를 구해다가, 딱 네 키랑 크기에 맞게 재서……. 말 나온 김에 관 크기 좀 재볼까?"

이러다 영춘 어르신의 집에서 관까지 짜게 생겼다 싶어, 나는 서둘러 화제를 전환했다. 불과 얼마 전까지만 해도 죽고 싶고, 죽어야겠다고 생각했는데 어쩐지 지금의 제안만큼은 되도록 늦게 이루고 싶다는 생각이 들었다.

"이거 차, 맛 좀 봐주세요. 얼마나 맛이 없는가가 중요하다면서요."

영춘 어르신이 팔근육을 불끈거리며 보온병을 열고, 뚜껑에 쪼르르 차를 따라냈다.

"맛있네."

"그럼 된 거죠?"

"아니. 너도 방금 말하지 않았냐. 맛이 없어야 돼. 아주 없어야 돼."

"햇볕에 잘 말리고, 덖고. 그때 어르신이 한 것 그대로 했는데요? 심지어 김명희 씨가 남기고 간 노트도 봤고."

"아무튼 맛있어서 실패야."

나는 억울하다는 듯 보온병을 바라보다가 고개를 푹 숙였다. 맛있게 만드는 게 어려운 줄 알았더니, 맛이 없게 만드는 게 더 어려운 거였다. 영춘 어르신은 대수롭지 않다는 듯 특유의 호쾌한 웃음소리를 내며, 내 어깨를 툭툭 두드렸다.
"괜찮다. 다음엔 아주 맛없게 만들면 되지 않겠니! 핫핫핫 핫핫핫!"

12

D-2

"막걸리 사러 읍내까지 나갈 필요가 뭐 있어? 복자슈퍼에 가면 되는데. 복자 언니가 본인 좋아하는 것만 떼어다 팔아서 그렇지, 웬만한 건 다 있어."

영춘 어르신에게 읍내 나가는 길을 물었다가, 복자슈퍼를 소개받았다. 마을회관을 등지고 숲길을 따라 쭉 가면 통나무집 하나가 보일 거라고 했다. '이름 없는 차' 한 병이면 막걸리 한 통은 그냥 얻어올 수 있다기에, 나는 보온병에 뜨끈한 차를 가득 채웠다.

길눈이 밝은 편이라, 영춘 어르신이 알려준 길을 어렵지 않게 찾을 수 있었다. 포장이 되지 않은 흙길 위로 접어들자

마자, 바이크가 덜컹거리며 요란하게 몸을 흔들기 시작했다. 핸들을 꼭 쥐고 균형을 잡으며 속도를 줄였다. 저 멀리 통나무로 지은 작은 집 한 채가 눈에 들어왔다. 그리고 마치 내가 오기만을 기다렸다는 듯, 집 앞에 선 누군가가 이쪽으로 오라며 손짓하고 있었다. 엔진 소음에 묻혀 목소리는 잘 들리지 않았지만, 무언가 말을 거는 것 같기도 했다.

요 며칠 비가 온 적도 없었는데, 이 근처 땅은 축축하게 젖어 있었다. 바이크를 잠시 멈추는 사이에도 몇 번이나 헛바퀴가 돌았다. 진흙이 사방으로 튀었다. 한참을 바이크와 씨름하는데, 갑자기 하늘에 먹구름이 드리워졌다. 금세라도 비가 쏟아질 듯 어두워져, 마치 밤이 찾아온 듯했다.

정체를 알 수 없는 누군가가 여전히 손짓을 하고 있었다. 구름이 더 짙어졌다. 빛이 부족해서인지, 실루엣은 아주 멀게도, 때로는 바로 가까이에 있는 것처럼도 느껴졌다. 덥고 습한 날씨인데도 등줄기에 소름이 돋고 머리카락이 쭈뼛 섰다. 알 수 없는 불길함이 스멀스멀 올라왔다. 발은 진흙에 푹푹 빠졌고 중심을 잡기조차 어려웠다.

그러는 사이, 나를 부르던 형체가 조금씩 더 가까워졌다. 당장이라도 울고 싶었다. 긴장한 탓에 시동을 거는 손이 계속 버벅거렸다. 떨리는 마음으로 뒤를 돌아보았다.

손만 뻗으면 닿을 만큼 가까이 와 있던 건, 나이가 지긋해

보이는 어르신이었다. 키는 150센티미터쯤으로 작았지만 바위처럼 단단하고 다부진 몸이었다. 구절초리 토박이 할머니인 것이 분명했다.

그런데 이상했다. 사방엔 내가 남긴 발자국과 바이크 바퀴 자국이 어지럽게 찍혀 있었는데, 할머니가 걸어온 진흙 길 위엔 발자국이 하나도 남아 있지 않았다. 그는 마치 공중을 걷기라도 하듯, 사뿐하고 보송하게 진흙탕 위를 지나오고 있었다.

"귀신인가?"

다리에 힘이 풀려 바닥에 그대로 주저앉았다. 축축한 바닥이 엉덩이를 서서히 적셨다. 그러는 사이 발자국도 남기지 않는 존재가 내 가까이로 성큼 다가왔다. 나는 눈을 질끈 감고, 또다시 아무 신을 향해 빌기 시작했다.

"아무 신이시여. 제가 앞으로는 진짜 양심적으로 살겠습니다. 그러니 눈앞의 귀신을 물리쳐 주시옵고······."

"내가 여기 복자슈퍼, 금복자. 올해 아흔셋이고. 구절초리서 제일 맏언니가 맞기는 한데. 아직 죽지를 않았어. 귀신이 된 건 아니니 너무 놀라지는 말고."

살며시 눈을 떠보았다. 복자 어르신은 보란 듯 진흙 바닥에 꾹 힘을 주어 선명한 발자국을 만들어 보였다. 이내 얼굴 가득 깊은 주름을 만들며 웃었는데, 그 웃음이 귀신이 짓기엔 너무나도 푸근한 것이라 한순간에 긴장이 풀리는 듯했다.

"명희 오도방구 소리가 멀리서부터 들리길래 명희가 왔나 보다, 하고 반가워서 마중을 나왔어. 나도 이제 진짜 귀신이 될 때가 오긴 한 건가, 자꾸 깜빡해. 명희 죽은 지가 언젠데 말이야."

처음엔 빗방울이 몇 방울 톡톡 떨어지는가 싶더니, 이내 굵은 장대비가 되었다. 흙과 나무, 풀이 순식간에 흠뻑 젖었다. 비에 젖은 숲 냄새가 서늘하고 진하게 퍼져 나왔다. 대비란 소용없는, 한여름 특유의 변덕스러운 소나기였다.

나는 이마 위에 손을 얹어 비를 가리며, 바이크 짐칸에서 보온병을 꺼냈다. 복자 어르신은 가게 앞 평상을 손으로 툭 가리키더니, 여전히 발자국 하나 남기지 않는 가벼운 걸음으로 가게 안으로 들어갔다. 잠시 뒤, 신축성 좋아 보이는 꽃무늬 바지 하나를 들고 나와 내게 내밀었다. 나는 슈퍼 앞 평상에 앉아 바지를 갈아입었다. 키 작은 복자 어르신의 바지여서, 입고 앉으니 정강이가 훤히 드러났다.

복자 어르신은 다시 가게 안으로 사뿐히 들어갔다가, 과자 한 상자, 설탕이 든 유리병, 컵을 얹은 쟁반을 가지고 나왔다.

"막걸리 한 병 얻으러 왔지? 나랑 차 한 잔 마시고, 비 그치면 갖고 가."

"어떻게 아셨어요?"

구절초리에서 아흔셋까지 살다 보면, 예지력이라도 생기는 것일까. 나는 복자 어르신의 입이 열리기만을 기다렸다.

"뭐 대단한 거라고."

복자 어르신이 어깨를 으쓱하곤, 보온병 뚜껑을 힘주어 열었다. 김이 모락모락 피어올랐다. 이름 없는 차의 향이 축축하게 숲으로 젖어들어갔다. 언제쯤이면 구절초리만의 신기하고도 이상한 것들에 익숙해질지, 더 이상 이 마을에서 일어나는 일들이 새롭게 느껴지지 않는 때가 찾아오기는 하는지 생각에 빠져 있는데 복자 어르신이 설탕병을 집어 들며 말했다.

"영춘이가 문자 해줬지. 내가 뭔 수로 알아."

복자 어르신이 주름진 얼굴로 장난스럽게 웃었다. 이름 없는 차를 가득 따른 컵에 코를 가까이 가져다 대고 향을 맡는 듯하더니, 이내 손에 쥐고 있던 설탕병을 컵 위로 기울였다. 콸콸콸. 백색의 설탕이 컵 위로 인정사정없이 낙하했다. 복자 어르신은 목이 긴 티스푼으로 대충 젓고는, 녹지 않은 설탕 입자가 그대로 회오리치고 있는 차를 마셨다.

"설탕을 이렇게나 많이요?"

"맛없는 거 좋아해?"

"맛없는 걸 좋아한다기보다는……. 맛없는 차가 아니, 이름 없는 차가 우주의 맛을 품고 있는…… 세상을 다 품고 있어서 그래서 무미해져서, 그러니까. 영춘 어르신이 뭐랬더라."

"내가 구절초리에서도 제일 음지 바른 데 살면서도, 백 년 가까이 산 비결이 뭐겠어."

"글쎄요."

복자 어르신이 '사브레'라 적힌 과자 상자를 집어 들었다. 가장 바깥쪽 포장지를 벗겨내고, 흰색 받침대 부분을 당기니 잘 정리된 서랍에 넣어둔 것처럼 층층이 쌓인 황금빛 둥근 사브레가 모습을 드러냈다. 어르신은 하나를 집어 들어 크게 한입 베어 물었다. 두 번을 씹어 입안에서 조각낸 뒤, 설탕을 쏟아부은 이름 없는 차를 호로록 들이켰다.

"아흐! 좋구면."

"그래서, 비결이 무엇이기에."

"아, 그렇지. 별것 없어! 우주의 맛이고 나발이고, 달콤함을 내일로 미루지 않는 것. 내가 오래 살아보니까, 입에 쓴 게 약이라거나 쓴 게 제일 맛있다는 헛소리를 지껄인 놈들은 죄다 스트레스로 일찍 갔어. 맛없는 걸 먹으니, 인생이 살맛 날 턱이 있나. 미련한 놈들이 얼마나 많은지. 쯧쯧쯧. 인생이 달아야지. 혀뿌리가 아릴 정도로 달아야지. 한 번밖에 안 사는 인생인데, 매일매일 최고로 달콤해야지!"

복자 어르신이 건넨 사브레를 받아 들고, 나도 한입 크게 베어 물었다. 버터 맛이 입안 가득 퍼졌다. 버석한 식감의 사브레를 천천히 씹어 삼키는데, 어느새 하나밖에 남지 않은 마지막 사브레를 복자 어르신이 집어 드는 게 보였다. 보온병을 기울여 컵에 차를 한 잔 더 따라내고, 설탕을 쏟아부었다. 그러곤 또다시 사브레 한 입, 차를 한 모금 천천히 넘겼다. 표정만큼은 세상에서 가장 행복한 사람 같았다. 그 순간, 비가 언제 그랬냐는 듯 뚝 그쳤다. 나뭇잎에 고인 빗물이 웅덩이 위로 똑, 똑 떨어졌다.

"명희 일은 유감이야. 끊어진 인연이란 게 다시 붙이기 쉬운 것 같아도, 살고 죽는 것처럼 멀고도 어려운 거지."

"뭐, 어차피 제 인생에 없었던 사람인데요."

"명희가 잘했단 소리는 이 마을 누구도 못 해. 그런데 명희가 제 인생을 살아보려 발버둥 치고, 마을서 최선을 다해 행복해지려고 했던 걸 보면 잘못했다고도 못 하지."

"머리로는 아는데, 이상하게 김명희 씨의 선택을 쉽게 이해해버리고 싶진 않더라고요."

복자 어르신은 나를 물끄러미 바라보다가, 호로록 차 한 모금을 들이켰다.

"앞으론 달게 살어."

"네?"

"아까도 말했잖아. 온통 쓴 것만 삼키는 인생이, 기다린다고 달콤해져? 쓴 건 콱 뱉고, 얼른 단 걸 집어삼켜야지. 그래야 인생도 끈적해지지. 꼭 달고나 녹은 거처럼 놓고 싶지 않아진다고."

복자 어르신이 자리에서 일어나 슈퍼 안으로 들어가 사브레 한 상자를 더 가지고 나왔다. 그는 새로 깐 상자에서 사브레 하나를 꺼내 내게 건넸다. 나는 입을 가로로 크게 벌려 과자 하나를 통째로 밀어 넣었다. 부스스, 과자가 입안에서 녹아 흩어졌다. 달았다. 단맛에 혀뿌리가 간질거렸다.

"난 내일 죽으면, 가게에 있는 사브레를 마저 다 못 먹고 간 게 원통해서 구천을 떠돌 거야."

"그럼 어떡해요?"

"간단하지. 오늘의 사브레를 내일로 미루지 않는다."

나는 설탕병을 집어 들고, 복자 어르신이 그랬던 것처럼 내 찻잔에도 설탕을 쏟아부었다. 콸콸콸. 내일로 미루지 않을 달콤함이 컵 안으로 시원하게 쏟아져 들어갔다. 그리고 사브레 한 입, 그보다 더 달아져버린 이름 없는 차 한 모금.

"아우."

"어때, 죽이지?"

"죽이게 달아요."

복자 어르신은 얼굴의 모든 주름을 총동원해 크게 웃었다. 나도 따라 웃었다. 꽃무늬 바지 위로 사브레 부스러기와 설탕 가루가 별처럼 떨어지는 줄도 모르고.

*

D-1

"내 그럴 줄 알았다. 언제 내빼나 두고 본다 그랬을 때 다들 내 말을 귓등으로 들었지. 명회 바이크며 집에 남겨둔 돈까지 깡그리 챙겨서 도망가는 게 뻔하지. 아무튼 근본 없는 것들은 이래서 안 돼."

원주가 고개를 홱 돌리며 혀를 찼다. 하고가 바이크를 몰고 빠른 속도로 달리는 걸 보고서였다.

"영춘이한테 일러? 아니면 내가 쫓아가서 붙잡아?"

원주는 한 손으로 허리를 짚고 잠시 고민하더니, 금세 고개를 내저었다.

"됐어. 알 바 아니야. 세차나 마저 하자."

원주는 손에 쥐고 있던 프리미엄 스펀지에 세차용 거품을 왕창 묻혔다. 몇 달 전, 일시불로 뽑은 오렌지색 람보르기니 아벤타도르 위를 조심스럽게 문질렀다. 양팔을 쫙 뻗어 스포일러를 닦고, 사이드미러 틈새도 꼼꼼하게 문질러 닦았다. 쪼그려 앉아 휠까지 번쩍거리게 닦다 보니 시간이 훌쩍 지나갔다.

세차 세 시간 뒤. 오후 햇살에 오렌지 빛깔로 번쩍번쩍 빛나는 람보르기니를 감상하던 그때. 저 멀리서 또다시 바이크 소리가 들려왔다.

"뭐야, 도망 안 쳤네?"

원주는 수건을 공중에 탁탁 털고, 운전석에 올라 시동을 걸었다. 금방이라도 하늘로 날아오를 것 같은, 커다란 날개 같은 람보르기니의 문이 우아하게 아래로 내려와 닫혔다. 우웅우웅. 람보르기니 엔진이 우렁차게 울렸다.

그리고 시속 30킬로미터를 절대 넘지 않는 아주 느린 속도로 원주는 달리기 시작했다.

"우리 마을은 전 지역 노인 보호구역이니까."

금복자 차: 사브레 밀크티

재료: '이름 없는 풀' 차 베이스, 따뜻한 우유 150ml, 설탕 '콸콸콸', 바닐라 크림 토핑(생크림 100ml, 연유 1T, 바닐라 추출물 3방울, 설탕), 사브레 크럼블 토핑(사브레 과자를 잘게 부순 것), 말랑한 떡, 캐러멜시럽

①뜨거운 물에 '이름 없는 풀' 차를 진하게 우린다. ②따뜻한 우유에 설탕을 '콸콸콸' 부어 잘 녹인다. ③차 베이스와 우유를 합치고, 휘핑한 바닐라크림을 풍성하게 올린다. ④그 위에 부순 사브레 크럼블과 떡을 올린다. ⑤캐러멜시럽을 벌집무늬로 장식한다.

"내일로 미루지 말고, 오늘의 단맛을 즐겨요."
금복자의 철학을 담은 극강의 달콤한 음료. 마지막 한 모금까지 혀끝에 남는 달콤함으로, 복자의 최애 과자 사브레를 닮은 음료. 마시고 나면 인생이 끈적하게 달아질지도!

비가 내리면
우리는 훌라를 추지

1

D - day

크고 짙은 그림자가 드리워졌다. 영춘 어르신이 '거대한 것'을 등에 지고 마당에 들어섰다.

"으랏차차차!"

영춘 어르신은 '거대한 것'을 마당 한쪽에 살며시 내려두고선, 깊은 구덩이를 팠다. 그 위에 '거대한 것'을 꽂아 넣고, 흙을 다시 덮고 굵은 밧줄을 여러 개 이어 고정하는 데 몰두했다. 땅 파는 소리, 망치질하는 소리, 무언가를 들어 올리면서 우렁차게 기합을 넣는 소리 등이 이른 아침부터 마당을 가득 채웠다.

두콩은 그림자와 빛의 경계 사이를 정신없이 오가며 뛰어

놀다가, 제풀에 지쳐 머리는 그림자 진 부분에, 목 아랫부분은 햇볕에 두고 단잠에 빠져들었다. 나는 잠든 두콩 옆을 살금살금 지나간 뒤, 허리에 양손을 받치고 고개를 한껏 젖혀 '거대한 것'의 꼭대기를 보았다. 건물 3층 높이나 되는 '거대한 것' 옆에 세워진 높은 사다리 위에서, 영춘 어르신이 사람 몸통만 한 은색 미러볼을 걸고 있었다.

"이제 다 됐어!"

영춘 어르신이 손을 탁탁 털고, 사다리를 따라 아래로 내려오기 시작했다. 한차례 거센 바닷바람이 지나간 자리에, 단단한 고리 끝에 걸린 미러볼이 남아 빙글빙글 돌았다. 빛을 조각내 사방에 크고 작은 무늬를 만들었다. 잠에서 깨어난 두콩이 빛의 조각을 따라 이리저리 뛰기 시작했다.

"이게 화환이에요?"

고개를 젖히고, 아랫배에 잔뜩 힘을 주며 소리쳤다. 영춘 어르신은 땅에 거의 다다랐을 즈음 두 발을 모아 가뿐히 뛰어내렸다.

"그럼. 가게 문을 열었는데, 화환이 없으면 쓰나. 구절초리에선 이것도 작은 거야. 실사네 바다 식탁 20년 만에 리모델링하고 다시 개업했을 때는 이것보다 훨씬 더 컸다."

영춘 어르신이 쭈그리고 앉은 채 화환의 기둥을 고정하는 말뚝을 한 번씩 더 힘껏 두드렸다.

나는 벌린 입을 다물지도 못한 채, 무지막지하게 큰 화환 주변을 돌아보았다. 키가 큰 해송이 기둥 역할을 하고, 끝에서부터 아래로 고깔처럼 보강된 나무 구조물들이 촘촘하게 연결돼 있었다. 주변은 오아시스라 불리는 진녹색 스펀지가 빽빽하게 둘러 있었고, 그 위로 온갖 들꽃들이 수놓아져 있었다.

"화환에 능만산 꽃이랑 풀은 죄다 뽑아다 심어놓은 건 아닌지……."

"아마도 거의? 아핫핫핫핫핫!"

3층 건물 높이의 화환에는 적게 잡아도 2천 개는 훌쩍 넘는 꽃들이 무수히 꽂혀 있었다. 화환이 아니라 작은 숲을 그대로 옮겨다 놓은 것만 같았다. 빽빽하게 꽂힌 꽃과 풀 사이로 새와 곤충들이 날아들었다.

"이런 게 뭐가 의미 있다고……."

연말이면 대형 백화점이나 광장에 세워지는 크리스마스트리가 싫었다. 덩치만 크고 자리만 차지하는 그 조형물이 대체 무슨 의미가 있는지 이해할 수 없었다. 연말엔 배달 콜마저 늘었다. 식당이 몰려 있는 번화가를 번질나게 드나들어야 했기에, 하루에도 몇 번이고 같은 트리 앞을 지나갔다. 트리 앞에서 행복한 표정을 짓는 단체 교육이라도 받은 것처럼, 비슷한 얼굴을 한 사람들이 삼삼오오 모여 사진을 찍기 바빴다. 사람들 손엔 하나같이 백화점 로고가 선명한 쇼핑백이나 포장된 선물이 들려 있었다. 나는 그럴 때면 배달 봉투를 더 단단히 묶었다. 바이크 핸들을 평소보다 세게 당겼다.

"의미? 삶이란 건 의미가 전부인걸! 만나다방이 다시 문 여는 즐거움을 이 화환에 전부 꽂아 넣지 않고는 못 견디는 게 인생 아니겠냐. 자, 다신 오지 않을 오늘, 기념으로 사진 한 방 찍어야지! 거기 딱 서봐라."

영춘 어르신은 담장을 가뿐히 뛰어넘어 모래사장으로 향했다. 파도가 어르신의 발치까지 철썩이며 밀려들었다. 영춘 어르신은 카메라 삼각대를 모래 위에 단단히 고정하고는, 다시 마당을 향해 전력 질주를 하기 시작했다. 엄청난 속도였다. 1톤 모래 수레 끌기 결승전 때처럼, 어르신이 지나가는 길을 따라 모래가 구름처럼 일었다.

"활짝 웃어라!"

사진은 마지못해 찍는다 해도, 꼭 웃어야 하나. 무섭게 달려오는 영춘 어르신을 멍하니 바라보다가, 내 앞을 느릿느릿 지나가던 두콩을 번쩍 들어 올렸다. 두콩은 공중에서 소시지처럼 버둥거렸고, 카메라 타이머는 재촉하듯 빠르게 붉은빛을 깜빡였다. 숨을 몰아쉬며 내 옆에 나란히 선 영춘 어르신은 근육을 불끈거리며 엄지를 치켜세웠다. 왕영춘 박물관의 '추억의 방' 사진 중 하나처럼 건강한 치아를 번쩍이며 활짝 웃었다. 그 모습을 지켜보던 나도 힘겹게 광대 근육을 총동원해 입꼬리를 양쪽으로 힘껏 끌어올려 보았다.
찰칵.
능만산 초목을 다 뜯어다 심은 듯한 초대형 화환과 그 아래 어색하게 선 나와 두콩, 자기 일처럼 신이 난 영춘 어르신. 이상한 마을에서의, 다시 오지 않을 여름의 한순간이 그렇게 기록되었다.

2

"뭐 하고 서 있어? 문 열었다고 요란하게 화환까지 세워 놓고. 장사 안 해?"

칠판 겸 입간판에 분필로 1호 메뉴인 '금복자 차: 사브레 밀크티' 설명을 적고 있을 때였다. 원주 어르신이 1층 출입문을 벌컥 열고 들어섰다. 하필 만나다방의 공식 첫 손님이 원주 어르신이라니. 나는 분필을 얼른 내려놓고 원주 어르신을 맞이했다. 그녀의 머리카락에 꽂힌 바늘이 이날따라 유독 날카로워 보였다.

"제가 신메뉴를 하나 개발했는데요."

"신메뉴고 뭐고, 그냥 아무거나 내와!"

나는 곧장 주방으로 달려갔다. 잘 해내고 싶은 욕심이 들었다. 아무 맛이 나지 않는 이름 없는 차를 낼 것인지, 그걸 베이스로 만든 새 메뉴를 내놓을지 짧은 시간 동안 몇 번이나 오락가락했다. 그러다 원주 어르신의 '아무거나'라는 말에 기대보기로 했다.

진하게 덖은 찻잎을 우린 물에 설탕을 콸콸콸 부은 따뜻한 우유를 더했다. 휘핑크림을 얹고, 복자슈퍼에서 사온 사브레를 요전에 영춘 어르신이 선물해준 고무망치로 부숴 토핑으로 올렸다. 신메뉴를, 게다가 만나다방을 운영하며 처음으로 내는 음료여서 떨렸다. 입안이 바짝 말랐다. 유리잔을 쟁반에 올려 들고도 선뜻 나가지 못하고 원주 어르신의 눈치를 살폈다.

원주 어르신이 앉은 테이블 위에 유리잔을 조심스럽게 내려놓았다. 원주 어르신은 잔을 내려다보다가 이내 표정을 굳혔다. 음료에는 손도 대지 않은 채, 곧바로 입을 열었다.

"이걸 마시라고 낸 거야?"

"네. 조금 달긴 한데, 복자 어르신 말처럼 기분이 좋아지는……."

"보기만 해도 혀가 얼얼하고 속이 쓰리다. 내가 누누이 영춘이한테도 너 자질 없다고 그렇게 얘기를 했는데. 기대를 한 게 내 잘못이지. 명희 하던 것 그대로 이어서 하는 게 그렇게 어려운 일도 아니지 않냐? 지천으로 널린 이름 없는 풀

우려서, 맛없게 한 잔 내놓으면 되는 것을!"

 말도 매서웠지만, 원주 어르신의 갈래머리에 꽂힌 바늘은 더 무서웠다. 나는 맞받아치고 싶은 마음을 꾹 참으며 마음속으로 생각했다.

 '김명희 씨 하던 걸 그대로 할 거면, 무덤 속 김명희 씨를 데려다가 다방 문을 열라고 하든지.'

 입을 꾹 닫고 있는 사이, 원주 어르신이 자리를 박차고 일어났다. 못마땅하다는 기색을 감추지 않고 그대로 문 쪽을 향했다가 씩씩대며 다시 테이블로 돌아왔다.

 찰칵.

 원주 어르신은 휴대폰으로 음료 사진을 찍더니, 양손을 부지런히 움직여 글자를 입력했다. 잠깐의 시간이 흐르고, 원주 어르신이 나를 힐끔 바라보더니 휴대폰 화면을 내 눈앞에 내밀었다.

 "마을 게시판에 올렸다."

 '새파랗게 젊은 이방인의 만행'이라는 자극적인 제목이 눈에 들어왔다. 나는 원주 어르신의 휴대폰을 받아 들고 게시글을 읽어 내려갔다. 초점도 맞지 않은 음료 사진 한 장과 함께 장문의 글이 적혀 있었다. 요약하자면, 왕영춘이가 근본 없는 애를 데려와 명희 자리에 앉혀놨고, 그로 인해 사달이 났다는 내용이었다. 이름 없는 차는 구절초리의 전통인데, 그걸 알지도 못하는 젊은 것이 함부로 손대 망쳐놓았다는 것. 끝에는 '불매운동은 필수'라는 말까지 달려 있었다.

배달 일을 하던 시절, 리뷰 하나에 가게 운명이 갈리는 걸 곧잘 봐왔다. 별 하나가 줄면 주문은 반의반으로 뚝 떨어졌고, 단골이 끊기면 가게도 오래 버티지 못했다. 그땐 남의 일이었는데, 오늘은 내 일이 되었다.

"무시하려거나 그런 게 절대 아녜요. 이럴 게 아니라, 한번 드셔보세요. 제가 앞으로 이름 없는 차에 마을 사람들 이름을 하나씩 붙여서, 그 사람 생각나는 차를 만들어보고 싶었거든요. 신메뉴가 복자 어르신의 이름을 딴 '금복자 차'인 것도 그 이유인데……."

원주 어르신은 들은 체도 하지 않고, 자리에서 일어나 밖으로 나가버렸다. 나는 입꼬리를 양쪽으로 한껏 내리고 못마땅하다는 표정을 지으며 말했다.

"분명 내 말 따위 처음부터 들을 생각이 없었던 거야. 안 그래 두콩아?"

내 마음을 아는지 모르는지, 두콩이만 길게 혀를 빼고 꼬리를 흔들어주었다.

딸랑.

두 번째 손님이 문을 열고 들어섰다. 처음 보는 얼굴이었다. 체육대회에서도 본 적 없고, 마을을 오가며 마주친 기억도 없는 낯선 얼굴. 챙이 넓고 커다란 꽃장식이 달린 모자, 주름이 고르게 잡힌 발목 길이 치마, 실용성보다는 멋을 택한 각진 가죽 핸드백까지. 늘 기능성 운동복을 걸치고 다니는 마을 어르신들과는 확연히 다른 분위기였다. 그렇다고 이 손님이 구절초리 토박이 어르신이라는 사실까지 감출 수는 없어 보였다. 사뿐히 1층 중앙을 가로질러 걷는 발목에는, 그 어떤 도구로도 끊어낼 수 없을 것 같은 단단한 밧줄 같은 근육이 감겨 있었다.

손님은 가장 구석진 테이블에 조용히 앉았다. 나와 눈을 마주치려는 기색도, 주문하려는 움직임도 없었다. 조심스레 가까이 다가갔다. 손님의 넓은 모자챙이 만든 그림자가 테이블 절반을 덮고 있었다.

"차 한 잔 드릴까요?"

"혹…… 어디…… 이상…… 저…….″

너무 작고 분명치 않은 목소리였다. 나는 손님의 입 모양이라도 읽어보려 몸을 조금 기울였다. 그러자 손님은 소라게가 껍데기 속으로 숨듯 넓은 모자챙을 손끝으로 바짝 끌어내려 얼굴을 완전히 가려버렸다. 모자 속에서 여전히 무언가를 중얼거리는 듯했지만, 무슨 말인지 전혀 알아들을 수 없었다.

"손님, 신메뉴가 있기는 한데요. 원래 드셨던 이름 없는 차로 내드릴게요."

뜨끈한 김이 피어오르는 이름 없는 차를 테이블 위에 내려놓았다. 그런데 손님은 여전히 넓은 모자챙으로 얼굴을 완전히 가린 채, 고개를 끄덕이는 것도, 손을 뻗는 것도 없이 조용히 중얼거릴 뿐이었다. 차에는 손도 대지 않았다.

가까이 서 있는 게 불편한가 싶어 한 걸음 물러나자, 손님이 손끝으로 모자챙을 아주 살짝 올렸다. 다시 반걸음 다가가자, 모자챙이 다시 푹 내려앉았다. 멀어지면 올라가고, 가까워지면 내려가기를 몇 번 반복한 후 나는 주방 쪽으로 몸을 돌렸다. 주방에서 일부러 냉장고 문을 열었다 닫았다, 헛기침하고, 집기를 달그락거렸다. 주방 창문으로 힐끔 내다보니, 손님은 그제야 찻잔을 두 손으로 조심스럽게 들어 올려 입에 가져가고 있었다. 호로록. 아주 작게 차 들이켜는 소리가 들렸다.

나는 뒷문으로 조용히 나가 차고로 향했다. 선반엔 김명희 씨가 수집한 헬멧들이 줄지어 놓여 있었다. 그중 바이저가 가장 짙게 착색된 것을 골라 머리에 썼다. 바이저를 내리니 한낮인데도 세상이 어둑하게 보였다. 도시에서 배달할 때도 늘 이렇게 착색이 짙은 헬멧을 고집했다. 정글 같은 도로 위, 낯선 타인의 문 앞에서도 나를 유일하게 지켜준 건 헬멧 하나뿐이었다. 성별도, 나이도, 얼굴도 드러내지 않으면, 낯설고 때론 위협적인 시선에서 조금은 벗어날 수 있었다. 손님의 꽃장식이 달린 챙 넓은 모자도 내 헬멧 같은 것일 테지.

"차는 입맛에 맞으세요?"

헬멧을 쓰고 손님 가까이로 다가가 물었다. 손님은 더 이상 모자챙을 붙잡지 않았다. 곁눈질로 나를 슬쩍 한 번 바라보더니, 이내 찻잔으로 시선을 돌렸다. 뒤집어쓴 헬멧이 효과가 있었다. 조금 전보다 훨씬 또렷한 목소리가 들려왔다. 나는 귀를 기울였다.

"그 언니, 치사하게 저만 두고 도망간 거죠? 내가 여기 이상하다고, 탈출하게 되면 나랑 우리 옥자도 같이 데려가달라고 부탁했는데. 새로 오신 아줌마 사장님은 이 마을 이상한 거 못 느끼셨어요? 그 왜, 무서운 할머니들 있잖아요."

같은 구절초리 토박이 어르신인 것 같은데, 왜 다른 할머니들을 이상하다고 말하는 걸까. 그것보다 김명희 씨는 왜 언니고, 나는 아줌마인가. 순간 욱하는 마음에 헬멧을 획 벗어 던질 뻔했지만 간신히 참았다.

"저기, 어르신."

"무슨 어르신이에요! 저는 옥분이에요, 장옥분. 아줌마 사장님은 좀 다를 줄 알았더니 여기 사람들 진짜 다 이상해.

젊은 사람들은 자꾸만 어르신, 어르신. 내가 무슨 어르신이라고. 나는 고작 스물한 살인데."

답답하고 속상하다는 듯, 옥분 어르신은 양 팔꿈치를 테이블 위에 붙이고, 두 손을 턱 아래에 괴었다. 모자에 달린 큼지막한 꽃이, 나무처럼 단단한 두 팔을 줄기 삼아 크게 휘청였다. 옥분 어르신이 숨을 크게 들이마셨다가 내쉬고는, 목소리를 낮춰 이야기를 이어갔다.

"아줌마도 조심하세요. 몸이 막 이렇게 큰 무서운 할머니들 있죠? 그 할머니들이 저를 감시하고 있어요. 제가 어디를 가도 따라오고, 집에 있어도 담 너머로 소름 끼치게 쳐다보고. 저번엔 집까지 쳐들어왔다니까요. 끔찍해. 상상도 하기 싫어요. 여기 있던 언니도 무서워서 떠난 거예요. 도시로 간 거죠."

"돌아가신 게 아니고요?"

"무슨 그런 끔찍한 소리를 해요. 그 언니, 분명 도시에 갔다니까요. 나랑 만날 때마다 같이 갈 계획을 세웠는데, 그때마다 키가 요만 한, 작은 아이를 찾으러 간다고 말했거든요."

"어떤 아이를 찾으러 간다는 말은 없었어요? 이름이라거나, 사는 지역이라거나."

"그런 건 내가 제일 잘 알죠. 제가 모르면 누가 그 언니 일을 알겠어요. 그러니까…… 그러니까, 그 언니가 했던 말이……."

 옥분 어르신은 느리게 재생되는 영상처럼 눈을 깜빡이다가, 말을 흐렸다. 이내 입을 굳게 다물고 멍한 눈으로 창밖을 응시했다. 내가 부러 헛기침 소리를 내자, 막 잠에서 깬 사람처럼 화들짝 놀라 고개를 휙 돌렸다. 금방이라도 모자 속으로 숨을 듯 긴장한 표정이었다.

 "……누구세요? 나 언제 여기 왔지? 헬멧 쓰신 분은 왜 그렇게 수상하게 서 계시는 거죠?"

 옥분 어르신은 양손으로 모자챙 양 끝을 꽉 움켜쥐었다. 그 긴장은 오래가지 않았다. 이내 목젖이 다 드러나도록 입을 벌려 몇 번이나 하품을 하더니, 창가로 쏟아지는 햇살 아래에서 꾸벅꾸벅 졸기 시작했다. 눈을 뜬 채로도 몇 차례 고개가 툭, 툭 꺾였다.

 "많이 피곤하신가 보네."

 나는 조심스레 뒤로 물러나 주방으로 향했다. 옥분 어르신은 고개만 아래로 푹 숙인 채, 자리에서 깊은 잠에 빠져든 듯했다.

 딸랑.
 종소리와 함께 한 무리의 어르신들이 만나다방으로 소란스럽게 들어섰다. 목과 어깨엔 땀 닦을 수건을 걸친 것을 보니, 방금 운동을 마치고 온 듯했다. 각기 다른 취향을 반영한 듯한 다양한 브랜드 로고들이 어르신들의 가슴팍과 팔뚝, 허벅지에 선명하게 드러나 있었다.

"어떻게 오셨어요?"

문을 열고 몇 시간째 사람이 뜸했던 터라, 원주 어르신의 불매운동 게시글이 마을 전체에 영향을 끼쳐 누구도 다방을 찾지 않는 것이라 생각했던 참이었다. 길자 어르신이 수건으로 땀을 닦으며 대답했다.

"어떻게 왔냐니. 운동하다가 화환 보고 모두가 이렇게 헐레벌떡 달려왔잖냐. 원래도 참새 방앗간처럼 자주 들렀다만, 공식적으로다가 문을 딱 여니까 얼마나 좋아! 하나, 둘, 셋...... 총 일곱 잔. 하고야, 아니 이젠 강 사장이지. 강 사장, 머릿수대로 한 잔씩 부탁해."

형광 주황색 바탕에 당근이 그려진 티셔츠를 입은 당근밭 어르신이, 주문을 하던 길자 어르신을 향해 물었다.

"길자야, 여기 복자 언니 이름으로 된 차가 있는데?"

"진짜네? 금복자 차. 재밌네 재밌어. 우리 강 사장이 이름 없는 차에 이름을 붙였네 그래."

"암만 우리 집 당근이 달다고 해도, 금복자 차는 이름만 봐도 달아. 혀가 간질간질해. 궁금한데 이걸로 한 잔 마셔볼까나?"

다른 어르신들도 '금복자 차'를 마시겠다며 손을 번쩍 들어 보였다. 원주 어르신과는 너무나도 다른 반응이었다.

"실은요. 원주 어르신이 여기 불매운동을 해야 한다고 마을 게시판에 올렸거든요. 신메뉴는 그냥 없던 걸로 하고, 원래 드시던 이름 없는 차로 드릴까 봐요."

"원주 고것은 차에 입도 대지 않고 모질게 말했을 게 분명해. 안 그러냐? 그리고 마을 게시판은 신경 쓸 것 없다. 거기 가입자가 원주뿐이라, 원주가 뭘 올리든 보는 사람 하나 없어."

길자 어르신이 안심하라는 듯, 부드럽게 미소 지었다. 원주 어르신의 뾰족한 말에 찔리지 않았다고 생각했지만, 나도 모르는 사이에 바람 빠진 풍선처럼 주눅 들어 있었던 모양이었다. 연신 손부채질을 하며 1층 가장 큰 테이블에 둘러앉은 어르신들의 뒷모습을 가만히 바라보다가, 주방 쪽으로 걸음을 옮겼다. 이름 없는 차 베이스를 진하게 내리고, 따뜻하게 우유를 데웠다.

'금복자 차' 일곱 잔을 거의 다 만들었을 때였다. 밖이 소란스러웠다.

"잠깐만, 옥분 언니가 왜 이러고 계실까?"

길자 어르신이 자리에서 벌떡 일어나, 옥분 어르신이 앉아 있던 구석 테이블로 갔다. 나도 주방에서 나와 길자 어르신의 뒤에 섰다. 옥분 어르신은 조금 전과 같은 자세 그대로였다. 다른 어르신들도 웅성거리며 하나둘 옥분 어르신 가까이로 모여들었다. 길자 어르신이 한 걸음 떨어진 곳에서 고개를 내저으며 말했다.

"갔네, 갔어."

얼음물 한 양동이를 끼얹은 듯, 분위기가 얼어붙었다.

"가셨다면, 돌아가셨다는 건가요?"

길자 어르신이 고개를 끄덕였다. 머릿속이 새하얘졌다. 불과 몇 분 전까지도 나와 아무렇지 않게 대화를 나눴는데, 그저 한낮의 햇살에 꾸벅꾸벅 졸고 있는 줄로만 알았는데. 혼란스러운 나와 달리, 어르신들은 지나치리만큼 침착했다. 마치 이때를 기다리기라도 한 사람들처럼, 일사불란하게 움직였다. 누군가는 영춘 어르신에게 관을 짜뒀는지 물었고, 또 누군가는 원주 어르신께 전화를 걸어 수의가 언제까지 준비될 수 있는지를 확인했다.

멍하니 제자리에 얼어붙은 나를, 길자 어르신이 조용히 끌어와 등받이가 있는 의자에 앉혔다.

"구절초리 토박이들이 박복한 게 딱 한 가지가 있어. 나이가 들수록 꺾이기는커녕 무쇠처럼 강해지는 게 복이라면, 제명이 다하면 아무런 예고도 없이 인생이 뚝 끊겨버리는 게 박복이야. 바깥사람들은 잠들 듯 가는 게 복이라고들 하는데, 우리는 이게 무슨 저주인가 싶을 때가 많다."

길자 어르신이 나를 위로하듯 내 등을 토닥였다.

"바깥에서 온 명희가 많이 아프긴 했어도, 매일 작별 인사를 할 수 있던 게 참 슬프면서도 좋았거든. 구절초리 토박이들은 죽는 건 한순간이니……. 우리한테도 그런 시간이 단 며칠이라도 주어진다면 여한이 없겠네."

"믿기지가 않아요. 지금이라도 잠에서 깨서, 마시다 만 차를 드실 것 같은데."

"그래. 내 눈에도 그렇네. 아이고, 옥분 언니. 차 한 잔이라도 다 잡수고 가시지. 살고 죽는 게 이렇게 한 끗 차이라지만, 기억이 오락가락하면서부터 온종일 우릴 피해 다니기 바쁘시더니……. 근데 옥분 언니, 아직 안 갔네?"

"악!"

길자 어르신의 말에 뒤를 돌아보았다가, 마주한 장면에 깜짝 놀라 그만 균형을 잃고 나무 의자에 기댄 채 그대로 뒤로 나자빠졌다. 옥분 어르신이 고개를 기이하게 꺾은 채 얼굴만 돌려 나와 길자 어르신을 큰 눈으로 멀뚱멀뚱 바라보고 있었기 때문이었다. 옥분 어르신이 자게 속삭였다.

"저기, 아줌마랑 할머니. 혹시 저 좀 도와주시겠어요? 이상하게 고개가 잘 안 움직이네."

길자 어르신이 옥분 어르신의 머리를 살며시 들어주었다.

꺾여 있던 목이 결리고 아픈지 옥분 어르신이 짜증 섞인 목소리를 냈다. 나는 뒤집힌 육지 거북이처럼 바닥에서 버둥거리다가 간신히 몸을 일으켰다.

딸랑, 딸랑, 딸랑.
만나다방 안으로 사람들이 하나둘 모여들기 시작했다. 금세 모든 테이블이 꽉 찼고, 몇몇 어르신들은 자리에 앉지도 못했다. 겉으로는 만나다방이 다시 문을 연 걸 축하하러 왔다고들 했지만, 사람들의 시선은 자주 옥분 어르신에게 머물렀다. 시끌벅적한 분위기 속에 어딘가 미묘하게 다른 기운이 섞여들었다. 그 기운은 아직 옥분 어르신과 헤어지지 않아도 된다는 안도감, 눈앞에 있어도 왠지 그립기만 한 마음을 닮아 있었다.
"핫핫핫핫! 오히려 좋네. 마을 사람들이 만사 제쳐두고 여기로 다들 달려왔어. 아주 축제야! 마을 역사상 최고의 개업식이네. 하고가 복받았어!"
볼일을 마치고 만나다방으로 돌아온 영춘 어르신이 말했다. 그의 말처럼, 나는 정말 복을 받은 걸까. 하루가 유난히 길다고 생각하며 마당 한편, 거대한 화환 끝에 매달린 미러볼이 빛 조각을 흩뿌리며 천천히 돌고 있는 것을 바라보았다. 그 아래로 마을 사람들이 끊임없이 밀려들었다. 미리 덮어둔 찻잎은 금세 바닥이 났고, 주문은 산더미처럼 쌓였다. 나는 숨 돌릴 새도 없이 찻잎을 덖고, 온 우주의 향이 뒤섞인 듯한 차 냄새를 맡으며, 무미한 '이름 없는 차'와 지나치게 단 '금복자 차'를 번갈아 만들었다.

옥분 어르신이 모자를 푹 눌러쓴 채, 사람들의 눈치를 살피며 슬금슬금 주방 쪽으로 다가오는 것을 보고, 나는 벗어두었던 헬멧을 다시 썼다. 옥분 어르신이 주방 창으로 고개를 쑥 들이밀었다. 챙이 넓은 모자가 창틀에 걸려 바닥에 떨어졌다. 옥분 어르신의 은빛 머리가 늦은 오후의 햇살에 빛났는데, 그 순간 다방 전체에 어색한 정적이 흘렀다. 옥분 어르신이 다급히 모자를 주워 눌러쓰고는 볼멘소리로 속삭였다.

"저기요, 헬멧 아줌마. 방금 이상한 거 못 느끼셨어요? 다들 나만 보고 있는 것 같다고요."

언제 정적이 흘렀냐는 듯, 다방은 소란스러웠다. 옥분 어르신이 고개를 휙 돌려 새침한 표정으로 사람들을 한번 흘겨보았다. 그러곤 다시 모자챙을 바짝 내리고는 고개를 갸웃거리며 밖으로 나갔다.

딸랑.

옥분 어르신이 다방 밖으로 나가는 것을 확인하자, 마을 사람들은 안도의 한숨을 내쉬었다. 바깥 기온이 30도를 넘는 한여름이었지만, 그들이 뿜어낸 뜨거운 숨결로 만나다방 안은 한순간에 달아올랐다. 따뜻한 숨이 모여든 창문에는 겨울처럼 김이 서렸다가 이내 스르르 사라졌다.

3

 늦은 밤. 마지막 손님을 보내고 소파에 털썩 주저앉았다. 하루 종일 서 있었더니 발바닥부터 종아리까지 뻣뻣하게 당기고 아팠다. 왼쪽 발에는 물집이 생겼다가 터졌는지 따끔거렸다. 지금 당장 드러눕기만 하면 코를 골며 잘 자신이 있었지만, 개수대엔 설거짓거리가 산더미처럼 쌓여 있었다. 간신히 몸을 일으켜 기듯이 주방으로 가 빨간 고무장갑을 꼈다.
 딸랑.
 적막하던 만나다방에 맑은 종소리가 울려 퍼졌다.
 "마감은 했지만, 어서 오세요."
 석재가 다운의 손을 잡고 만나다방으로 들어섰다. 나는 고무장갑을 벗고 주방 밖으로 나섰다. 부은 발바닥 탓에 걸음걸이가 영 어색했다. 막 걸음마를 뗀 초식동물의 새끼처럼 중심을 제대로 잡지 못한 채 좌우로 흔들흔들했다. 뻐근하게 결려오는 광대를 밀어 올리며, 애써 미소를 지었다. 두 사람 가까이로 다가갔다. 나를 발견한 다운이 쭈뼛거리며 석재의 뒤에 몸을 숨겼다. 내가 절대 못 들을 거라 생각하는 듯, 석재의 귀에 대고 물었다.

"아빠, 이모는 좀비야?"

석재는 일부러 나 들으란 듯 또렷한 목소리로 대답했다.

"보람찬 하루를 보낸 어른들은 좀비로 변하곤 하니까."

"좀비 아니거든요?"

석재가 장난스럽게 웃어 보이곤 다운의 머리를 쓰다듬었다.

"다운아, 인사드려야지."

석재의 손을 놓은 다운이 잰걸음으로 달려왔다. 마룻바닥에 닿는 작은 발소리가 쿵쿵쿵, 심장박동처럼 울렸다. 까만 볼링공처럼 빠르게 날아오는 둥근 머리를 보고, 이번엔 배에 힘을 단단히 주었다. 지난번과 달랐다. 다운은 적당한 거리에서 멈춰 서더니, 작은 팔로 나를 꼭 끌어안았다.

"안녕하세요, 좀비 이모."

나를 '좀비'라 부르는 게 꽤 재미있는 모양이었다. 혼자 쿡쿡 웃던 다운은 한 손에 들고 있던 플라스틱 바구니를 내밀었다.

"산딸기예요. 이모도 드세요."

오는 길에도 잔뜩 집어 먹었는지, 입가엔 말라붙은 산딸기 과즙이 찐득하게 묻어 있었다. 다운이 움직일 때마다 달콤한 냄새가 따라다녔다. 다운은 마치 걸어 다니는 커다란 산딸기 같았다.

"얼른 드세요."

"언능 드셉요."

석재가 능숙한 한국어로 또렷하게 말하면, 입안 가득 산딸기를 넣은 다운이 뭉개진 말투로 따라 했다. 우리는 마주 보고 테이블에 앉았다. 석재는 한 손에 들고 있던 그릇을 테이블 위에 올려두고는 내 앞으로 밀어주었다. 랩으로 싸인 그릇 아래엔 곱게 간 살얼음 국물이 파도처럼 찰랑거렸다. 맺힌 물방울은 그릇의 곡선을 타고 흘러내려, 테이블과 그릇 사이에 둥그런 물띠를 만들었다. 꼬르륵. 커다란 구멍이라도 난 것 같은 텅 빈 배에, 허기가 한꺼번에 밀려들었다.

"다른 사람들 입에 들어가는 걸 책임지는 일을 하다 보면, 정작 내 입에 들어갈 건 하나도 못 챙기게 되니까요."

다운은 석재에게 건네받은 휴대폰을 들고 내 옆으로 다가왔다. 가벼운 몸을 툭 날려 털썩 앉더니, 아무렇지 않게 내 몸에 등을 기댔다. 원래 아이들은 다 이런 건가. 어른들은 늘 어렵고 경계 대상이었던 어린 시절이 떠오르려다 거품처럼 사라졌다. 대신 여름밤을 뚫고 걸어온 다운의 막 쪄낸 찐빵같이 따뜻하고 말랑한 등이 느껴졌다.

석재는 메고 온 가방에서 수저와 참기름, 식초를 꺼내 차례차례 테이블 위에 올려두었다. 물회 그릇을 덮고 있던 랩도 조심스레 벗겨내더니, 참기름과 식초를 번갈아 돌려 뿌려주었다.

"피곤할 땐 식초를 조금 더 넣어 드셔보세요."

나는 크게 한 숟가락 떠 입안 가득 물회를 밀어 넣었다. 새콤하고 시원한 국물이 혈관을 타고 손끝과 발끝까지 퍼지며, 온몸의 피로를 밀어내는 듯했다. 나는 언제나 길자네 바다 식탁 물회를 먹고 다시 살아나게 되는구나. 밥알과 채소, 오징어와 전복회를 꼭꼭 씹어 삼켰다. 그릇을 통째로 들고 국물을 쭉 들이켰다. 순식간에 한 그릇을 비워냈다.

"석재 씨도 가게 일 하느라 고됐을 텐데. 고맙습니다."

"우린 구절초리에서 최약체잖아요. 같은 종족이니까, 당연히 응원해줘야죠."

그 말을 듣던 다운이 석재를 물끄러미 보았다가, 몸을 휙 돌려 내 쪽을 바라보았다. 커다란 눈을 깜빡이더니 고개를 갸웃하며 말했다.

"아니야. 좀비 이모는 진짜 강한데. 강하고 이모잖아. 강하고 멋진 이모!"

"그렇네. 아빠가 잘못 생각했다. 구절초리서 제일 강하고 멋진 이모지."

다운은 별일 아니라는 듯 어깨를 가볍게 으쓱였다. 온갖 세상의 냄새가 피어올랐다가 사라진 만나다방에 피웅피웅 다운의 휴대전화에서 나는 게임 소리와 석재가 손수 가져다준 새콤한 음식 냄새가 번졌다. 작은 동물들의 비밀스러운 밤 식탁 같은 풍경에 나도 온몸을 담갔다.

괜찮다고 하는데도, 석재는 기어이 마감 청소를 도와주겠다고 나섰다. 다운도 길자네 바다 식탁 손녀답게 제법 능숙하게 빗자루를 잡았다. 영원히 지치지 않을 것처럼 다방 구석구석을 누비며 온갖 작은 것들을 발견하고 참견하던 다운은, 청소를 시작한 지 10분도 채 되지 않아 새끼 코알라처럼 석재의 등에 매달려 있다가, 이내 다방 한가운데 가장 긴 소파에서 빗자루를 안은 채 잠들었다. 석재는 무릎담요를 다운 위에 살며시 덮어주었다.

"신기해요."

"애들은 거짓말처럼 잠들죠. 가끔 진짜로 잠들었는지 실험도 해본다니까요."

"그것도 그런데…… 아빠랑 딸이 세상에 둘만 있는 것처럼, 이렇게 잘 지낼 수 있나 싶어서요. 비현실적이랄까. 저는 세상 어른들이란 건 다 자기밖에 모르는 줄 알았거든요. 자식은 나 몰라라 하고, 함부로 버리고."

"저라고 뭐 다를까요. 멀리서 보면 그럴싸한 아빠처럼 보여도, 자세히 들여다보면 엉망이에요. 아빠가 저래도 되나, 손가락질하고 싶을걸요?"

"에이, 석재 씨가 왜 손가락질을 받아요. 이렇게 좋은 아빠인데."

석재가 대답 대신 씁쓸하게 웃었다. 나는 냉장고로 향했다. 복자슈퍼에서 얻어온 막걸리를 꺼냈다. 혼자서 화환 근처를 돌며 나름의 고사를 지내려 아껴뒀는데 석재와 나눠 마시면 딱 좋겠다 싶었다. 막걸리 마시기에 맞는 잔이 없어, 다방에 널린 찻잔 두 개를 대신 챙겼다.

막걸리 뚜껑을 힘주어 돌리자, 탄산 빠지는 소리가 났다. 거품이 포말처럼 올라왔다가 스르르 사라졌다. 석재는 메고 온 가방에서 주먹 크기만 한 작고 복슬복슬한 흰색 코끼리 인형을 꺼내 내게 건넸다. 인형의 옆구리에는 붉은 자국이 희미하게 찍혀 있었다.

"이건 환영의 선물이에요. 행운의 흰 코끼리 인형인데, 태국에서는 행운을 가져다주는 의미가 있어요. 다운이가 산딸기 묻은 손으로 만지는 바람에 이 모양이 됐지만, 하나밖에 남지 않은 거라."

"하나밖에 없는 귀한 건데, 왜 저한테 주시는 거예요?"

"귀한 거니까 주는 거죠."

석재와 마주 앉아 막걸리 한 병을 금세 비웠다. 기분 좋은 취기가 돌았다. 하루 종일 긴장으로 쪼그라들었던 마음이 혀끝에 닿은 버터쿠키처럼 부스스 녹아 흩어졌다.

아무런 목적도 의미도 정하지 않은 대화가 끊이지 않고 이어졌다. 구절초리에 오지 않았다면 평생 모르고 살았을 두 사람의 이야기가 테이블 위에서 이어지는 게 신기했다. 상대의 말에 휘둘리거나, 휘두르려는 그 어떤 의도도 없이 자연스럽게 이어지는 말들. 내겐 온통 슬프고 아픈 기억들뿐이었지만, 나는 석재와 나누는 대화가 그저 즐거워 생각나는 어떤 것이라도 펼쳐놓고 싶은 기분이었다. 오랫동안 무인도에 갇혀 있던 사람도 이렇게 수다스럽진 않았을 거라 생각하면서.

"제가 이래 봬도 태국에서 제일 좋은 대학 다니다 중퇴했잖아요."

"저는 어릴 때부터 일하느라, 고등학교 졸업장 딴 게 자랑인데. 대단해요. 학교는 왜 그만뒀어요?"

"그땐 사랑이 전부인 줄 알았거든요. 다운이 엄마가 한국에 돌아간다고 하니, 그대로 고향도 등지고, 가족들이랑 연도 끊고 비행기에 올랐죠. 사랑에 모든 것을 건 사람은 나쁜

이었다는 걸, 한참 뒤에야 알게 되었지만."

"저도 그래요. 유일한 친구, 연인. 가족같이 지냈던 사람들이 한 번에 사라지고 나니까 깨달았던 거죠. 아, 사랑은 나 혼자 했구나."

"그리고 저요……. 실은 좋은 아빠도 아녜요. 다운이만 남겨두고 떠나가버린 사람에 대한 배신감 때문에, 아이 생각은 제대로 하지도 못했거든요. 매일 어떻게 죽어야 하나, 그 생각만 했어요. 그 밤…… 정말 하면 안 될 짓을 하려 했던 거죠. 그때 구절초리 어르신들이 저를 구해주신 거고."

"석재 씨도 구절초리 근육 할머니 3인방한테 납치당한 거예요?"

"납치요? 글쎄요. 지금의 장모님, 그러니까 길자 어르신이 건물 옥상에서 뛰어내리려던 저를 붙잡고 설득하긴 했죠. 살아야 한다고. 하고 씨는 무슨 일이 있었기에?"

"아, 약간 오해의 소지가 있는 일들이 좀 있었죠. 아무튼 구절초리 어르신들한테 납치, 아니 구조된 공통점이 있었네. 어쩐지, 뭔가 석재 씨랑은 잘 맞는다 싶었더니. 그런데 어떻게 길자 어르신의 사위가 된 거예요?"

"딸자식이 있었다면 딱 나 같은 사람 사위 삼았을 거라고."

"그게 끝?"

"네, 가족이란 게 이유가 많이 필요하지 않다고 하시더라고요. 이런저런 이유가 덧붙으면 오히려 깨지기 쉬운 관계가 된다고."

냉장고로 가 남은 막걸리 한 병을 꺼내 조리대 위에 올려두었다. 유리컵에 얼음을 가득 넣고, 이름 없는 차로 진한 베이스를 만들어 컵에 따랐다. 막걸리와 코코넛밀크를 3대 1 비율로 섞어 넣었다. 설탕은 역시나 마음이 가는 대로 넉넉히 부어주었다. 구운 코코넛칩을 배처럼 음료의 표면 위에 둥둥 띄웠다.

"이건 촉차이 쑤파끤 차예요."

석재 앞으로 새로 만든 음료를 내밀었다. 코코넛칩이 살랑살랑 흔들렸다. 그는 그걸 한참 바라보다가, 천천히 고개를 들었다. 커다란 눈에 그렁그렁 눈물이 맺혀 있었다. 두 손으로 컵을 감싸 쥐고, 조심스레 들어 올려 한 모금을 마셨다.

"콥쿤 캅!"

"저도 그 말은 알아요. 고맙다는 말이죠? 늦은 시간에 물회까지 챙겨주고, 청소도 도와준 석재 씨가 더 고맙죠."

"어떻게 이렇게 척척 잘 만들어요?"

"배달 일 하기 전에 안 해본 일이 없거든요. 특히 메뉴만 70가지 정도 되었던 체인점 카페에서 2년 일했는데, 거기서 일하고부터는 음료 만드는 건 일도 아녜요."

천천히 '촉차이 쑤파꿘 차'를 다 마신 석재가, 시간을 확인하더니 자리에서 일어서며 말했다.
"꽃구경 갈 시간이에요."
"이 늦은 밤에요?"
"밤에 피는 꽃이 있어요. 내가 구절초리에서 제일 좋아하는 꽃."
석재는 소파에 잠든 다운을 한번 살펴보더니, 조용히 손짓하며 출입문을 열고 나섰다. 우리는 마당 뒤로 이어진 얕은 언덕길을 올랐다. 사방이 깜깜했다. 휴대폰 플래시가 비추는 곳이 곧 길이었다. 우리는 한 걸음씩 더듬더듬 올라갔다.
언덕 위에 먼저 오른 석재가 손을 뻗어 바다 쪽을 가리켰다. 나는 발밑만 살피다 멈춰 서서 그가 가리키는 방향을 올려다보았다.
"진짜 꽃이 있었네요."
늦은 밤과 새벽의 경계, 바다와 하늘의 경계. 그 어떤 것도 쉽게 침범할 수 없는 경계선 사이에, 꽃처럼 피어난 빛이 있었다. 별보다도 밝고, 생생한 그런 빛이.
"저기서 제일 밝게 빛나는 배가 '대기호'예요. 장모님, 한국 엄마 배. 저 같은 약골들은 배에 타면 몸만 상한다고, 조업 나가는 걸 늘 말리셔서 배를 몇 번 타보진 못했지만요. 가끔 다운이 재워두고 이렇게 멀리서 봐요. 아침이면, 큰 그릇 같은 배에 가득 오징어를 채워 오겠지. 치열함이 만든 꽃 같은 빛을 보고 있으면 어쩐지 마음이 든든해져요."

수평선 너머에서 희미한 빛이 번져오고, 은은하고 창백한 푸른빛이 바닷물 위로 천천히 퍼져나갈 때가 되어서야 우리는 언덕을 내려왔다.

석재는 손끝까지 산딸기 물이 붉게 물든 다운을 조심스레 업었다. 나는 불과 몇 시간 만에 아주 오랜 친구가 된 듯한 석재를 배웅했다.

딸랑.

만나다방의 아주 긴 하루가 마무리됐다.

촉차이 쑤파퀀 차: 코코넛 칵테일 막걸리

재료: '이름 없는 풀' 차 베이스, 막걸리 150ml, 코코넛밀크 50ml, 설탕, 하얀 코코넛칩, 얼음

①뜨거운 물에 '이름 없는 풀' 차를 진하게 우린다. ②막걸리와 코코넛밀크를 섞고, 설탕을 넣어 녹인다. ③얼음을 넉넉하게 넣은 유리컵에 천천히 부어준다. ④하얀 코코넛칩을 오징어 배처럼 띄엄띄엄 띄워 장식한다.

"고단한 하루의 끝에 다정한 위로를 건네요."
태국과 한국을 잇는 퓨전 음료. 석재를 사로잡은 새벽 바다의 아름다운 풍경도 함께 담아냈다. 딱딱하게 굳은 하루의 고단함도, 코코넛의 달콤함과 막걸리의 부드러운 풍미가 건네는 다정한 위로에 스르르 녹아내릴 수밖에 없을 것! 단, 과음은 금물이다.

정다운 차 : 레인보우 베리 스무디

재료: '이름 없는 풀' 차 베이스, 산딸기 20알, 블루베리 20알, 파인애플 2조각, 요거트 4T, 꿀 1T, 얼음

①뜨거운 물에 '이름 없는 풀' 차를 진하게 우린다. ②이름 없는 차 베이스와 과일을 요거트와 적절히 섞어 꿀과 얼음을 넣고 부드럽게 갈아준다. 단, 각각의 과일들은 섞지 않고 따로 갈아주는 것이 핵심. ③다양한 색의 과일 요거트가 층층이 쌓일 수 있도록 조심스럽게 유리컵에 따라준다.

"때론 손끝이 붉게 물들도록 달콤함에 빠져도 좋아."
아빠 촉차이 쑤파뀐의 달콤한 다정함과, 할머니 오길자의 강인한 용기 모두를 닮은 정다운 같은 무지갯빛 음료! 제철 베리류의 신선한 맛과 알록달록한 색감을 자랑하는 스무디.

4

―주문하신 물품이 '터널 입구' 님에게 전달되었습니다.

내비게이션에 지도가 뜨지 않는 마을, 구절초리. 이곳에선 마을 사람들이 주문한 모든 택배가 터널 입구까지만 배달된다. 만나다방 메뉴 개발을 위해 몇몇 재료들을 미리 주문해두었는데, 그 택배가 터널 입구에 도착했다는 거였다. 나는 영춘 어르신이 만들어준 '외근 중' 나무 팻말을 현관문에 걸어두고 바이크에 시동을 걸었다.

바다 마을의 늦여름 풍경을 가르며 바이크가 달리기 시작했다. 처음 구절초리에 도착했을 때보다 한결 시원해진 바닷바람이 뺨을 스치고, 말린 생선과 비릿한 미역 냄새가 섞여 훅 끼쳐왔다. 계절을 따라 바다의 색도 조금씩 변해가는

지, 가을을 맞이한 바다는 미묘하게 더 짙어지고, 고요해진 듯했다.

"하고야, 어디 가냐?"

능만산 근처를 지나던 나를 영춘 어르신이 불러 세웠다.

"터널 입구에 택배 가지러요."

"잘됐다. 내가 얼마 전에 옥분 언니 주려고 흙손이랑 개 사료 시켜놨거든. 그것도 배송되어 있을 텐데, 찾아다가 대신 전해줘야겠다. 해변 따라서 쭉 달리다 보면, 마을 맨 끄트머리 거기가 옥분 언니네 집이야."

길을 익힐 겸, 지난번에 갔던 길 대신 지름길로 보이는 샛길을 택해 달렸다. 몇 번 굽이만 돌아도 터널로 곧장 이어질 것 같았지만, 조금씩 풍경이 낯설어졌다. 지나가는 사람도 없고, 길옆으로 펼쳐진 나무들이 뻗친 모양도 달랐다. 잠시 후, 큼직한 도로 표지판이 갑작스럽게 시야를 가로막았다.

—WELCOME. Gujulcho‐ri Autobahn.

"웰컴. 구줄초뤼……. 아, 구절초리 아우토반? 아우토반이면 고속도로 아닌가?"

팻말 가까이 다가가보니, 구절초리 아우토반의 준공 연도가 적혀 있었다. 20년도 전에 만들어졌지만, 팻말 너머로 이어진 도로는 어제 막 포장을 끝낸 것처럼 반질반질해, 아무도 밟지 않은 눈 내린 길 같았다.

나는 '종료 지점'이라 쓰인 곳에서부터 이 도로를 달려보기로 했다. 이 길을 따라 달리면 터널 입구에 금세 닿을 수 있을 것 같았다. 바이크 손잡이를 당겼다.

"고속도로라면서, 이게 끝이야?"

몇 분, 아니 몇 초 남짓 달렸을까. 바이크의 속도가 제대로 붙기도 전에 길의 끝이 보였다. 바닥엔 '시작 지점' 글씨가 큼지막하게 새겨져 있었고, 자동차 경기장을 연상케 하는 알록달록한 깃발들이 펄럭였다. 양옆엔 트로피 모양의 바람 빠진 풍선이 바닥을 구르고 있었다.

바이크 속력을 줄여 '시작 지점'에 멈춰 섰다. 그곳엔 오렌지색 스포츠카 한 대가 엔진 공회전 소리를 내고 있었다.

와아앙—와아앙—

스포츠카는 금방이라도 튀어 나갈 것처럼 포효했지만, 허공을 가르는 소리만 들려왔다. 차는 제자리에서 꿈쩍도 하지 않았다. 티끌 하나 없이 깨끗하게 닦인 강렬한 오렌지빛 외관이 뜨거운 햇빛을 반사할 뿐이었다. 창문이 아래로 내려갔다. 갈래로 땋은 은발 머리에 선글라스를 쓴 원주 어르신이 얼굴을 창밖으로 내밀었다.

"여기서 뭐 하세요?"

"그건 내가 묻고 싶은 말이다."

"저는 터널 입구에 가다가 길을 잘못 들었는데, 여긴 뭐 하는 데예요?"

"보면 몰라? 레이싱 하는 데지."

"레이싱은 끝난 건가요?"

"뭘 그렇게 캐물어! 시작도 안 했어."

"언제 시작하세요?"

핸들에 양손을 올리고 있던 원주 어르신이, 한 손을 떼어 선글라스를 콧등을 따라 아래로 끌어 내렸다. 그는 작은 바늘들이 박힌 것 같은 뾰족한 속눈썹을 한껏 들어 올리며, 나를 노려봤다. 굳이 말하지 않아도 알 것 같았다. 당장 여기서 꺼지라는 뜻이었다.

나는 고개를 까딱이며 짧게 인사하고, 헬멧을 눌러썼다. 구절초리 아우토반의 시작 지점에 그어진 선을 넘어, 터널 입구를 향해 달리기 시작했다. 등 뒤로 원주 어르신의 고급 스포츠카가 내지르는 짧고 거친 포효가 들려왔다. 어쩐지 제자리에 묶인 짐승이 내지르는 비명처럼 슬픔이 느껴졌다.

차 한 대 정도만 겨우 빠져나갈 수 있는 좁고 긴 터널이었다. 빛도 없어 깜깜했다. 오로지 헤드라이트에 의지해 달린 지 5분쯤 지나자, 저 멀리 터널의 끝이 보였다. 천천히 터널을 빠져나왔다. 아주 서서히 눈앞의 풍경이 선명해졌다.

고개를 돌려 뒤를 돌아보았다. 높고 험준한 산 아래 뚫린 터널은, 터널이라기보다는 겨울잠을 자는 동물들이 누워 있을 법한 동굴 같은 느낌이었다. 깊은 곳에 누가 잠들어 있을지 알 수 없는 그런 캄캄한 동굴.

휴대폰에서 지도 앱을 열었다. 복잡하게 얽힌 길들이 화면을 가득 메웠다. 나는 잠시 생각에 잠겼다.

'이 길을 따라 달린다면, 도시도 구절초리도 아닌 어느 지역에 도달할 수 있겠지. 아무도 나를 모르는 곳으로 간다면, 지긋지긋하게 느껴지던 삶도 정리할 수 있을 테고…….'

고개를 내저었다. 오늘은 해야 할 일이 있었다. 아니, 많았다. 주문한 택배가 잘 도착했는지 확인해야 했고, 그 택배들을 바이크에 잘 싣고 마을까지 돌아가야 했고, 물건들이 제대로 도착했는지 꼼꼼히 확인도 하고, 영춘 어르신이 부탁한 옥분 어르신의 물건들도 잘 가져다줘야 했다. 이름 없는 차를 응용한 새로운 메뉴 개발도 구상해야 했고, 길자네 바다 식탁에 가서 눈물겨운 저녁도 한 그릇 해야 했다. 그러니까 적어도 오늘은, 할 일이 많았다.

"히익! 이게 다 뭐야."

터널 입구엔 사람이 오래도록 살지 않은 것으로 보이는 작은 집 한 채가 있었고, 그 앞에 택배가 산처럼 쌓여 있었다. 택배들이 마치 거대한 무덤처럼, 경주의 왕릉처럼, 아니, 이

집트의 피라미드처럼 높게 쌓여 있었다.

뒤섞인 박스들 틈에서 내 택배와 영춘 어르신이 부탁한 물건을 찾는 것부터가 일이었다. 하루 종일, 아니 며칠을 붙잡고 있어도 다 분류하지 못할 것 같은 아찔한 기분이 밀려왔다. 나는 기운이 빠져 터덜터덜 걸으며 택배 무덤 가까이로 다가갔다. 그러곤 이내 안도의 한숨을 쉬었다.

"욕망의 화신, 원주 어르신다운 택배 규모야. 이걸 다 뜯어보시기나 하려나."

입구에 놓인 택배들은 나름의 분류 체계가 있었다. 간단했다. '원주 어르신 앞으로 온 것'과 '그 외 모두'. 피라미드처럼 쌓인 거대한 택배 무덤은 죄다 원주 어르신 앞으로 온 것들이었다. 그 옆에, 원주 어르신을 제외한 마을 사람들에게 온 열 개 남짓한 박스들이 소박하게 쌓여 있었다. '그 외 모두'에 해당하는 택배를 바이크 짐칸에 옮겨 담으면서, 나는 원주 어르신의 택배 측면에 붙은 송장을 흘끗 들여다봤다.

"이건 해외 직구로 산 앤틱 골드 테이블이고, 이건 또 뭐야. 호랑이 가죽 러그 슈퍼킹 사이즈? 진짜 호랑이 가죽으로 만들기라도 한 건가. 전자제품도 많이 주문하셨네. 광고에서 봤던 목주름 전용 프리미엄 마사지기. 게다가 에르메스 욕실용 타월까지. 수건도 명품을 쓰시는구나."

영춘 어르신이 부탁한 택배도 잘 도착해 있었다. 바이크

양옆과 뒤 짐칸에 사람들에게 가져다줄 택배를 실은 뒤 바이크에 시동을 걸었다. 달그락, 달깍. 짐칸에 실은 상자들이 살아 있는 듯 서로 몸을 부딪치는 소리를 들으며 나는 다시 캄캄한 터널 안으로 달려 들어갔다. 돌아가서 할 일이 많았다. 한 치 앞도 구분하기 힘든 터널이지만, 그 할 일들이 나를 잡아끄는 것만 같았다.

5

 배달 나가기 전, 사료를 잔뜩 담은 그릇을 들고 두리번거리며 두콩을 찾았다. 1층과 2층, 마당까지. 두콩이 즐겨 누워 있던 자리는 텅 비어 있었다. 어떤 면에서 두콩은 마을 대장인 영춘 어르신보다 더 바쁜 일정을 소화하는 듯했다. 하루 종일 코빼기도 안 비치다가, 저녁 무렵이 되어서야 돌아와 쌓인 사료를 허겁지겁 먹고는, 마치 수면 부족에 시달린 것처럼 깊은 잠을 자는 식이었다. 나는 출입문 가까운 곳에 밥그릇을 내려놓고, 허공을 향해 큰 소리로 외쳤다.
 "두콩아, 밥은 문 앞에 뒀다!"
 개는 귀가 밝다고 하니까, 어디서든 들었겠거니 생각하며 미리 챙겨둔 짐을 바이크 짐칸에 실었다. 대용량 개 사료와 흙손. 영춘 어르신의 부탁으로 옥분 어르신 집에 갖다줄 것들이었다.

바닷길을 따라 쭉 달리자 산과 바다가 만나는 지점에 이르렀다. 산으로 이어지는 언덕은 차 한 대가 겨우 지나갈 수 있는 폭이 좁은 흙길로 이어졌다. 움푹 파인 길에선 바이크의 바퀴가 헛돌기도 했다. 길의 양옆으로는 키가 작은 나무가 울타리처럼 이어져 있지만, 바닷바람에 허리가 휜 나무들 사이로 가파른 낭떠러지가 내려다보여 아찔했다.

언덕을 한참 오르자, 평평한 길이 나타났다. 하지만 옥분 어르신의 집이라 불릴 만한 건물은 어디에도 보이지 않았다. 그대로 내리막길로 이어진 길을 따라 달릴 뻔하다가, 뒤를 돌아보았다. 집은 보이지 않았지만, 성벽처럼 높게 쌓아 올린 담벼락이 있었다. 바이크를 세워두고, 담벼락을 따라 한 바퀴 빙 돌아보았다.

"여기가 맞는 것 같긴 한데, 왜 문이 없지?"

담벼락을 손으로 더듬으며 다시 한 바퀴를 천천히 돌았다. 출입문이 없었다. 담 너머로 들어가거나 들여다보는 건 쉽지 않아 보였다. 옥분 어르신에게 전해주기 위해 품에 안고 있던 사료 포대를 고쳐 안으며 돌아서려는 순간, 하늘에서 목소리가 들려왔다.

"당신 누구야?"

고개를 젖혀 위를 올려다봤다. 구름 한 점 없는 맑은 하늘만 보였다. 하늘에서 목소리가 들렸을 리 없지. 고개를 내려 다시 주변을 살폈다. 어찌 된 영문인지 몰라 머리만 긁적였다. 또다시 목소리가 들렸다.

"누군데 남의 집 앞에서 기웃거려!"

소리의 근원지는 담벼락 위. 나뭇가지 위에 앉은 부엉이처럼, 높은 담벼락 끝에 아슬하게 누군가 걸터앉아 있었다. 챙이 넓고, 커다란 꽃장식이 달린 모자를 쓴 옥분 어르신이었다. 그는 만나다방에서 나를 만났던 일을 완전히 잊은 듯했다.

"당신 누구냐니까?"

"⋯⋯사료입니다."

배달 일을 하면서 '누구세요'라는 질문을 수없이 받았지만, 단 한 번도 '강하고입니다'라고 말해본 적은 없었다. 치킨입니다. 족발입니다. 떡볶이입니다. 언제나 배달하는 음식의 이름만 대는 게 당연해져, 나도 모르게 습관처럼 그렇게 말했다.

"영춘 어르신이 이것들을 부탁하셔서요."

나는 묵직한 사료 포대를 낑낑대며 머리 위로 들어 보였다. 주머니에 꽂아두었던 흙손도 잘 보일 수 있도록 허리를 돌려 보여주었다.

"저기요. 사료 씨."

"저는 사료가 아니고……."

"혼자 사는 사람 집 앞에서, 이렇게 기웃거리는 게 얼마나 위협적인 일인지 몰라요?"

위협적으로 남의 집을 기웃거리는 사람이자, 사료가 된 나는 상황을 수습하기 위해 허둥지둥 사료 포대를 내려놓았다. 뿌옇게 흙먼지가 피어올랐다.

"두고 가려 했는데, 대문이 안 보여서요."

"당신도 우리 집에 대문이 없어서 불만이에요?"

"불만은 아니고요, 이 사료랑 흙손을 전해드리려고……."

"지긋지긋해, 진짜."

옥분 어르신의 목소리가 가늘게 떨렸다. 감정이 북받치는 듯, 반쯤 깨진 흙손을 쥔 손을 허공에 허둥대듯 휘저었다. 분이 쉽게 가라앉지 않는 듯했지만, 그는 이내 양동이 속에서 회색의 걸쭉한 시멘트를 떠내 담벼락 위에 정성스레 펴 발랐다. 그런 다음 어깨에 멘 지게에서 벽돌 하나를 집어 시멘트 위에 얹었다. 굳지 않은 축축한 시멘트 덩어리가 진눈깨비처럼 머리 위로 흩날려, 내 머리 위에도 몇 방울 톡톡 떨어졌다.

"여기 찾아오신 사료 아줌마는 그래도 좀 말이 통할 것같이 생겨서 하는 말인데. 여기 마을 사람들 진짜 이상해요.

이사 온 다음 날부터였을 거야. ……근데 내가 언제 이사를 왔지? 아무튼 우락부락한 할머니들이 함부로 마당에 막 들어오질 않나. 운동 가자, 밥 먹으러 가자, 당근 뽑으러 가자. 사람이 바깥일을 하고, 교류도 해야 뇌에 좋다나 어쨌다나. 아니 할머니들 걱정이나 하시지. 나같이 창창한 젊은 여자한테."

이미 하늘 높은 줄 모르고 치솟아 있던 담장이, 옥분 어르신이 얹은 벽돌 하나만큼 더 높아졌다. 대체 얼마나 높이 담을 쌓으려고 하는 것일까. 어르신은 남은 시멘트를 털어내기 위해 흙손을 양동이 모서리에 신경질적으로 두드렸다.

"그리고, 그 싸구려 사료 말인데요. 내 동생 옥자는 그런 거 안 먹어요. 나처럼 입맛이 고급이라, 유기농 사료만 먹는다고요. 그 할머니들이 날 감시하려고 아줌마까지 동원했나 본데, 어림없다고 전해줘요. 다 필요 없으니 당장 돌아가시고요."

유기농이 아닌 사료 한 포대와 비닐도 뜯지 않은 새 흙손을 주머니에 꽂고 나는 바이크 쪽을 향해 걸음을 옮겼다. 담벼락이 드리우는 그림자 아래에선 늦어름임에도 으슬으슬한 한기가 돌았다.

잠시 멈춰 사료 포대를 고쳐 안고 있을 때였다. 어디선가 작게 낑낑대는 소리가 들려왔다. 한참을 두리번거리다가,

담벼락과 바닥 사이의 좁은 틈에 낀 익숙한 얼굴과 눈이 딱 마주쳤다.

"야, 두콩. 여기서 뭐 해?"

담벼락과 바닥 사이에 난 작은 구멍으로 두콩의 머리와 앞발이 튀어나와 있었다. 엉덩이 쪽이 걸렸는지 오도 가도 못 하는 상황인 듯했다. 구멍 가까이로 다가가 두콩의 몸통을 붙잡고 있는 힘껏 당겼다. 두콩이 요즘 부쩍 살이 오른 것 같더라니. 빠져나올 생각을 하지 않는 두콩을 붙잡은 채 바닥에 주저앉았다.

두콩의 배 아래쪽 흙을 손으로 파내기 시작했다. 단단한 흙이어서 쉽게 부스러지지 않았다. 옥분 어르신께 주려고 했던 흙손으로 흙을 부수며 한참을 앉아서 파내자 약간의 틈이 생겼다. 두콩은 짧은 앞다리를 마구 휘저으며 힘껏 몸부림쳤다.

두콩이 빠져나온 좁은 구멍 사이로, 옥분 어르신 집 담장 안쪽이 보였다. 잃어버린 퍼즐 한 조각의 자리를 자꾸만 의식하게 되는 것처럼, 나는 궁금함을 참지 못하고 고개를 구멍 쪽으로 바짝 들이밀었다. 그리고 앞머리에 손가락만 한 리본을 단 검은 눈동자와 마주쳤다. 샴푸 광고 모델의 머릿결처럼 부드럽게 찰랑이는 긴 털, 작은 몸집의 장모 치와와였다. 두콩이 구멍과 나 사이에 끼어들어 마주 보는 개와 코

215

로 인사를 나누었다. 마치 또 올게, 그런 말을 하는 것처럼.

"네가 옥자구나. 두콩이가 바쁜 이유도 너 때문인 거고."

한쪽 팔에는 사료 포대를, 다른 한쪽 팔에는 두콩을 끼웠다. 무거워서 팔이 끊어질 듯했지만, 나는 최대한 민첩하고도 조용하게 발걸음을 옮겼다. 짐칸에 사료와 흙손, 두콩을 실으며 땀을 비 오듯 흘렸다. 짐칸에 앉은 두콩의 아쉬운 눈빛을 애써 외면하며, 왔던 길을 따라 돌아갔다.

6

―배추전 드시러 오세요. 오징엇국 정식도 원래는 다음 주부터인데, 가을비가 일찍 내려서 오늘부터 개시!

쏴아아아. 굵은 빗줄기가 쏟아지는 소리가 공연이 끝난 객석에서 터져 나오는 박수 소리처럼 들렸다. 창문을 밀어 조금 열고, 한층 높아진 파도가 철썩이는 소리와 빗소리에 귀를 기울였다.

"비 한번 시원하게 내리네."

젖은 흙과 나뭇잎, 바다를 거꾸로 뒤집으면 날 것 같은 소금기 어린 축축한 냄새들. 쿵쿵대며 냄새를 맡다 보니, 그 사이로 마을 사람들의 부엌에서 번져 나온 듯한 은은한 밀가루 냄새도 느껴졌다. 마을 전체가 노릇하게 익어가는 듯

한 그런 기분 좋은 냄새들이.

"비 오는 날엔 할증이 붙어서, 수수료가 꽤 쏠쏠하긴 했는데."

만나다방은 아침부터 한가했다. 다방을 찾는 사람도, 전화 주문을 넣는 사람도 없었다. 비 오는 날엔 농사도, 바닷일도, 영춘 어르신의 나무 다루는 일도 쉰다고 했다. 흑임자 가루, 바닐라빈, 코코넛밀크, 레몬청, 타피오카 펄……. 나는 주방 조리대 위에 메뉴 개발을 해보려고 펼쳐둔 재료들을 서둘러 정리해 넣었다. 우려두었던 이름 없는 차를 보온병 세 개에 나눠 담고, 커다란 판초 우의를 걸쳤다.

길자네 바다 식탁에 도착했다. 원주 어르신의 오렌지색 스포츠카가 식당 마당에 대각선으로 삐딱하게 주차돼 있었다.

"원주 어르신이 먼저 와 계셨네."

미닫이문을 열고 안으로 들어서자, 고소한 전 부치는 냄새가 식당 안을 가득 메우고 있었다. 우의에 묻은 빗물을 털어내고 있는데, 주방에서 넓은 쟁반을 든 석재가 나왔다.

"하고 씨, 오셨네요! 기다리고 있었어요."

환대도 받아본 사람이나 익숙하게 받는 것일까. 석재의 '기다리고 있었다'는 말 한마디에 얼굴이 붉어졌다. 나는 한참이고 더 우의를 정리하는 데 집중한 척 고개를 푹 숙이고 있어야만 했다.

주방에는 뚝배기가 줄지어 놓여 있고, 업소용 가스레인지는 엄청난 화력으로 불길을 뿜었다. 오징엇국이 담긴 뚝배기가 불구덩이 속에서 바글바글 용맹하게 들끓었다. 길자 어르신은 프라이팬을 노련하게 움직여 배추전을 부치던 중이었다. 오징어 해체 쇼만큼이나 화려한 움직임에 넋을 놓고 있는데, 길자 어르신이 주방 밖으로 고개를 내밀며 말했다.

"하고, 어서 와."

석재가 먼저 온 원주 어르신의 테이블에 반찬 몇 가지와 뚝배기 그릇을 내려놓았다. 굵은 비가 쏟아져 어둑한데도, 원주 어르신은 늘 그렇듯 짙은 선글라스로 눈을 가린 채였다. 나도 모르게 원주 어르신을 빤히 보다가, 또 이유도 모른 채 혼이 날 것 같아 고개를 돌렸다. 그때였다.

"앗, 뜨거!"

원주 어르신이 뚝배기 국물을 한 숟갈 뜨다 숟가락을 팽개치며 소리쳤다. 숟가락이 바닥에 떨어지며 쨍그랑, 날카로운 소리를 냈다. 놀란 석재와 길자 어르신이 주방에서 달려 나왔다.

"뭔 놈의 국이 이렇게 뜨거워!"

허둥지둥하며 아무 말도 못 하는 석재를 물리고, 길자 어르신이 원주 어르신 앞에 섰다. 허리에 손을 얹고 크게 숨을 들이마시며 몸을 풍선처럼 부풀렸다.

"야."

"왜!"

만약 둘이 싸운다면, 이건 그저 큰 싸움 수준이 아닐 것이었다. 나는 지푸라기라도 잡는 심정으로 식당 안을 살펴보았다. 구절초리 최약체인 나와 석재, 빈 테이블에서 그림을 그리고 있는 여섯 살 다운이가 전부였다. 만약 둘이 맞붙기라도 한다면, 말릴 사람이 없다는 뜻이었다. 입이 바싹 타들어갔다.

"비가 와서 캄캄한데, 썬구리까지 끼고 있으니 뵈는 게 없지! 어디서 뜨겁니 어쩌니, 남 탓을 하고. 길자네 바다 식탁의 신성한 숟가락을 집어 던져?"

원주 어르신이 손으로 얼굴을 더듬더니, 선글라스를 신경질적으로 벗어 머리 위로 올렸다.

"몰랐어! 그리고 숟가락은 집어 던진 게 아니라, 놓친 거고. 뜨거운 걸 뜨겁다고 말도 못 해? 자유민주주의 국가에서, 응? 넌 유독 나한테만 더 뭐라 그러더라."

원주 어르신은 바닥에 떨어진 숟가락을 나시 집어 들고, 이번엔 후후 불어가며 천천히 국물을 떠 마셨다. 길자 어르신도 한결 온화해진 얼굴로 뒤를 돌았다. 내 쪽을 바라보며 미소를 지어 보였는데, 그 순간 나는 원주 어르신의 짜증보다 길자 어르신의 미소가 훨씬 더 무서울 수 있다는 걸 깨달았다.

석재가 보글보글 끓는 뚝배기와 배추전 한 접시를 내 앞에 조심스럽게 내려놓았다. 죽을 때까지 오징어물회만 먹고 살아도 여한이 없겠다 생각했는데, 눈앞의 오징엇국과 배추전을 보니 생각이 달라졌다. 수저를 들기도 전인데 벌써부터 침이 고였다.

서둘러 젓가락을 들고 배추전 귀퉁이를 쪼개어 들었다. 오징어만큼이나 쫄깃해 보이는 반죽을 간장에 푹 찍어 허겁지겁 입안에 넣었다. 눈을 감고, 천천히 우물우물 씹었다. 배추의 단맛, 고소한 기름향이 입안에서 부드럽게 퍼졌다. 기가 막히게 맛있었다. 그다음은 숟가락을 들고 오징엇국을 한 숟가락 퍼 올렸다. 원주 어르신처럼 뜨거워서 숟가락을 집어 던지는 일은 없어야 했기에, 잘 불어 식혀 먹었다. 그러면서 나는 또 눈물을 줄줄 흘렸다. 감격스럽게 맛있는 길자 어르신의 음식에 적응되는 날도 과연 오게 될까 생각하면서.

식사를 마칠 때쯤, 길자 어르신이 앞치마에 젖은 손을 닦으며 주방 밖으로 나왔다. 내게 포장된 음식을 건넸다.

"이거, 수고스럽겠지만 영춘이한테 좀 가져다줄래? 비 오는 날엔 영춘이 걱정되어서……."

"영춘 어르신 무슨 일이라도 있어요?"

"그게 말이다."

길자 어르신이 대답하려는데, 원주 어르신이 머리 위에 얹어두었던 선글라스를 테이블 위에 탁, 하고 내려놓으며 말을 끊었다.

"넌 눈치가 그렇게도 없어? 딱 보면 몰라?"

딱 보고서 알면 내가 무당이게. 도대체 원주 어르신의 눈에 들려면 어떤 사람이어야 하는 걸까 생각하는 순간, 길자 어르신이 원주 어르신의 입을 엄지와 집게손가락으로 단단히 집었다. 원주 어르신이 온몸의 근육을 불끈거리며 몸을 버둥댔지만, 길자 어르신의 손아귀에서 벗어나지 못했다. 붉으락푸르락 달아오른 표정의 원주 어르신과 달리, 길자 어르신은 무섭도록 다정하고 평온한 얼굴을 한 채 입을 열었다.

"아주 예전에 말이다."

구절초리에서 나고 자란 영춘, 길자, 원주 3인방은 동갑내기로 어린 시절부터 각별한 사이였다.

영춘은 셋 중 호기심이 가장 많았다. 구절초리를 감싸고 있는 높고 험준한 산 너머 '바깥'에 가고 싶어 했다. 서른. 구절초리 토박이 기준으로 조금씩 노화에 접어들며 근육이 점차 붙기 시작하던 때였다. 영춘은 바깥에 나가본 적은 없었지만, 마을 여자 어른들이 단지 외모 때문에 바깥사람들과 쉽게 어울릴 수 없다는 건 익히 들어 잘 알고 있었다. 그래서 영춘에겐 지금의 젊음이 다신 오지 않을 기회처럼 여겨졌다. 당시의 구절초리는 터널조차 뚫려 있지 않았다. 바깥으로 가기 위해선 산을 넘어가야 했는데, 구절초리를 둘러싼 산은 높고 가팔랐다. 영춘은 그 어떤 것도 두렵지 않았다. 모두가 잠든 밤, 작은 배낭에 짐을 싸서 집을 나섰다. 며칠이나 산을 오르고, 또 헤맨 끝에 바깥으로 넘어갈 수 있었다.

바깥세상은 마을 어른들이 얘기했던 것과 달랐다. 잔인하고 냉혹하기 그지없는, 다른 사람들의 것을 뺏는 데 혈안이 되어 있다던 그 사람들은 모두 다른 세계에라도 가버린 것 같았다. 영춘이 보기에 사람들은 지나치리만큼 친절하고 다정했다. 짧은 여행이라 생각했던 영춘의 머무름이 기약 없이 길어졌다. 그러는 동안 처음으로 사랑하는 사람이라고 불러도 좋을 사람을 만났다. 강함이 미덕인 구절초리의 가르침과는 달리, 약한 구석을 모두 내어 보여도 좋은 사람이었다. 영춘은 마을의 가장 큰 축제인 체육대회 날에도 구절초리에 코빼기도 비추지 않을 정도로, 도시 생활에 푹 빠졌다.

길자와 원주도 영춘을 데리러 간다는 핑계로 자주 도시에 나왔다. 마을 어른들께는 영춘을 찾아 헤매느라 늦었다고 둘러대고, 셋은 도시에서 즐거운 시간을 보냈다. DJ가 있는 음악다방도 좋았고, 극장에서 영화 보는 일도 좋았다. 특히 가진 게 돈뿐인 원주가 아버지 몰래 산 대우자동차 '로얄 살롱 슈퍼'를 타고, 당시 막 개통된 고속화도로를 질주할 때엔, 셋은 더 먼 곳으로, 더 넓고 자유로운 세상으로 떠나자고 다짐하기도 했다.

 기록적인 장마가 이어지던 해였다. 잔인할 만큼 비가 퍼부었다. 많은 사람이 죽거나 생사를 확인할 길 없이 사라졌다. 길자와 원주는 연락이 닿지 않는 영춘이 걱정되었다. 마을 어른들의 반대는 들은 척하지도 않고, 도시로 나왔다. 영춘이 세 들어 살던 집에 영춘은 없었다. 집골목에 대어두었던 로얄 살롱 슈퍼도 반쯤 물에 잠긴 상태였다. 몇 날 며칠을 영춘 찾기에만 몰두했다. 반은 걷고, 반은 헤엄쳤다. 지치지도 않고 밤낮 없이 돌아다니는 길자와 원주를 향해 사람들은 수군거렸다.

 "그때 그, 괴물 같은 여자랑 똑같네."

 수소문 끝에 영춘을 한 무속인의 신당에서 찾을 수 있었다. 길자와 원주는 영춘이 머문다는 작은 방 문을 열었다. 못 본 사이 눈에 띄게 근육이 차오른 영춘의 팔뚝엔 못 보던 것이 새겨져 있었다. 만개한 장미꽃 문신이었다. 열이 끓어 맥을 못 추는 영춘을 대신해 무속인이 혀를 끌끌 차며 말했다.
"흉측하게 만개한 꽃의 운명을 타고난 거지. 누군가 꺾어 가지도 않을 꽃. 거스를 수 없는 운명 때문에 그저 바닥으로 추락할 일만 남은 그런 팔자."
길자가 영춘의 팔을 어루만지고, 이마를 짚는 동안 원주는 무속인의 멱살을 움켜쥐었다. 당신이 뭔데 함부로 남의 운명을 사람 팔뚝에 새겨놓느냐고 따져 물었다. 무속인은 아무 말도 하지 않았다.
기록적인 태풍까지 겹쳐, 더 많은 사람들이 죽거나 사라졌다. 고통에 익숙해진 사람들이 혈안이 된 채 책임 지울 곳을 찾아 헤매기 시작했다. 영춘이 머물던 동네에선 그 책임의 대상이 영춘과 길자, 원주가 되는 일은 시간문제였다.
"문신한 여자, 서방도 여자가 잡아먹은 거나 다름없지. 온 나라 사람들이 비에 쓸려 죽어나가는 것도, 다 저 이상한 여자들 때문인 게 분명해. 그렇지 않고서야……."
비만 그치면 구절초리로 돌아가려 했지만 비는 그치지 않았다. 사람들을 원망할 수 없기에, 셋은 그치지 않는 비를 대신 원망했다. 매일 누군가 죽었고, 남은 사람들은 울었다. 셋은 웅크린 채 울음소리를 들었다. 마치 자신들이 죽인 것처럼 마음 아파했다. 영춘은 그 와중에 길자와 원주에게도 미안해했다. 매일 남자를 위해 기도를 올리는 것도 잊지 않았다.

"비만 내리면 영춘이는 집 밖으로 나오질 않아. 벌써 40년쯤 된 일인데도, 그때의 기억이 아직도 괴롭히는 건지. 하고야, 배달 잘 부탁한다."

"그럼요. 만나다방에는 날씨 할증 없이, 언제든 배달 오케이."

길자네 바다 식탁을 나섰다. 오후 2시도 채 되지 않았는데, 하늘이 캄캄했다. 빗줄기가 점점 굵어졌고, 얼굴을 따갑게 때렸다. 평소보다 길이 미끄러웠지만 아랑곳하지 않고 바이크의 속도를 더 높여 달렸다.

영춘 어르신의 집 앞에 도착했다. 늘 한 뼘쯤 열려 있던 문이 이날은 굳게 닫혀 있었다. 똑똑, 문을 두드린 뒤, 조심스럽게 손잡이를 돌려 문을 열었다.

콰과광. 찢어질 듯한 천둥소리와 함께 번개가 번쩍였다. 불 꺼진 '추억의 방' 안에 걸린 대형 사진 속 영춘 어르신의 하얗고 고른 치아가 잠시 번뜩였다. 소름이 쫘 끼쳤다

"어르신, 계세요? 저 하고인데요. 비도 오고 그래서, 별일은 아니고 길자네 바다 식탁 배추전이 너무 맛있게 잘됐다고 온 동네에 소문이 나서 좀 싸왔는데."

아무런 인기척도 없었다. 나는 신발장에 우의를 가지런히 벗어두고 집 안으로 발을 들였다. '영광의 방'과 '힘의 방' 문을 차례로 열어보았다. 불 꺼진 방 안은 조용하기만 했다. 불안감이 스멀스멀 올라왔다. 영춘 어르신에게 진짜로 무슨 일이라도 생긴 건 아닐까. 온갖 좋지 않은 상상들이 머릿속을 헤집어놓았다. 마지막으로 안방 문 앞에 섰다. 이상한 예감이 자꾸만 나를 멈칫하게 했다.

문손잡이를 잡고 천천히 문을 열었다. 방음 처리가 되어 쿠션이 덧대어진 문이 묵직하게 밀렸다. 그리고 눈앞에 펼쳐진 영춘 어르신의 비 오는 날의 진실.

우아하게 돌아가고 있는 핑크색 LP판 위로, 느긋한 하와이안 음악이 흘러나오고 있었다. 방 안엔 네 대의 대형 제습기가 요란한 모터 소리를 내며 물기를 바짝 끌어당기고 있었고, 그 덕분에 안방은 뽀송하게 마르다 못해 건조하기까지 했다. 한껏 높여둔 난방 때문인지 방 안은 한여름처럼 후끈했다.

살짝 굽힌 무릎, 느릿하게 흔드는 허리, 바람을 그리듯 살랑이는 손끝. 영춘 어르신은 방 가운데 놓인 흑호두나무 관을 따라 빙글빙글 돌며 무아지경 훌라를 추고 있었다. 강인하게만 보였던 영춘 어르신이 이토록 유연하고 부드럽게 춤을 출 수 있는 사람이란 건 꿈에도 생각해보지 않았다. 낯설었다.

"비 오는 날, 배추전. 음, 아주 좋지."

안방에 깔려 있던 축축했던 모래가, 제습기 네 대의 파워 제습 기능으로 바싹 말라 있었다. 맨발에 모래 감촉이 까슬하게 느껴졌다. 나는 영춘 어르신 가까이로 다가가 뚜껑이 덮여 있는 흑호두나무 관 위에다 포장해온 배추전을 올려두었다.

"괜찮으세요?"

"뭐가?"

"비 오는 날, 슬픈 기억이 있으시다고."

"길자가 그래? 슬픈 기억이라고?"

"콕 집어 슬프다고는 안 했지만, 슬픈 이야기처럼 들렸어요. 길자 어르신이 영춘 어르신을 많이 걱정하시던데."

"하나도 슬프지 않아."

"슬프지 않다고요?"

"나는 그때 그 기억으로 지금껏 사는걸."

영춘 어르신은 이번엔 밀려왔다가 스르르 빠지는 파도처럼 두 팔을 부드럽게 흔들있다.

"너도 춰봐. 비 오는 날엔 훌라가 최고야."

"전 춤 못 추는데요."

"당장 내일 죽는다고 생각해봐라. 오늘 못 춘 춤이 제일 후회될걸. 핫핫핫핫."

나는 마지못해 영춘 어르신을 따라 흑호두나무 관을 돌기 시작했다. 뻣뻣한 허리가 잘 움직여지지 않아, 좌우로 엉덩이를 기계처럼 왔다 갔다 하는 게 전부였다. 두 팔 역시 유연하게 출렁이지 않고, 나뭇가지처럼 뻣뻣하게 아래위로 오르락내리락할 뿐이었다.

"내 생애 처음 앞뒤 가릴 것 없이 진하게 사랑해본 것도 그때고, 나 죽는다고 물 무덤 같은 곳을 헤매던 친구들의 소중함을 안 것도 그때고. 아픈 기억이 없는 건 아니다만, 요 제습기 같은 걸 마음에도 돌리면 아주 보송한 것만 남는다. 지금도 얼마나 좋으냐. 비 올 때마다 배추전 챙겨주는 친구도 있고, 그걸 배달해주는 너도 있고. 왕영춘이 인생도 헛살진 않았다."

"헛살지 않은 인생이라."

나는 두 팔을 공중에서 아무렇게나 휘저으며 말했다.

"넌 없어? 바깥, 도시에서 너 찾는 사람 없느냐 말이다."

정아와 태수의 얼굴이 떠올랐지만, '나를 찾는 사람'은 아니었기에 대답하지 못했다. 영춘 어르신이 동작을 잠시 멈추고 나를 바라보다가, 이내 느릿한 선율에 몸을 맡기고 흐느적거렸다. 영춘 어르신의 팔뚝에 그려진 장미가 음악에 맞춰 동물처럼 숨을 쉬며 펄떡이는 듯했다.

"빗나간 인연에 누구 탓이 따로 있겠나."

비가 멎고, 구름 사이로 뒤늦은 해가 얼굴을 들이밀 때까지 우리는 훌라를 췄다. 최고급 관 위에 올려둔 배추전이 동그랗게 식어갈 때까지. 그렇게. 훌라훌라.

왕영춘 차: 로즈 훌라 스팀 밀크

재료: '이름 없는 풀' 차 베이스, 우유 150ml, 장미잼 1T, 연유 1T, 설탕 1T, 호두크림 1T(볶은 호두를 곱게 갈아 우유와 섞는다), 스팀 우유 거품, 말린 장미꽃잎, 바닐라크림(생크림 100ml, 연유 1T, 바닐라 추출물 3방울, 설탕), 호두 크럼블

①뜨거운 물에 '이름 없는 풀' 차를 진하게 우린다. ②데운 우유에 장미잼, 연유, 설탕, 호두크림을 넣고 섞는다. ③스팀 우유 거품을 올리고, 바닐라크림을 둥글게 얹는다. ④말린 장미꽃잎과 호두 크럼블을 흩뿌린다.

"삶은 죽음을 껴안고 추는 춤!"
눅눅한 죽음의 기억을 껴안고, 오늘의 훌라를 추는 왕영춘의 삶을 닮은 음료! 향긋한 장미향에 취하면, 당신도 오늘 하루만큼은 살아 있다는 것만으로도 행복의 춤을 추게 될지도.

오길자 차: 붉은 바다 스파클링 밀크

재료: '이름 없는 풀' 차 베이스, 석류주스 80ml, 탄산수 150ml, 라임즙 10ml, 연유 1T, 우유 50ml, 굵은 바다 소금 한 꼬집, 얼음, 라이스페이퍼 튀김 조각(얇게 잘라 준비한다)

①뜨거운 물에 '이름 없는 풀' 차를 진하게 우린다. ②얼음을 붓고, 석류주스와 라임즙, 연유, 우유를 넣고 잘 섞는다. ③한 꼬집의 굵은 바다 소금을 넣는다. ④탄산수를 부어주고, 라이스페이퍼 튀김 조각을 오징어회처럼 장식해준다.

"드넓은 바다의 두 얼굴."
바다의 강인한 생명력과 포용력 모두를 통째로 삼킨 듯한 오길자를 닮은 음료. 구절초리 여름 최고의 음식, '오징이물회'의 매콤하고 시원한 국물이 떠오르면서도, 뒤이어 미묘하게 퍼지는 우유의 부드러움 속에서 모든 것을 끌어안는 오길자의 마음을 느끼게 된다.

7

 아침부터 원주 어르신께 또 혼쭐이 났다. 부쩍 추워진 날씨 탓에 김명희 씨 옷장에서 아무렇게나 꺼내 입은 진녹색 재킷이 화근이었다. 사이즈가 잘 맞지 않아 소매를 여러 번 접어 올렸는데, 자꾸만 흘러내렸다. 결국 흘러내린 소매 끝이, 하필이면 원주 어르신의 찻잔에 풍덩 빠지게 되었고, 화가 머리끝까지 치민 원주 어르신이 버럭 소리를 지른 것이었다.
 "아까부터 보자 보자 하니까. 네 옷 때문에 차 맛이 뚝 떨어져! 오늘 저녁에 모던걸에 안 오면, 그땐 진짜 가만 안 둬."
 모던걸에 오라는 얘기는 잘 듣지 못하고, 원주 어르신이 힘주어 말한, 가만 안 둔다는 말에 주눅이 들어 젖은 소매만 쳐다보고 있는데, 맞은편에 앉아 있던 영춘 어르신이 슬쩍 눈을 찡긋거리며 속삭였다.

"원주가 너를 모던걸에 오라고 하네."

"네……. 전 이제 죽었어요."

"원주가 모던걸 오란 소리는, 너를 구절초리 사람으로 받아들인다는 뜻이니까. 너무 겁먹지 말고 가봐."

문 앞에 '영업 종료' 팻말을 걸어두고, 바이크에 시동을 걸었다. 좁은 골목길을 지나, 숲길에 들어섰다. 찌르르찌르르 우는 풀벌레 소리가 선명해졌다. 바이크 속력을 높이자, 몸에 비해 큰 재킷이 부풀어 방정맞은 소리를 내며 펄럭였다.

"몸에 안 맞으니, 영 불편하네."

마을회관을 지나 세 갈래로 갈라지는 길. 나는 세 번째 길로 방향을 틀었다. 풍경이 달라졌다. 원주 어르신의 땋은 머리에 꽂혀 있던 바늘처럼, 잎이 뾰족한 침엽수들이 양옆으로 빼곡히 드리워진 길이었다. 조금 더 달리자, 길 끝에 흰 벽돌 외장재로 지은 가게 하나가 환히 불을 밝히고 있었다. 검은 바탕에 금빛 글씨로 번쩍이는 간판이 멋스럽게 붙어 있었다.

'모던-걸 테일러-숍.'

잘 가꿔진 정원을 지나 가게 안으로 들어섰다. 유럽풍 인테리어가 인상적이었다. 벽면은 따뜻한 톤의 나무 소재로 마감되어 있었고, 바닥엔 화려한 무늬의 타일이 정갈하게 깔려 있었다. 한눈에 보아도 오래돼 보이는 붉은 러그는 말끔히 관리되어 발 구르는 소리마저 우아하게 감쌌다. 칸막이로 구분된 작업실에서 원주 어르신이 재봉틀 돌리는 소리가 퍼져 나왔다.

"저 왔습니다."

두두두두, 이어지던 재봉틀 소리가 끊겼다. 원주 어르신이 작업을 마무리하는 듯, 분주히 서랍 여닫는 소리가 들렸다. 작업실이 훤히 들여다보이는 창 너머로, 원주 어르신이 면적이 넓은 천을 가로로 된 기다란 봉에 거는 모습이 보였다. 어르신이 나오기 전, 테일러숍 안을 둘러보았다. 금으로 된 손잡이가 달린 가위, 고급스러운 패턴지, 독특한 체형을 가진 마네킹까지. 어느 것 하나 평범하지 않았다.

알이 작은 안경을 벗어 손에 쥐며, 원주 어르신이 작업실 밖으로 나왔다. 수백 개의 안경이 정리된 서랍을 열어 작업용 안경을 넣고, 신중히 선글라스 하나를 골라 집어 들고는 대뜸 물었다.

"내가 너를 왜 싫어하는지 알아?"

"원주 어르신이 좋아하는 사람도 있나요?"

"없지. 다 싫지. 다 싫어도, 싫어하는 이유가 각기 달라서 하는 말이야."

"폐가에서 노숙하다가 죽으려 해서요?"

"잘 아네. 내가 아주 그냥 너를 보면 열이 뻗쳐. 꼭지가 막 돌아. 처음 너를 데리러 갔을 적에도, 계절에도 맞지 않는 사이즈 큰 옷을 입고 누워 있는 꼴부터가 마음에 안 들었어. 옷이 몸에 맞지 않으면 어떻게 해야 하는지조차 모르는 거야?"

"돈도 없고, 비쩍 마른 나를 탓해야죠."

"그러니까 안 된다는 거야. 어이고, 미련해. 속이 터져! 옷 고쳐 입을 생각도 못 하는 놈이, 인생은 어찌 고친대? 안 봐도 비디오다. 그러니 네가 글러 먹었다는 거야."

원주 어르신은 긴 줄자를 들고 내 뒤로 다가섰다. 나는 곧 꾸중을 들을 아이처럼 바짝 긴장한 채 서 있었지만, 원주 어르신은 의외로 조심스럽고 부드러운 손길로 치수를 재기 시작했다. 어깨와 팔 길이, 가슴과 허리, 엉덩이둘레, 다리 길이와 발목 둘레까지. 하나하나 꼼꼼하게 재고, 빠짐없이 기록했다.

"옷이 천 조각을 이어 붙인 것밖에 안 되는 것 같아도, 이게 갑옷보다도 더 단단할 때가 있는 거니까. 산 사람한테도, 죽은 사람한테도."

"죽은 사람한테도요?"

조용히 고개만 끄덕인 뒤 원주 어르신은 줄자를 목에 걸고, 치수를 기록한 종이를 테이블 위에 살며시 올려두었다. 그는 땋은 머리 사이에 꽂아둔 바늘 중 신중히 하나를 골라 꺼내 들더니, 내가 입고 있던 진녹색 재킷을 받아 들었다.

"네 맞춤형 갑옷을 만드는 동안, 이 재킷은 임시로 수선해 입고."

원주 어르신이 바늘 끝을 들여다보며 천천히 실을 꿰고는 성글게 바느질을 하기 시작했다.

"네가 입고 온 이 재킷, 3년 전 가을에 명희 입으라고 만들어준 거야. 산 사람들 옷 해 입히는 게 좋다가도, 이렇게 가죽만 남기고 떠나는 걸 볼 때마다 마음이 영 좋지를 않다. 죽은 사람이 마지막에 입는 옷도 만드니, 이걸 다행이라 해야 할지."

원주 어르신이 바느질을 하는 동안, 모던걸 테일러숍에 걸린 액자들을 하나씩 들여다보았다. 처음엔 잠든 사람들의 사진 같았지만, 이내 깨달았다. 각기 다른 색과 모양의 화려한 수의를 입은, 죽은 사람들의 사진이라는 것을. 영춘 어르신의 '안방'에서처럼, 관 안에 놓인 베개를 베고 누워 있는 사람들. 그 곁에 선 사람들은 역시나 화려한 옷차림으로 먹고 마시며, 즐거운 표정을 짓고 있었다. 마치 축제의 한 장면을 기록한 것처럼.

"지금 네가 보고 있는 사진이 명희 마지막 모습."

나는 잠든 듯 눈을 감고 있는 김명희 씨의 얼굴을 물끄러미 바라보았다.

"좋은 사람이었겠죠?"

원주 어르신이 코웃음을 치며 말했다.

"아무렴, 좋은 사람이었다마다. 구절초리 일이라면 왕영춘보다 더 먼저 나서서 했을 거다. 그래도 무조건 좋은 사람이었다고 말 못 하지."

"좋은 사람이었다면서, 좋은 사람이었다고 말 못 하는 건 뭐예요. 저한텐 맨날 김명희 대신 와서 일을 엉망으로 한다고 구박하시고선."

"저 살겠다고 제 새끼 나 몰라라 한 사람 아니냐. 그러니 적어도 너한테는 좋은 사람이라고 말하는 게 도리가 아니라는 거지. 그런 사람이 구절초리서 등 따습고 배부르게, 아주 잘 살다 죽었다고 말하면 네 기분이 어떻겠냐는 말이다."

원주 어르신은 바느질을 마무리하며 쪽가위로 실을 탁 끊었다.

"명희 남은 몇 개월 동안엔 내가 몇 번이고 옷 수선을 해 줬어. 하루가 다르게 말라갔으니. 언제는 명희가 그러더라. 벌을 받은 거라고. 무엇에 대한 벌이냐고는 구태여 묻지를 않았지."

 원주 어르신이 수선을 마친 재킷을 공중에서 탁탁, 두 번 털었다. 처음엔 그저 평범한 진녹색 재킷인 줄 알았는데 조명 아래에선 곤충의 등딱지처럼 오묘한 빛이 번들거리며 감돌았다.

 "그래서 난 너 여기 데리고 오는 거에 결사반대했다. 우리 눈에야 잃어버린 자신을 찾아 쫓기듯 들어온 가련한 사람이라지만, 너한테는 자식 버린 어미가 숨어 지내던 곳밖에 더 되겠냐고. 근데 영춘이 고집을 내가 꺾어? 못 하지. 영춘이는 그래서 더 너를 데려와야겠다는 거야. 명희가 죽었으니까, 비로소 우리 마을 사람들이 너한테 해줄 수 있는 게 생긴 거나 마찬가지라고."

 "김명희 씨는 저를 그리워했을까요?"

 "자식을 낳는다고 모성애라는 게 하늘에서 뚝 떨어지는 줄 아는 사람들이 있지. 그런데 세상에 그런 게 어디 있나. 키운 정도 없이, 모질게 떠난 사람이 퍽이나. 그러니 너도 영춘이 길자 같은 정 많은 것들 말 곧이곧대로 듣지 말고, 마음 단단히 먹고 살아."

 "이렇게 많은 사람이 죽은 뒤에 배웅도 해주고……. 김명희 씨는 적어도 외롭진 않았겠어요."

 "외롭지 않은 인생이 있나. 결국엔 혼자 아주 먼 여행을 떠나야 하는데."

"지독히도 외로운 게 인생인데……. 왜 기어이 외로운 인생 하나를 세상에 또 태어나게 했을까요."

"사는 게 어리석지. 안 외로워지려고, 더 행복해지려고 발버둥 치다가 일을 그르칠 때가 많으니까."

원주 어르신이 내 뒤에 서서, 능숙하게 재킷을 입혀주었다. 재킷은 마치 오래전부터 내 몸의 선을 기억하고 있던 것처럼, 군더더기 없이 자연스럽게 감겼다. 누군가 다정하게 어깨를 감싸는 손길처럼, 나를 위로하듯 꼭 들어맞았다.

"앞으로 네 옷들은 내가 더 특별하게 몸에 딱 맞게 만들어 줄 거야."

"여기 오고부터는 살이 금방 찌고 있는데, 넉넉한 편이 낫지 않을까요?"

"헛소리 말아!"

"어르신 귀찮을까 봐 그렇죠."

"아주 그냥 웃기는 녀석이야. 그래야 내 일이 많아지지. 허리둘레, 팔둘레를 좀 늘려달라고 하루가 멀다고 찾아오면 내 일이 많아지고 얼마나 좋아. 살아 있으니, 살이 치고. 살아 있으니, 계절을 느끼고. 모던걸 테일러숍도 부흥하고. 그게 삶이지. 그게 재미지. 다 됐으니 이제 가!"

할 일을 끝낸 원주 어르신이 내게 나가라는 손짓을 한 뒤,

뒤도 돌아보지 않고 다시 작업실 안으로 되돌아갔다. 이내 재봉틀 돌리는 소리가 들려왔다.

  나는 벽에 붙은 김명희 씨의 마지막 모습을 다시 한번 들여다보았다. 그녀가 입고 있는 수의에는 무늬들이 화려하게 자수로 수놓아져 있었다. 마치 이집트 벽화처럼, 누군가에겐 오래된 이야기이지만 누군가에겐 지독히도 해독하기 어려운 그런 이미지들이 가득했다. 나는 그중에서도 머리가 긴 여자가 어린아이의 손을 잡고 서 있는 그림이 눈에 들어왔다. 김명희 씨가 입고 있는 수의 상의의 가장 아래쪽에 그려진 것이었다. 나는 아무 의미도 없을지 모를 그 그림에서 시선을 떼지 못한 채, 한참 동안 그 자리에 서 있어야 했다.

신원주 차: 모던걸 솔잎 애플 펀치

재료: '이름 없는 풀' 차 베이스, 솔잎 우린 물 30ml, 애플시럽 30ml, 탄산수 100ml, 라임즙 5ml, 식용 은가루, 얼음, 슬라이스 사과 1조각, 솔잎

①뜨거운 물에 '이름 없는 풀' 차를 진하게 우린 뒤, 솔잎 물을 섞어 베이스를 만든다. ②애플시럽, 라임즙을 섞고 얼음을 채운 뒤, 탄산수를 부어준다. ③사과 슬라이스를 얹고, 식용 은가루를 가볍게 뿌린다. ④솔잎 한두 가닥을 띄워 마무리.

"가장 뾰족한 것이, 부드러움을 만들지."
신원주의 트레이드마크인 뾰족한 바늘을 연상케 하는 솔잎을 베이스로, 속이 차가워지는 듯한 첫맛과 다르게 마실수록 은근히 퍼지는 애플시럽의 풍미가 매력이다. 찔리기 쉽지만, 정교한 날카로움으로 완성된 한 벌의 옷처럼, 단단하게 오래 남는 맛!

8

아무래도 이상한, 지나치리만큼 평온한 아침이었다.

아침 7시 정각이면 1층 문을 열고 들어와 자리를 차지하고 귀가 찢어져라 목청을 높여가며 깔깔대던 구보대 멤버들도, 어쩐 일로 시종일관 목소리를 낮추고 세계정세나 삶의 의미에 대한 꽤 진지한 대화만을 이어가다 조용히 돌아갔다. 요란한 엔진 소리를 내며 스포츠카를 몰고 마당에 들어선 원주 어르신은 단 한 번의 비아냥도 없이 새로 지은 옷을 전해주기만 했는데, 몸에 꼭 맞을 뿐만 아니라 디자인까지 마음에 들어 퍽 감동을 받았다. 오랜만에 길자 어르신과 새벽 배를 탔다는 석재는 자신이 직접 건져 올린 오징어로 물회를 말아 배달까지 해주었다. 며칠 전 영춘 어르신이 새것처럼 튼튼하게 고쳐준 나무 의자에 앉아, 언제 봐도 멋진 바다 풍경을 보며 든든하게 배를 채우던 중이었다.

평온하고, 다정하기만 하면 좋은 것 아닌가. 그런데도 이상한 예감에 팔에 오소소 소름이 돋았다.

딸랑.

물회의 마지막 한 숟갈을 떠 입에 넣으려던 순간, 영춘 어르신이 만나다방 안으로 다급히 들어섰다. 평소와는 달리 안절부절못하는 모습이 낯설었다. 얼굴은 하얗게 질려 있었다. 뭔가 단단히 잘못된 듯했다. 영춘 어르신은 꼬리를 흔들고 있던 두콩을 번쩍 들어 겨드랑이 사이에 끼워 넣고, 테이블 아래로 몸을 구겨 넣었다.

"일단 다 같이 숨자."

엉겁결에 나도 테이블 아래로 기어들어갔다. 인간 둘과 개 한 마리가 테이블 아래에 작은 콩벌레처럼 웅크렸다. 영춘 어르신은 두콩이 낑낑대거나 짖지 못하도록 주둥이를 단단히 틀어막고 있었다. 이게 도대체 무슨 상황인지 묻고 싶었지만, 괜히 입을 열었다간 나도 두콩처럼 강제로 봉인당할 것 같아 조용히 눈치만 살폈다. 한참을 뜸 늘이던 영춘 어르신이 마침내 입을 열었다.

"옥자가 임신을 했어."

"옥자라면, 옥분 어르신 개 말씀이시죠?"

"그냥 개가 아니야. 옥분 언니의 동생 같은 특별한 개지. 옥분 언니가 새로 만난 사람이나 일은 금세 잊어버리면서도, 이상하게 옥자 관련된 건 절대 잊어버리는 법이 없어. 길자 말로는 매년 옥자 생일 초 개수를 단 한 번도 틀린 적이 없다 하더라고."

환기하려고 열어둔 창문으로, 부쩍 차가워진 바람이 들이쳤다. 추운 것인지, 두려운 것인지 영춘 어르신이 부르르 몸을 떨었다.

"그러니까 우리는 이제 죽은 목숨이야."

"두콩이랑 어르신은 그렇다 치고, 왜 거기에 저도 포함된 것처럼 들리는지……."

"실은 저번에 말이다."

딸랑.

귀 기울이지 않으면 들리지 않을 정도로 종소리가 아주 작게 울렸다. 만약 주방에서 차를 내리고 있었다면 누가 들어온지 알아차리지 못할 정도였다. 문이 아주 느린 속도로 열렸고, 마른 체구의 옥분 어르신이 챙이 넓은 모자를 쓰고, 얼굴엔 그늘을 잔뜩 드리운 채 뚜벅뚜벅 만나다방 안으로 걸어 들어왔다. 한 손에는 반쯤 깨지고 굳은 시멘트가 덕지덕지 붙은 흙손을 들고 있었다. 담 쌓는 출장이라도 온 게 아니라면, 누가 봐도 그건 무기였다.

"아무도 안 게세요? 교양 없는 똥개 한 마리를 찾고 있는데."

만나다방이 거대한 냉동고로 변했다. 두콩은 제 잘못을 알기라도 하는 듯 달달달 온몸을 떨고 있었고, 영춘 어르신은 세상에서 아예 사라져버릴 것처럼 더 작게 몸을 웅크렸다. 나도 어깨가 결릴 만큼, 몸을 최대한 작게 웅크렸다.

옥분 어르신의 넓은 모자챙이 만드는 그림자가 조금씩 가까워졌다. 심장이 터질 듯 쿵쾅거렸다. 구절초리의 일인자인 영춘 어르신을 이토록 쪼그라뜨리는 옥분 어르신은 대체 어떤 사람인 걸까. 나는 영춘 어르신의 표정을 살피려 고개를 돌렸다. 눈이 딱 마주친 영춘 어르신이 의미를 알 수 없게 고개를 끄덕여 보였다. 아무래도 불길하다고 생각한 순간, 영춘 어르신의 발에 밀린 내 몸이 테이블 밖으로 튕겨 나갔다. 나는 바닥에 철퍼덕 엎어진 채 눈 밑에 짙은 다크서클을 단 옥분 어르신과 딱 마주쳤다.

"어서 오세요!"

어서 오라니. 사실 달리 할 말도 없었다. 다행인지 불행인지, 옥분 어르신은 테이블 밑에 영춘 어르신과 두콩이 숨었다는 사실은 눈치채지 못한 듯했다.

"저기, 아줌마. 제가 누런 똥개 한 마리랑, 덩치가 무식하게 큰 할머니를 찾고 있는데요."

나는 영춘 어르신이 왜 옥분 어르신을 두려워하는지 알 것 같았다. 옥분 어르신을 둘러싼 어두운 기운이 어찌나 짙은지, 눈에 보이는 것 같은 착각이 들 정도였다. 그 기운이 어깨를 짓누르고, 목을 조르는 것 같은 압박감마저 느껴졌다. 열린 창틈으로 서늘한 바람이 자꾸만 들이쳤다. 온몸에 소름이 쫙 끼쳤다. 저놈의 창문을 닫았어야 했는데!

"순하고 또 책임감이 강한 만나다방 상주견 두콩이는 조금 전에 밖에 볼일이 있다고 나갔고요. 영춘 어르신은 워낙 챙겨야 할 마을의 대소사가 많으니까 아무래도 바쁘시겠죠?"

옥분 어르신은 나 말고는 다른 사람이 없는지 주변을 두리번거리며 살폈다. 몸을 굽히고, 모자챙을 한 손으로 살짝 들어 올리며 내 앞으로 반걸음 다가섰다. 내가 모자 그림자에 깊숙이 파묻히고 나서야, 옥분 어르신은 입을 열었다.

"그 망할 똥개 때문에, 내 동생이 임신을 했다고요!"

흙손을 쥔 옥분 어르신의 손이 가늘게 떨렸다. 시멘트 가루가 고운 모래처럼 바닥에 떨어졌다.

"혹시, 두콩이를 만나게 되면 어떻게 하시려는지 여쭈어도 될까요?"

나는 최대한 공손한 말투로 묻기 위해 애썼고, 내 질문에 옥분 어르신은 눈을 번뜩이며 말했다.

"죽일 거야."

나는 옥분 어르신이 단단히 쥐고 있는 깨진 흙손의 날카로운 끝을 보았다.

"온몸의 털을 다 뽑고, 높은 절벽에서 콱 밀어버릴 거야."

사랑이 죄라면, 그 죗값은 수치스러운 죽음으로 치러야 하는 걸까. 가을을 맞아 털갈이를 시작한 두콩이, 부숭부숭한 털이 듬성듬성 뜯긴 채 절벽에서 내던져지는 장면이 머릿속에 떠올랐다. 금빛 털은 봄날의 꽃가루처럼 흩날리고, 제 새끼 얼굴도 보지 못한 채, 무엇이 잘못인지조차 모르는 애처로운 표정을 하고서 낙하하는 두콩. 나는 고개를 세차게 저으며 끔찍한 상상을 털어냈다.

"영춘 어르신은 왜 찾으시는지······."

"이게 다 그 할머니 때문이니까! 우리 집 담에 대문을 달겠다고 나 몰래 수작을 부리던 그날, 개구멍이 뚫린 거야. 거기로 망측한 똥개가 드나든 거고."

옥분 어르신의 분노가 결국엔 터져 나왔다. 테이블을 두 손으로 쾅쾅 내리치며 소리치기 시작했다.

"내가, 내 집에서! 어? 내 동생이랑 잘 좀 지내보겠다는데! 왜 자꾸 힘들게 하는 건데! 왜!"

원목으로 만든 테이블이 연달아 벼락이라도 맞은 것처럼, 쩍쩍 갈라지는 소리가 울려 퍼졌다. 바로 앞에서 중장비로 땅에 큰 구멍을 파는 것 같기도, 마치 지진이 난 것 같기도 했다.

딸랑.
"옥분 어르신 가셨어요. 나오셔도 돼요."
영춘 어르신과 두콩이 테이블 아래에서 기어 나왔다. 오랜 시간 웅크리고 있던 탓에, 영춘 어르신은 한참이고 저린 다리를 주물렀다. 두콩도 혀를 길게 빼고 앞발을 번갈아가며 핥았다.
"나는 옥분 언니가 제일 무서워."
"무섭다면서, 남의 집 담벼락에 구멍은 왜 내신 거예요?"
"대문 만들려고 그랬지. 담벼락만 있고, 문은 없는 옥분 언니 집. 너도 봤잖냐. 옥분 언니가 몇 해 전부터 기억에 문제가 생긴 뒤로, 담을 쌓기 시작했거든. 사람이 교류를 좀 하고 그러면, 기억도 돌아오지 않겠느냐는 말이지. 내가 또 목수잖아. 대문을 만들 줄 아는데 못 본 척하는 것도 아닌 것 같아서."
대문도 없이 매일 굴뚝처럼 높이 담벼락을 쌓는 옥분 어르신과, 그 담벼락에 기어이 대문을, 그것도 몰래 달려다 실패한 영춘 어르신이라니. 창과 방패가 따로 없었다.
"물론 나도 그 일만 없었다면 안 그랬을 거다. 들어봐라.

우리 구보대 뛰는 코스가 딱, 옥분 언니 집 있는 언덕을 지난다고. 그러니 자연스럽게 오늘은 담벼락이 얼마나 높아졌나, 보게 된단 말이지."

"하필이면 구보대 코스가 거기로 정해졌다, 그 말씀인 거죠?"

"그럼! 우연이지. 한 달 전엔가 늘 같은 코스로 구보를 뛰는데, 옥분 언니 담벼락 높이가 며칠이 지나도록 똑같았어. 벽돌 하나 더하는 것 없이. 하고, 너라면 어쩌겠냐. 놀라지 않겠어? 옥분 언니가 저 높은 담벼락 안에서 혼자 외로이 죽은 건 아닌가 싶어서 막 심장이 벌렁거렸다. 그래서 부랴부랴 마을회관에 있는 제일 높은 사다리를 가져다가 담벼락을 넘어갔더니 글쎄, 옥분 언니가 죽은 사람처럼 똑바로 누워서는……."

영춘 어르신은 옥분 어르신이 누워 있던 자세를 그대로 재현하려는 듯, 맨바닥에 드러누웠다.

"자는 거였어."

"네?"

"딱, 이러고 그냥 자는 거였어. 지난번 여기서 무섭게 잠든 것처럼. 코까지 드르렁드르렁 골면서. 그렇게 조용히 빠져나갔으면 됐는데, 옥자가 막 짖기 시작한 거야. 옥분 언니까지 깨서는 둘이서 쌍으로 소리를 지르고. 침입자죄? 침입

주거죄? 아무튼 그 말을 해대는 통에 도둑이 담 넘듯 도망갔다. 내가 방도가 있어? 새벽에 몰래 가서 대문을 달아주려다가…….”

"구멍만 내고 실패하셨다."

"난 잘못한 게 없어."

"근데 왜 숨어 계셨어요."

"그야 옥분 언니가 다 깨진 날카로운 흙손을 들고 무섭게 나를 찾으니까."

"흙손이 무서워 그랬다고요?"

"네가 옥분 언니 과거를 몰라서 그렇다. 난 아직도 그 언니 모자 그림자만 봐도 오금이 저려."

배달 심부름도, 만나다방도 마감한 저녁 시간. 나는 다시 조리대 앞에 섰다. 이름 없는 풀 차를 진하게 우렸다. 까만 콩알 같은 타피오카 펄을 넉넉히 꺼내 끓는 물에 삶고, 설탕을 부어 버무렸다. 블랙베리와 민트잎은 얼음과 함께 믹서에 넣었다. 위이잉, 믹서 가는 소리가 조용한 실내를 채웠다. 속이 훤히 들여다보이는 투명한 텀블러를 하나 꺼내, 쫀득하면서도 말랑한 타피오카 펄을 넉넉히 깔았다. 옥분 어르신이 매일 하나씩 쌓아 올리는 벽돌처럼, 텀블러 안에도 펄이 가득 찼다. 그 위로 갈아둔 재료와 탄산수를 조심스럽게 부었다.

"두콩아. 어르신한테 텀블러만 전해주고 오자. 넌 책임자니까 당연히 동행해야 하고. 잉태엔 암수 구분 없이 책임이 따르는 거야. 외면하면 벌받는대. 아주 무시무시한 벌을."

자유로운 영혼이던 두콩에게 목줄을 걸었다. 처음에 두콩은 줄을 팽팽히 당기며 앞발을 허우적거렸지만, 저항은 길지 않았다.

바이크에 텀블러를 쓰러지지 않게 잘 싣고, 두콩을 번쩍 들어 짐칸에 실으려는데 마당으로 자동차 헤드라이트 불빛이 길게 비쳤다. 물이 반쯤 남은 커다란 수조 탱크가 찰랑거리는 소리와 함께 '길자네 바다 식탁'이 큼지막하게 쓰인 트럭이 들어섰다. 석재가 창문을 열고 몸을 빼내며 말했다.

"이 밤에 두콩이까지 데리고 어딜 가시려고요?"

"옥분 어르신 댁에 가져다드릴 게 있어서요."

"다음에 가보시는 게 좋지 않을까요? 평소엔 점잖고 수줍은 분인데, 오늘 좀 이상했거든요. 흙손 들고 마을을 온종일 다니셨다고요. 죽일 거야, 이러면서."

"실은 그 일 때문에 가는 거라서요. 이대로 놔뒀다간 두콩이도, 영춘 어르신도 옥분 어르신 담벼락의 일부가 될지도 모르거든요."

"그럼 제 차로 가요. 거긴 길이 험해서, 밤에는 바이크로 가기엔 좀 위험해요."

"혼자 가도 괜찮아요."

"진짜 괜찮아요?"

사람의 마음에 진짜인 부분과 가짜인 부분이 따로 있기라도 한 것일까. 진짜 괜찮냐는 말에 아니라고 선뜻 대답하지 못했다. 잠시 고민하다가 나는 말없이 두콩을 끌어안고 석재의 트럭에 올랐다.

차 내부는 마치 커다란 도화지라도 되는 듯, 다운의 솜씨인 듯한 색색의 크레용 그림으로 빼곡했다. 아빠, 할머니, 오징어, 정다운 등 아이와 가장 가까운 단어들이 삐뚤빼뚤하게 적혀 있기도 했다. 먼 조상들이 남긴 동굴 벽화를 들여다보는 마음으로, 나는 벽면과 천장까지 이어진 낙서들을 들여다보았다. 밝은 해안가 도로를 매끄럽게 따라 달리던 트럭이 깜깜한 비포장도로로 접어들자 숨어 있던 것들도 존재감을 드러냈다. 펭귄, 곰, 악어 모양의 야광 스티커들이 희미한 연녹색빛으로 반짝였다.

"차 안이 엉망이죠?"

"예뻐서 보고 있었어요. 작은 우주 같아서."

"다운이는 앉은 자리에서 30분이면 우주도 창조하죠. 신이 먼 데 있는 게 아녜요. 이 작은 집에 숨어 지내는 신. 어떤 때는 존경스러울 정도라니까요. 그저 지구인일 뿐인 아빠는 혼돈의 우주 속에서 눈물이 핑 돈다고요. 이 혼돈을 정리해야 하는 건 아빠니까."

고르지 못한 길이 한참 이어졌다. 바퀴가 빠질 정도로 움푹 팬 길을 지날 때마다 차체가 크게 흔들리며, 수조 탱크에 남은 물이 출렁이는 소리가 들렸다. 나는 표면이 만질만질한 야광 스티커 몇 개를 손가락으로 만져보다가, 그제야 석재가 왜 만나다방에 왔는지 묻지 않았다는 것을 떠올렸다.

"참, 어디 가시려던 길 아니었어요? 괜히 저 때문에."

"괜찮아요. 어차피 하고 씨 보러 가던 길이었거든요."

"저를요?"

"네."

헤드라이트가 비추는 곳 외에는 한 치 앞도 보이지 않는 구불구불한 길. 석재는 핸들을 이리저리 꺾으며 운전에 집중하고 있었다. 나는 곁눈질로 석재를 보다가, 괜히 얼굴이 화끈거리는 것 같아 창문 쪽으로 고개를 돌렸다. 아주 깜깜해서 다행이라 생각했다. 그렇지 않았다면 빨개진 귀까지 감출 수는 없었을 것이었다. 서둘러 창문을 내렸다. 열린 창문으로 시원한 바람이 늘이치고, 수조 탱크의 물 줄렁이는 소리와 파도 소리가 더 선명하게 들려왔다. 덜컹덜컹, 쏴아, 덜컹덜컹, 쿵턱.

"……연애……."

잘못 들었나. 바람, 파도, 수조 탱크 물소리까지. 온갖 소리가 이름 없는 차의 향처럼 차 안에 마구 뒤섞인 채 밀려들어와 석재의 말이 제대로 들리지 않았다. 하지만 그 사이에서 '연애'라는 말은 똑똑히 들은 것 같았다. 간신히 바람으로 식힌 얼굴에 열이 더 올랐다. 심장이 제멋대로 더 빠른 속도로 뛰기 시작했고, 머릿속엔 온갖 생각들이 구절초리 구보대 할머니들의 아침 수다처럼 순서도 방향도 없이 마구잡이로 떠올랐다.

갑자기 이런 얘기를 꺼내는 게 맞는 일인가. 석재가 매력적인 사람인 건 분명했다. 책임감도 강하고, 다정하고. 한마디로 좋은 사람이었다. 아주 가끔, 정말 가벼운 마음으로 화장실 변기에 앉아 골똘히 상상해본 적도 있다. 석재 같은 사람이라면, 내가 꿈도 꿔보지 못했던 따뜻한 가족을 만들 수 있지 않을까 하고. 물론 그건 아주 잠깐 스쳐 지나간 생각으로, 진지하게 그에 대한 감정을 정리해보거나 뜯어볼 생각은 추호도 없었다. 그런데 진짜 추호도 없던 게 맞긴 한가. 그게 무엇이 되었든, 나는 갑작스러운 그의 말에 경계하는 마음이 되었다. 상대의 마음과는 상관없이 냅다 '연애' 얘기부터 노골적으로 꺼내는 이 남자를 어떻게 생각해야 하는 것인지에 대한 판단이 먼저 필요한 것 같았다. 나는 무릎 위에 앉혀두었던 두콩을 꽉 끌어안았다. 갑갑함을 느낀 두콩이 낮게 으르렁거렸다.

"바람 소리 때문에 잘 안 들렸죠?"

석재가 목소리를 높여 다시 말했다. 또다시 덜컹. 차가 흔들리는지 내 마음이 흔들리는지 구분하기 어려웠다. 이럴수록 정신을 차려야 했다. 섣불리 상대가 이끄는 대로 어영부영 흘러갔다가는 어떤 결과를 맞이하는지, 나는 충분히 경험하지 않았나. 태수와 처음 만난 날, '네가 마음에 든다'라는 말에 홀랑 넘어갔고, 상대가 달라고 하지도 않은 간, 쓸개, 콩팥, 심장 죄다 빼줬지 않나. 그런 멍청한 짓은 다신 하고 싶지 않았다.

"절대 안 돼요."

"네? 하고 씨가 그렇다면야 어쩔 수 없지만, 아쉽네요."

고백을 단칼에 거절당한 사람치고 석재는 태연했다. 트럭이 언덕을 따라 올라가기 시작했다. 우리의 몸이 뒤로 조금 기울었다. 내가 너무 단호했나. 나는 이번 일로 구절초리에서 유일하다시피 한 친구마저 잃고 싶지 않았다.

"오해하지는 마세요. 저도 석재 씨가 좋아요. 자꾸 내 얘기를 하고 싶고, 석재 씨 얘기도 듣고 싶고. 만날 때마다 뭔가 우스꽝스러운 모습을 보여주게 되는데, 그것도 싫지는 않고. 사람 만나는 게 이렇게 재밌는 거였나, 웃게 되는 거였나 생각하고. 그렇다고 제가 이런 생각에 매일 사로잡혀 있는 바보는 아니거든요. 그냥 화장실에 앉아 있을 때 잠깐, 아주 잠깐 생각한 건데."

"하고 씨."

"그러니까, 안 돼요! 좋은 친구로 남아요."

"하고 씨 입으로 들으니까, 저 되게 좋은 사람 같네요. 고마워요. 게다가 좋은 친구 제안까지 주시고."

석재의 이 놀라울 정도의 태연함은 어디에서 나온 것일까. 태국과 한국의 문화 차이? 사랑했던 사람과 아이를 낳아본 경험? 혼자서 산전수전 겪으며 딸아이를 잘 키워낸 시간? 모두 내 것이 아닌 경험들이기에, 그의 마음을 이해할 방법은 없어 보였다. 운전에 집중하고 있는 석재를 흘깃 보았다. 조금 벌어진 입술 사이에서 또 어떤 다정한 말이 흘러나올까. 단호하게 거절을 한 건 나인데, 기다리는 것도 나였다.

"자, 하고 씨 덕분에 우린 좋은 친구가 됐고. 하고 씨가 거절했지만, 다시 한번 더 졸라봐야겠어요. 1년에 한 번씩 저희 가게 행사를 하는데, 이번 해가 길자네 바다 식탁 40주년이기도 해서, 특별한 음료 메뉴를 함께 후식으로 내면 어떨까 했거든요."

"1년에 한 번씩요?"

"네. 1년에 한 번씩. 올해는 40주년이라 더 특별하고요."

"그러니까. 연애가 아니고 1년에……."

"하고 씨가 이름 없는 차로 만든, 이름 붙인 차가 특별하잖아요. 오길자의 길자네 바다 식탁, 40주년 기념 '오길자 차'. 그게 있으면 완벽해질 것 같아서요."

차 문손잡이를 꽉 쥐었다. 두콩만 무릎 위에 없었다면, 문을 열고 뛰어내렸을지도 모를 참을 수 없는 부끄러움이 밀려왔다. 트럭은 점점 더 가팔라지는 오르막길을 따라 덜컹댔다. 옥분 어르신의 집에 점점 가까워지고 있었다.

9

"안 본 사이 더 높아졌네요."

석재가 담벼락을 올려다보며 말했다. 나도 고개를 끄덕였다. 흙손과 개 사료를 배달하던 날보다도 훨씬 높아진 것 같았다. 텀블러를 어떻게 전해줘야 하나 고민하다가, 나는 지난번 두콩이 끼여 있던 개구멍 쪽으로 가보았다. 개구멍은 이미 시멘트로 꽉 막혀 있었다. 시멘트가 굳기도 전에 두콩이 이미 다녀갔는지, 그 위에 두콩의 것으로 보이는 발자국이 듬성듬성 찍혀 있었다.

"난감하네."

개구멍이었던 곳 앞에 쪼그리고 앉아 혼잣말을 중얼거리고 있는데, 석재가 트럭을 담벼락 가까이로 바짝 붙여 대고는 내게 손짓했다. 트럭 적재함 위로 올라가 작업용 긴 사다리를 담벼락 사이에 걸쳐두었다.

"제가 아래서 잡고 있을 테니까, 올라가서 가지고 온 걸 담벼락 위에 올려두는 건 어때요?"

석재가 두 손으로 단단히 사다리를 쥐고 있는 동안, 나는 배낭 옆주머니에 텀블러를 꽂고, 가방 안에 두콩을 집어넣었다. 가방 밖으로 머리만 내놓은 두콩이 어리둥절한 표정을 지었다. 아찔한 높이였지만, 누군가 아래에 있다는 게 의지가 돼 무섭다는 생각은 들지 않았다.

담벼락 끝에 걸터앉았다. 그 위에는 옥분 어르신이 외출할 때 쓰는 것으로 보이는, 밧줄로 만든 사다리가 집 안쪽으로 내려져 있었다. 나는 사다리를 빼내 석재 쪽으로 내려주었다. 석재도 사다리를 타고 올라와 담벼락에 걸터앉았다.

우리는 나란히 담벼락 위에 앉아 옥분 어르신의 집을 내려다보았다. 마당 중앙에는 옥분 어르신이 즐겨 쓰는 모자 모양과 똑같이 생긴 커다란 파라솔이 있었고, 옥자를 본떠 만든 것 같은 커다란 개 조각상이 세워져 있었다. 은은하게 불을 밝히고 있는 야외 소명과 잔잔하게 흐르는 클래식 음악, 나무로 만든 1인용 야외 목욕탕과 그네, 화덕까지. 옥분 어르신의, 옥분 어르신을 위한, 옥분 어르신에 의해 완벽하게 맞춰진 1인 정원이었다.

"이렇게 혼자서 잘 계시는 걸 보니, 영춘 어르신이 너무 했다 싶기도 하네요."

담벼락 위에 텀블러만 가만히 내려놓고 내려가려는데, 옥분 어르신의 집 안이 소란스러워졌다.

"석재 씨. 방금 옥자야, 하고 부르는 소리 들리지 않았어요?"

"우는 소리 같기도 하고. 무슨 일 생기신 거 아녜요?"

"아우, 아우우우우!"

가방에 담긴 두콩이 늑대처럼 울부짖고, 발버둥 치는 바람에 균형을 잡기가 쉽지 않았다.

"안에 들어가 봐야겠어요."

옥분 어르신의 밧줄 사다리를 마당 안쪽으로 옮겨 걸고, 서둘러 내려갔다. 다행히 현관문은 잠겨 있지 않았다. 다급히 집 안으로 들어섰다.

층고가 높은 거실 한가운데에는 방 하나 크기 정도는 될 법한 넓이의 커다란 개집이 자리 잡고 있었다. 옥자의 집으로 보였다. 우리가 집 안으로 들어오는 걸 발견한 옥분 어르신이 눈물범벅이 된 채 개집에서 나왔다. 옥분 어르신이 딸꾹질과 울음이 섞인 목소리로 말했다.

"끅! 제 동생이, 끅! 이러다 죽겠어요."

초대받지 않은 두 사람과 한 마리의 개가 들어와 있다는 사실조차 상관없을 만큼, 옥분 어르신은 절박해 보였다. 두콩이 나를 앞질러 옥자의 집으로 들어갔다. 나도 서둘러 그 안으로 들어가보았다.

옥자는 몸을 둥글게 말고, 낮은 소리로 끙끙 앓고 있었다. 두콩은 그 곁에서 더 큰 소리로 낑낑대기 시작했다. 옥분 어르신이 옥자의 집 안으로 휘청휘청 걸어 들어와 말했다.

"아줌마. 아니, 언니. 좀 도와주세요. 제가요, 얼마나 자고 일어났는지 기억이 안 나는데요. 옥자가 이렇게 아파하고……. 이게 몇 시간이 되었는지 모르겠어요. 너무 늦은 건 아닐까요? 나 어떡해."

옥분 어르신은 살아 있는 옥자를 앞에 두고도, 이미 죽은 것처럼 목 놓아 울기 시작했다. 울 시간이 없었다. 나는 옥자를 조심스럽게 살폈다. 옥자의 산도 쪽에 새끼가 반쯤 나온 채 걸려 있었다. 한눈에 보아도 꽤 이 상태로 오래 있었던 듯했다. 나는 세면대로 달려가 손부터 씻은 뒤, 깨끗하게 말려 개켜둔 수건을 챙겨 들었다. 수건을 옥자의 산도 입구에 가져다 댔다. 두콩이 옥자의 이마를 열심히 핥아주었다.

"제발, 제발."

산도에 걸린 새끼를 천천히 당겼다. 옥자의 몸 밖으로 빠져나온 새끼의 코와 입 주변에 묻은 점액을 닦아냈다. 새끼는 미동도 하지 않았다. 나는 수건으로 새끼의 몸을 힘주어 문질렀다. 깊게 잠든 존재를 다급히 깨우듯, 온기를 전하려는 듯, 아무튼 온 마음을 담아 내가 할 수 있는 최선을 다하기 위해 애썼다. 난생처음 만난 존재에게도 이렇게 간절할 수 있다니.

"키잉, 키잉!"

새끼의 작고 동그란 입에서 울음소리가 터져 나왔다. 옥자도 좀 전보다는 고른 숨을 쉬고 있었다. 옥자의 집 바닥에 주저앉아 대성통곡을 하던 옥분 어르신도 눈물을 훔치며 가까이 다가왔다. 옥분 어르신이 옥자를 조심스레 쓰다듬는 동안, 나는 새끼가 온기를 잃지 않도록 담요로 몸을 감싸 계속해서 문질러주었다.

"흑흑흑."

고전 공포영화에서나 들었던 울음소리가 들려왔다. 옥분 어르신이 우는 건가 싶어 그의 얼굴을 살폈지만, 어르신의 얼굴은 이미 말끔히 개어 있었다. 소리의 출처를 찾아 주변을 두리번거리다 옥자의 집 밖—그러니까 옥분 어르신의 거실—에서 나는 소리라는 것을 알아차렸다. 서럽게 우는 이는 석재였다. 눈물이 어찌나 굵은지 바닥에 뚝뚝 떨어져, 조금만 더 차면 웅덩이가 될 것만 같았다.

"왜 그렇게 서럽게 울고 있어요. 그러고 있지 말고 이리 와서 애 발 좀 보세요. 너무 귀여워요. 두콩이 닮아서 다리가 짧은 게 걱정이긴 하지만."

사람 셋, 개 둘, 거기에 갓 태어난 강아지 한 마리까지. 옥자의 작은 집은 더는 비집고 들어올 틈도 없이 꽉 들어찼다. 수건으로 문지를 필요도 없을 만큼, 모두의 체온이 모인 방 안에는 후끈한 온기가 가득 찼다.

"아줌마, 아저씨. 오늘의 주거침입은 문제 삼지 않는 게 교양인의 도리라 생각해 눈감을 겁니다. 이상한 할머니들이랑 두 분은 조금 다른 사람들인 것 같기도 하고······. 그렇다고 다음에 또 이렇게 함부로 담을 넘어오시면 그땐 정말 용서하지 않을 거예요."

고맙다는 뜻이겠지. 나는 옥분 어르신을 향해 웃어 보였다. 석재는 새끼의 작은 발바닥을 보며 또 오열하기 시작했다.

"석재 씨 이제 그만 좀 울어요."

"이렇게 꼬물거리는 발바닥을 못 볼 뻔한 거잖아요. 그걸 생각하면 슬프고, 또 이렇게 살아낸 걸 보니 대견하고. 울지 않을 수가 없어요. 하고 씨는 왜 이렇게 멀쩡한 건데요. 흑흑흑······. 근데 이게 무슨 소리죠?"

쿵, 그르르르르르, 우르르 쾅쾅.

철거 지역에 살면서 자주 들었던 소리와 비슷했다. 아무리 들어도 적응되지 않았던 무너지고, 꺾이고, 부서지는 그런 소리. 석재가 다급히 외쳤다.

"일단 밖으로 나가요!"

우리는 옥자와 두콩, 새끼를 챙겨 밖으로 나설 준비를 했다. 석재가 앞장섰고, 나와 옥분 어르신이 뒤를 이었다. 그렇게 현관문을 열었는데, 난데없는 밝은 빛이 쏟아졌다. 눈이 잔뜩 찌푸려졌다.

마당에는 믿기 어려운 광경이 펼쳐져 있었다. 옥분 어르신 댁 담벼락엔 코끼리도 지나갈 만큼 커다란 구멍이 뻥 뚫려 있었고, 그 앞 벽돌 무더기 사이에 커다란 트랙터 한 대가 멈춰 서 있었다. 담을 들이받고 그대로 멈춘 듯했다. 사방은 오징어잡이 배의 밝은 조명으로 한낮처럼 훤히 밝혀져 있고, 그 빛을 등진 채 구절초리 어르신들이 대열을 이뤄 천천히 걸어 들어오고 있었다. 선두에 선 영춘 어르신이 쩌렁쩌렁한 목소리로 외쳤다.

"옥분 언니, 우리가 왔으니 이제 산 거야. 못 죽어, 절대 못 죽어!"

담벼락에 뚫린 구멍 너머로, 상향등을 켠 오렌지색 스포츠카가 와앙와앙, 엔진 소리를 냈다. 운전석 창문 너머로는 한밤중에도 선글라스를 낀 원주 어르신이 모습을 드러냈고, 앞서 걷는 할머니 군단의 뒤통수에 대고 잔소리를 퍼붓고 있었다.

"다 죽어 데리고 나오려 그래? 얼른 안 뛰어?"

이게 무슨 일이지. 나는 뒤를 돌아보았다. 현관문에 선 옥분 어르신의 얼굴이 하얗게 질려 있었다. 맨 앞에 서 있던 석재가 슬금슬금 뒷걸음질을 치며 내 옆으로 다가왔다. 말 없이 자신의 휴대폰을 꺼내 화면을 보여주었다. 몇 분 전 영춘 어르신에게 보낸 메시지가 화면 위에 떠 있었다.

―옥분, 죽어가요. 담벼락 집으로.

"옥분이 아니라, 옥자잖아요! 이래서 어르신들이 이렇게……. 아, 이를 어쩐다."

"……저 외국인이잖아요, 하고 씨. 한글이 서투니까."

구멍이 뻥 뚫린 담. 원주 어르신의 채근에 비장한 표정으로 집을 향해 달리기 시작한 어르신들. 포효하는 스포츠카. 평소에는 한국인보다 더 한국인처럼 능숙하게 한국어를 구사하다가, 불리할 땐 외국인이라는 정체성을 구태여 내세워 보는 석재, 아니 촉차이 쑤파낀까지. 믿을 수 없는 장면들이 뒤엉켜 느릿하게 흘러가는 것만 같았다.

"키잉, 키잉."

두콩과 옥자를 반씩 닮은 새끼가 작게 울었다. 나는 대책도 없고 울 수도 없어 그저 웃었다.

"아, 하하하하하하."

장옥분 차: 블랙베리 담벼락 버블티

재료: '이름 없는 풀' 차 베이스, 블랙베리 20알, 민트잎 6장, 타피오카 펄 3분의 1컵, 설탕 1T, 탄산수, 얼음

①뜨거운 물에 '이름 없는 풀' 차를 진하게 우린다. ②끓는 물에 삶은 타피오카 펄을 찬물에 헹군 뒤 설탕에 버무린다. ③블랙베리와 민트잎, 얼음을 믹서에 넣고 잘 갈아준 뒤, 이름 없는 차 베이스와 탄산수를 넣고 섞어준다. ④컵의 바닥에 타피오카 펄을 넉넉히 깔고 음료를 조심스럽게 부어준다.

"우리 사이에 놓인 가장 말랑한 담벼락."
소중한 것은 절대 잊지 않는 장옥분을 닮은 말랑하고도 상큼한 음료. 맨 아래 듬뿍 깔린 타피오카 펄이 장옥분이 매일 쌓아 올린 단단한 담벼락을 연상케 한다.

두옥 차: 두콩과 옥자 가족을 위한 '패밀리 펫밀크'

재료: 염소 우유, 고구마 퓨레, 당근 퓨레

①염소 우유에 고구마 퓨레와 당근 퓨레를 섞는다. ②때에 따라 말린 닭가슴살을 올려 고소한 맛을 더한다.

"만나다방은 반려동물 친화적인 곳."
구절초리 사랑꾼 두콩과 미모의 옥자, 그리고 새끼 강아지의 건강한 견생을 위한 펫밀크!

당신과 꼭 닮은 내가
여기 있다

1

환기를 하려 창문을 열었다. 소금기 머금은 바다 냄새가 한결 더 냉랭해진 바람에 실려 실내로 훅 끼쳐 들어왔다.
"낙엽이 많이 쌓였네."
키가 큰 대나무 빗자루 하나를 챙겨 들고 마당으로 나왔다. 불린 사료를 먹기 시작한 두콩 2세가 놀러 온 날이었다. 아직 네 발을 스스로 주체하지 못하는 두콩 2세가 빠른 속도로 달리다가 마당 한쪽으로 데굴데굴 굴러가 낙엽 사이에 콕 박혔다. 두콩 2세는 엄살 한번 피우지 않고 태연히 일어나, 몸에 묻은 낙엽을 부르르 털어냈다. 포동포동 살이 오르고, 크기도 커졌지만 두콩 2세의 다리는 태어났을 때 길이 그대로인 것 같았다.

"하고야!"

"오셨어요, 영춘 어르신."

"선물이다. 원래는 네 관을 먼저 짜주려고 했는데, 대신 이걸 만들어왔다."

영춘 어르신이 1층 입구에 묵직한 나무 조각상 하나를 내려놓았다. 이가 가려운 두콩 2세가 나무 조각상 아래쪽을 작은 입으로 물며 장난을 치는 동안, 영춘 어르신이 조각상에 대한 설명을 이어나갔다.

"이게 이래 봬도, 쇠보다 단단한 나무로 만든 수호신이다. 앞으로 너를 지켜줄 거다."

나를 지켜주는 나무 수호신이라니. 영춘 어르신이 쪼그려 앉아, 근육을 꿈틀거리며 이 삐뚤빼뚤한 얼굴의 조각상을 정성껏 깎고 있었을 모습을 떠올리자 웃음이 났다. 집, 가구, 농기구……. 나무로 못 만드는 게 없는 분이지만, 조각상만큼은 보는 사람의 상상력이 꽤 많이 필요한 작품이었다.

"하나, 둘, 셋. 이 수호신은 눈이 세 개네요."

"눈이 두 개뿐이어서 과거랑 현재밖에 모르는 인간을 돕는 거지. 미래를 보는 세 번째 눈을 달고 있는 수호신이, 모든 것이 원래의 자리를 잘 찾아갈 수 있도록 잘 안내해줄 거다."

나무 수호신과 여전히 씨름하고 있는 두콩 2세를 번쩍 들어 올렸다.

"아침 10시까지 준비해두면 되죠?"

"그럼. 빅 이벤트 아니냐! 벌써 설렌다. 심장이 막 두근대."

한국 시각으로 아침 10시. 미국에서 열리는 초대형 종합격투기 대회가 스포츠 채널에서 생중계될 예정이었다. 구절초리 어르신들은 올림픽이나 월드컵, 아시안게임 같은 대형 스포츠 경기도 빠짐없이 챙겨보는 편이지만, 종합격투기만큼은 유난히 뜨거운 반응을 보였다. 특히 세계 정상급 여성 선수들의 경기가 있는 날이면, 어르신들은 어김없이 한데 모여 경기를 관람하곤 했다. 그 중심에는 언제나 만나다방이 있었다고, 영춘 어르신이 얘기한 적 있었다.

창고에 보관 중이던 묵직한 70인치 텔레비전을 꺼냈다. 혼자 옮기기엔 벅찰 만큼 크고 무거웠지만, 몇 번씩 쉬어가며 정확히 원하는 자리에 내려놓을 수 있었다. 살면서 힘쓰는 일에 특별한 즐거움도 자부심도 느껴본 적 없었는데, 고작 텔레비전 하나를 옮긴 걸로도 이상하리만치 뿌듯했다.

전신 거울 앞에서 부쩍 살이 오르고 단단해진 어깨와 팔을 비춰보며 생각했다. 구절초리의 끈끈하고 강인한 어르신들과 함께하다 보면, 내 인생도 누군가에게 기댈 수 있지 않을까 막연히 생각했던 때가 있었다. 그런데 살아보니 오히려 반대였다. 나는 이곳에서 누군가에게 기대지 않고도 서고, 걷고, 뛸 수 있는 사람으로 거듭나고 있었다. 오늘보다 내일이 더 단단하고, 나은 내가 될 수 있을 것 같다는 희망이 차올랐다.

딸랑, 딸랑, 딸랑.

10시가 되자 구절초리 어르신들이 우르르 다방 안으로 몰려들었다. 이번 경기의 사전 시합부터 주요 경기까지 출전 선수들의 장단점을 두고 대토론회라도 벌이듯, 다방 안은 순식간에 열기로 가득 찼다.

"사전 경기에는 한국인 선수 이다인이가 나오는데, 그 친구는 지난번 경기부터 내가 딱 주목해서 봤지. 아주 마음에 들어. 재능이며, 신체 조건이며. 크게 될 친구야."

"근데 이번 경기도 이길 수 있을지는 모르겠네. 이번 상대가 러시아 선수인데, 유도가 주 종목이라 그래플링이 무시 못 해. 이다인이는 타격이잖아."

"무시 못 해? 그래도 한국인인 이다인이가 당연히 이기지!"

"당연히가 어디 있나. 실력으로 이겨야지."

어르신들 앞에 이름 없는 차와 이름 붙인 차들을 골고루 내놓았다. 텔레비전 화면과 어르신들을 번갈아 보다 문득 의문이 생겼다. 대충만 살펴보아도 선수들보다는 어르신들이 더 강인해 보였기 때문이었다.

"어르신들이 나가는 건 어때요? 나이 제한 뭐 그런 거 없지 않아요? 경기만 나갔다 하면 무조건 우승일 것 같은데."

영춘 어르신이 손사래를 쳤다. 다른 어르신들도 무슨 소리냐는 듯 고개를 절레절레 저었다.

"주목받는 건 아주 질색이야. 천만금을 준다 해봐라. 다 늙어서 놀림이나 더 받아. 됐다, 됐어."

"세상 바뀌어서, 힘세고 강한 여자애들이 박수받는 거 보는 것만으로도 감사한 일이지."

그 말에 다방 안이 잠시 조용해졌다. 몇몇은 고개를 가만히 끄덕였다.

첫 번째 사전 경기가 시작되자, 다방은 다시 떠들썩한 소리로 가득 찼다. 어르신들은 마치 화면 속 선수들과 같은 공간에 있는 것처럼 목소리를 높여가며 응원을 쏟아냈고, 때로는 코치라도 된 듯 전략을 외치기도 했다. 상대의 예상치 못한 킥 공격이 선수의 머리로 날아들자, 어르신들 모두가 동시에 두 팔을 번쩍 들어 머리를 감싸며 방어를 하고, 탄성을 내질렀다.

"아무리 지쳐도 계속 앞으로 손을 뻗어야지!"

"옳지, 옳지."

"그렇지! 케이오!"

"역시 경기의 꽃은 케이오, 녹아웃이지. 내가 너를 죽을 때까지 응원하마."

"죽을 때 다 된 할매가 죽을 때까지 응원한다고 하면 퍽이나 좋아하겠다."

"그런가? 아핫핫핫핫!"

주경기를 앞두고 광고가 나오는 시간. 어르신들은 화장실에 가거나 차를 마시며 쉬고 있었다. 휴지 조각과 온 사방에 흩어진 사브레 과자 부스러기를 빗자루로 쓸고 있는데, 영춘 어르신이 나를 불러 세웠다.

"강하고! 이리 딱 서봐라."

눈 깜짝할 사이에 빗자루를 뺏긴 채, 빈손이 된 내게 영춘 어르신이 동작 하나를 알려주기 시작했다.

"양손 주먹을 꽉 쥐고, 왼손은 귀와 턱 사이에, 오른손은 아래에서 위로 뻗어 올리는 거야. 이게 어퍼컷."

"어퍼컷."

살과 근육이 붙어 나도 점차 강해지고 있다는 건 순전히 착각이었을까. 어퍼컷 동작을 따라 하는데, 관절마다 꽂힌 나사가 헐거워진 기계처럼 힘없이 흐물거렸다. 동작은 어설펐고, 힘도 들어가지 않았다. 이대로 상대를 가격한다 해도, 그저 아래에서 위로 쓰다듬는 데 그칠 것 같았다. 공격은커녕 우스운 꼴만 당하지 않으면 다행이었다.

"어르신. 저는 재능이 없는 것 같아요. 그냥 잘못했다고 싹싹 빌고, 내놓으라는 거 다 내놓는 편이 생존 확률을 더 높여주지 않을까요?"

"헛소리 말아. 사과는 잘못한 놈이 하고, 매도 잘못한 놈이 맞아야지! 넌 오늘 이거 완전히 마스터야. 자, 팔꿈치를 딱 90도로 고정하고, 이 상태 그대로 들어 올리기만 하라고. 그럼 힘을 크게 들이지 않고도 턱을 확 날려버릴 수 있다니깐. 발을 단단하게 땅에 붙이고, 몸통을 이렇게 회전시키고……."

영춘 어르신은 내가 나약한 소리를 했다는 이유로, 경기가 끝날 때까지 만나다방 구석에서 어퍼컷 동작을 반복하게 했다. 요령을 피우려 할 때마다 어떻게 알고 뒤를 돌아보는 통에, 팔이 떨어져 나가라 휘두르며 연습할 수밖에 없었다. 어퍼컷을 연습하는 내 모습이 거울에 반사되었다. 신규 오픈한 가게 앞에서 손짓하는 바람 풍선처럼, 멋도 없이 펄럭펄럭 흔들리는 중이었다. 이러다 석재라도 들어오면 어쩌나. 나는 자꾸만 밖을 힐끔거렸다.

마침내 메인 경기가 끝났다. 벌에 쏘인 듯 오른쪽 눈두덩이가 퉁퉁 부은 선수와 광대뼈 쪽 피부가 찢긴 선수 둘이 서로를 끌어안았다. 원주 어르신의 대바늘로 찌른대도 피 한 방울 안 나올 것 같던 강인한 구절초리 어르신들이, 두 사람의 포옹 장면을 보고 금세 눈물을 훔쳤다. 영겁의 형벌 같은 어퍼컷 동작을 하며, 나도 고통에 눈물지었다.

경기가 끝난 뒤, 어르신들은 자연스레 뒤풀이에 들어갔다. 그때, 마당에서 전화 통화를 하던 원주 어르신이 다급한 얼굴로 만나다방 문을 벌컥 열고 들어왔다.
"길자! 네 트럭 좀 빌려야 되겠다."
"트럭 맡겨놨어? 또 뭘 샀는데?"
나는 어퍼컷 연습으로 저릿해진 팔을 주무르며 나섰다.
"배송해야 하는 것 있으면 제가 가져다드릴게요."
원주 어르신이 나를 아래위로 훑어보더니, 고개를 절레절레 흔들었다.
"네 오토바이랑 힘으론 어림도 없지. 카메라 그게 얼마나 무거운데."
길자 어르신이 눈살을 찌푸리며 되물었다.
"카메라가 뭐 얼마나 무겁다고 트럭까지 필요해?"
"거참, 빌려줄 거야 말 거야?"
"석재한테 가지고 오라고 그러지 뭐."
"어차피 빌려줄 거면서 묻기는. 빨리 갖고 오라 그래!"
얼마 지나지 않아, 만나다방 앞으로 트럭이 도착했다. 석재가 클랙슨을 울리자, 원주 어르신이 씩씩대며 밖으로 나갔다. 운전석 문을 열고 석재를 가볍게 끌어내리더니, 그대로 자리를 차지하고 핸들을 잡았다. 그러곤 거칠게 트럭을 몰아 마당에 깊은 바큇자국을 남긴 채 사라졌다. 덩그러니 만나다방 앞에 남겨진 석재가 물었다.

"또 뭘 사셨대요?"

"카메라를 사셨다는데요."

한 시간쯤 지났을까. 원주 어르신이 운전하는 길자네 바다식탁 트럭이 다시 만나다방 마당으로 들어섰다.

"얼마나 대단한 카메라이기에 트럭까지 빌려다 실어 오냐."

종합격투기 관람 뒤풀이 중이던 어르신들이 하나둘 밖으로 나왔다. 원주 어르신은 인상을 잔뜩 찌푸린 채 트럭에서 내려, 문을 쾅 닫았다. 짐칸에는 성인 두 사람은 거뜬히 들어갈 크기의 부스가 실려 있었다. 단단히 묶어둔 고정 끈을 풀고는, 원주 어르신이 부스를 통째로 들어 올려 트럭 아래로 가뿐히 내려놓았다. 아치형으로 마감된 부스 입구에 달린 커튼이 가을바람에 살랑살랑 흔들렸다.

"인생 두 컷?"

나는 부스 옆면에 굵게 쓰인 글자를 그대로 소리 내어 읽었다. 원주 어르신이 즉시 쏘아붙였다.

"도시서 왔다면서, 처음 보는 것처럼 멀뚱멀뚱 서 있냐?

여하튼 이 마을엔 새로 온 놈도, 원래 있던 놈도 다 마음에 안 들어."

부스에 들어가 사진을 찍으면, 몇 분도 되지 않아 두 컷짜리 사진을 인화해 받을 수 있다는 건 나도 잘 알고 있었다. '인생 두 컷'이라는 이름의 이 부스가 젊은 사람들 사이에서 입소문을 타고, 비 온 뒤 버섯처럼 변화가 곳곳에 빠르게 자리 잡았다는 것도. 배달 일을 하며 골목골목을 누볐던 내가 그런 걸 모른다고 하면 거짓말일 것이다.

하지만 단 한 번도 부스에 들어가 사진을 찍어본 적 없었다. 휴대폰으로도 사진을 찍을 수 있는데 굳이 돈을 들여야 하나 싶었고, 무엇보다 마음에 들지 않았던 건 늘 따라붙는 '원 플러스 원' 이벤트였다. 한 장을 찍으면, 한 장을 더 인화해주는 이벤트. 그 두 번째 사진을 나눠 가질 사람이 없다는 사실이 눈물 나서라도 찍고 싶지 않았다.

"도시 것들은 이거에 홀려서 죄다 한 장씩 찍느라 가산을 탕진한다더라! 내가 그놈들만 즐거운 꼴은 못 보지!"

"엄청 비쌀 텐데, 이걸 통째로 사신 거예요?"

"가난하게 나고 자란 것들은 왜 자꾸 나 돈 쓰는 걸 뭐라고 하는지. 돈 뒀다가 죽어서 싸들고 갈 것도 아니고. 얼마 하지도 않는 이깟 기계에 돈 쓰는 걸로 내가 타박을 받아야 겠니? 내 돈, 내가 죽기 전까지 다 써야지 여한이 없지."

구절초리의 얼리어답터, 원주 어르신은 능숙하게 전기를 연결하고, 기계를 조작했다. 그러더니 부스에 들어가 가장 먼저 사진을 뽑아 들고 나왔다. 옆에서 구경하고 있던 어르신들이 우르르 몰려가 원주 어르신의 손에 든 것을 들여다보았다.

"요술 같네."

"요술이 아니고 기술! 에이아이가 얼굴을 자동으로 인식해서, 젊은 사람을 늙은 사람으로, 늙은 사람을 젊은 사람 모습으로 바꾸는 건 요즘 같은 세상엔 일도 아닌 거야."

"어느 집 아이가 이런 대단한 기술을 만들었다고?"

"어느 집 애가 아니라, 에이아이!"

"나도 알아, 에이아이."

원주 어르신이 말이 안 통한다는 듯 한숨을 푹 내쉬었다. 나도 슬그머니 다가가, 원주 어르신이 인화한 사진을 들여다보았다. 손바닥만 한 크기로 인화된 사진에는 지금의 원주 어르신과는 사뭇 다른 얼굴이 담겨 있었다. 팽팽한 피부, 더 날카롭게 찢어진 눈매, 새카만 머리카락까지. 독기 어린 표정은 지금과 똑같았지만, 그 얼굴은 지금보다 쉰 살은 더 젊은 모습이었다. 길자 어르신이 말했다.

"요술이 대단하다야. 원주 더 못됐던 시절이랑 아주 판박이야. 딱 요 얼굴을 보니까, 네가 짝사랑했던 도시 남자한테

했던 짓이 생각나네. 복수한답시고 그 남자가 세 들어 살던 건물을 통째로 사서 개를 쫓아냈지 않았냐."

"쓸데없는 소리!"

넓은 챙모자를 푹 눌러쓴 채 눈치만 살피던 옥분 어르신이, 다른 사람들이 소란스럽게 떠드는 틈을 타 조용히 부스 안으로 들어갔다. 찰칵, 찰칵. 촬영음이 연이어 들린 뒤, 옥분 어르신이 인화된 사진 두 장을 양손에 나눠 들고 밖으로 나왔다. 나는 가까이 다가가 인화된 사진을 보았다. 옥분 어르신의 스무 살, 풋풋한 얼굴이 두 컷 안에 담겨 있었다. 옥분 어르신이 내게 몸을 기울여 속삭였다.

"실제보다는 조금 더 나이 들게 나와서 아쉽지만, 볼만하네요. 근데 이거 똑같은 게 두 장 나왔는데?"

귀가 밝은 원주 어르신이 인상을 팍 구기며 옥분 어르신을 향해 소리쳤다.

"거참, 언니! 한 장을 더 줘도 불만이야?"

옥분 어르신에 이어 촬영을 마치고 인화한 사진을 들고나온 영춘 어르신이 들뜬 목소리로 말했다.

"요술 맞네! 내 팔뚝에 있는 장미까지 싱싱해졌다니깐."

영춘 어르신의 팔뚝에 새겨진 검붉은 장미 문신이 두 컷 사진 속에서 새빨갛고 싱싱하게 피어 있었다.

"요술 아니래도!"

인생 두 컷 기계 앞으로 긴 줄이 이어졌다. 복자 어르신은 좋아하는 사브레 과자를 한 상자 쥐고 사진을 찍었고, 길자 어르신은 보라색 방수 앞치마를 챙겨와 사진을 찍었다. 양 손에 똑같은 사진 한 장씩을 들고나온 어르신들은, 이내 삼 삼오오 모여 앉아 각자의 젊었던 시절 얘기를 꺼내기 시작했다.

"같은 사진이 두 장이니까, 남은 한 장은 만나다방에 두면 어때?"

길자 어르신이 내게 사진 한 장을 건네며 말했다. 어르신들은 좋은 생각이라며, 앞다투어 내 손 위에 사진 한 장씩을 올렸다. 가을 낙엽처럼 우수수, 손 위에 사진이 쌓였다.

"비 온다야!"

먹구름이 드리우더니, 빗방울이 한 방울씩 떨어지기 시작했다. 영춘 어르신이 제습기를 돌려야 한다며 가장 먼저 일어섰고, 다른 어르신들도 채비해 집으로 돌아가는 발걸음을 재촉했다. 마당에 말려둔 오징어, 지붕에 널어둔 고추와 표고버섯, 닫아두지 않은 창문을 걱정하며.

이내 쏴아, 하고 장대비가 쏟아졌다. 모두가 떠난 만나다방 마당. 나는 인생 두 컷 부스 안에 들어갔다. 간이 의자에 앉아, 비 내리는 풍경을 바라보았다. 두콩 2세가 쏟아지는 빗줄기를 향해 앙칼지게 짖고 있었다. 고작 몇 걸음 떨어진 곳에서 그 모습을 지켜보는데, 이상하게도 꿈을 꾸는 것처럼 아득하고, 멀게만 느껴졌다. 마치 과거, 현재, 미래를 모두 내다보는 눈이 세 개 달린 수호신이라도 된 것처럼.

―필터를 선택해주세요. 당신이 보고 싶은 나이는?

10세부터 100세까지. 10살 단위로 나뉜, 열 칸의 선택지가 화면 위에 떠올랐다. 고민이 길어졌다. 비는 점점 더 거세어지고 있었다. 조심스럽게, 화면 위에 손을 가져다 댔다.

―준비하세요! 촬영이 시작됩니다. 카메라를 바라보세요. 웃어보세요. 시작합니다. 셋, 둘, 하나.

힘껏, 입꼬리를 올렸다.

톡.

트레이 위로 인화된 사진이 떨어졌다.

예순. 노년에 접어들기 시작했을 내 얼굴, 김명희 씨를 꼭 닮은 그 얼굴이 거기 있었다.

2

똑똑, 두두두두.

여름 장마처럼 비가 퍼부었다. 늦은 밤, 만나다방은 굵은 장대비가 지붕과 창문, 현관문을 때리는 소리로 소란했다.

"비가 얼마나 많이 오는지, 누가 문이라도 두드리는 것 같네."

어르신들이 남기고 간 사진을 하나씩 들여다보았다. 영춘, 길자, 원주, 복자······. 노인이 되기 위해서 반드시 거쳐야 했을, 그들의 젊은 얼굴들. 이들도 나처럼 오지 않는 미래가 두렵고 막막해 그만 손 놓아버리고 싶었던 순간이 한 번쯤은 있었을까. 나는 자리에서 일어나, 종이 뭉치로 두툼해진 파일을 들고 돌아왔다. 가운데 구멍을 뚫어 링으로 묶은 그

파일 안에는, 지금까지 만들었던 '이름 없는 차'를 베이스로, 마을 사람들의 이름을 붙인 차들의 요리법과 그림이 정리되어 있었다. 각자의 이름이 붙은 메뉴에, 사람들이 건네고 간 사진을 하나씩 붙였다.

똑똑똑…… 쾅, 쾅쾅쾅쾅!

두콩과 두콩 2세가 현관문 앞으로 달려가 짖기 시작했다. 여전히 매섭게 비가 내리고 있었지만, 그 비가 문을 부술 리는 없었다. 그렇다면, 누군가 정말로 문을 두드리고 있다는 얘기였다. 구절초리엔 몇 년에 걸쳐 쌓은 단단한 담벼락을 한순간에 허물어버릴 힘센 사람들은 있어도, 노크하는 사람은 없었다. 그러니까 지금 만나다방 문 너머에 서 있는 건, 구절초리 사람이 아니라는 소리였다. 낯설고 이질적인 무엇이 문 너머에 있다고 생각하니 무서웠다. 마음 같아선 당장 문을 잠그고, 소파며 테이블 같은 무거운 가구들을 끌어다 문을 막고 싶었다. 예전의 나라면 망설임 없이 그렇게 했을 것이다. 하지만 나는 통창 밖으로 쏟아지는 장대비와 점점 거세지는 파도를 외면할 수 없었다. 천천히, 조심스럽게 문을 열었다.

"정아?"

"강호구! 왜 이제 문 열어. 그리고 여기 뭐야, 나 진짜 오다가 죽을 뻔했잖아."

정아는 우산도 없이 쫄딱 젖은 채, 눈물인지 빗물인지 구분도 안 되는 얼굴에 묻은 물기를 옷소매로 계속 닦아내고 있었다. 얼마나 떨면서 걸어왔는지, 입술이 파랗게 질려 있었다.

"어떻게 말도 없이 와?"

"네가 오라며!"

나는 당황했다. 정아에게 메시지를 남겼던 걸 까맣게 잊고 있었다. 만나다방 문을 열기 전, 터널 입구 근처 집의 주소를 마지막으로 보냈던 일이 그제야 떠올랐다. 정아와 태수 생각만 하면 속이 쓰렸지만 동시에, 좋은 일이 생기면 제일 먼저 떠오르는 사람들도 이상하게 그들이었다. 그래서였을까. 딱히 깊은 뜻이 있었던 건 아니었지만, 개업식을 앞두고 문득 그들에게 주소를 남겼던 거였다.

"오라고는 했지. 근데 올 거였으면 말이라도 하지. 여기는 지도에도 잡히지 않는 데라, 길 찾기 진짜 힘들었을 텐데."

"그럼 네가 먼저 말을 해줬어야지! 서프라이즈 하려고 한 건데, 이럴 줄 알았나."

"서프라이즈? 놀라게 할 게 따로 있지."

"택시 내리기 직전에 휴대폰 배터리는 나갔지, 택시 기사는 길도 없는 데를 어떻게 가냐면서, 깜깜한 산길에다가 나를 그냥 내려줬지. 길은 모르고, 비까지 내리고. 길은 터널 하나뿐이라, 그 깜깜한 데를 지나왔어. 터널을 나와서도 몇 시간을 헤맸는지 몰라. 뭐 이런 동네가 다 있어? 내가 너 보러 왔다가 이런 꼴이 되는 게 말이 되냐고!"

정아는 멀쩡한 척 까랑까랑한 목소리로 쏘아붙였지만, 온몸이 비에 젖어 턱을 덜덜 떨고 있었다.

"아무 데나 앉아."

"그렇게 말 안 해도 앉을 거거든."

창고에서 석유난로를 꺼냈다. 불을 지피자, 비릿한 기름내가 새어 나오며 난로 주변부터 서서히 공기가 데워지기 시작했다. 통창 너머로는 파도가 위협적으로 넘실거렸다. 정아는 여전히 장대비를 온몸으로 맞는 사람처럼, 잔뜩 몸을 웅크린 채 긴장하고 있었다. 창문 사이의 빈틈으로 새어 들어온 바람 소리가 기괴한 웃음소리처럼 느껴졌다.

"이건 뭐야? 다 젖은 종이가방에 든 건."

"비싼 거. 가게 개업 선물로 너 가지든가."

종이가방은 손에 닿기만 해도 금방이라도 찢길 듯 위태로웠다. 손잡이는 이미 빗속에서 떨어져 나갔는지 보이지 않았다. 이걸 진짜 내 선물이라고 챙겨온 것일까 종이가방 안에는 손바닥만 한 박스가 여섯 개쯤 들어 있었다. 빗물에 젖어 호물호물해져 뚫린 상자 틈 사이로, 한약 팩 같은 것이 열 개 한 묶음으로 들어 있었다.

"특허받은 활기튼튼 효소? 이거 문제 생겨서 너 잠수 타려고 나 죽었다고 거짓말한 거지?"

나는 효소 팩 하나를 꺼내 들었다. 겉면에 적힌 유통기한은 지난달까지였다.

"받기 싫음 그냥 냅두면 되지, 사람 정떨어지게 그렇게 꼬치꼬치 캐묻냐. 말 못되게 하는 건 여전해, 강호구."

"말 못되게 하는 건 너지."

"웃기시네."

정아는 흙탕물이 튄 옷과 신발을 잠시 살피는 듯하더니, 메고 온 가방에서 립스틱을 꺼냈다. 젖은 머리카락을 한 손으로 대충 쓸어 넘기고는, 거울도 없이 립스틱을 입술 위에 고르게 펴 발랐다. 금방이라도 얼어붙을 것처럼 파랗게 질려 있던 입술에 비현실적인 생기가 떠올랐다.

"넌 배신자야."

내가 건넨 수건으로 머리카락 끝을 꾹꾹 눌러 짜던 정아가 말했다. 어이가 없어 코웃음이 나왔다. 정아가 나를 향해 눈을 흘겼다.

"네가 배신자지, 내가 왜 배신자야?"

"생각해봐. 너 안 좋다는 남자가 날 좋아한 게 배신일지, 똑같이 부모 없어서 가족 하자고 약속해놓고 나 버리고 도망간 게 배신일지."

정아는 가방에서 립스틱을 다시 꺼내 입술 위에 덧바르면서도, 또박또박 말을 이어갔다. 가족. 정아는 무언가 필요할 때마다 그 단어를 아무렇지 않게 꺼내들곤 했다. 우린 가족이잖아. 그 한마디면 뭐든 가질 수 있다고 믿는 듯했다. 물론 그 믿음이 정아만의 착각이라고 말할 수는 없었다. 나 역시 '가족'이라는 말이 주는 끈끈한 힘을 그 누구보다 갈망한 사람이었으니까. 정아처럼 흐트러짐 없이 빛나는 사람이 내 가족이면 좋겠다고 생각했었으니까.

"아무튼 너를 용서했고, 그래서 찾아온 거니까 그 일 관련해서는 이제 그만 얘기해. 서로 좀 오해가 있었다면, 까짓것 이것저것 합쳐서 퉁쳐. 가족끼리 삭막하게 그만 따지고."

"누가 누굴 용서해? 그리고 뭘 퉁쳐. 우리가 언제부터 가족이었다고."

"엄마 생겼다고, 이제 나는 가족도 아니라는 거야? 호구네가 제일 못됐어."

"엄마, 없어."

"엄마가 하던 일 이어서 시작하게 됐다며."

"죽었으니 이어서 시작했지."

"하여튼 꼬여서는. 안 죽었어도 일은 받아서 할 수 있는 거지. 됐고. 호구, 나 너무 추워. 갈아입을 옷 좀 줘."

정아의 짐은 다 젖은 종이가방과 동네 카페에 갈 때나 들

법한 작은 핸드백이 전부였다. 이 먼 곳까지 오면서 갈아입을 옷 하나 챙겨오지 않다니 의아했다. 나는 정아를 데리고 2층에 올라가 김명희 씨의 옷장 문을 열었다. 대충 아무거나 꺼내 던져 주려다가도, 습관처럼 정아가 좋아하던 색깔과 패턴의 옷을 찾는 나 자신이 우습게 느껴졌다. 정아가 거실에 놓인 사진들을 들여다보다가 말을 이었다.

"네 엄마라는 사람, 너랑 다르게 미인형인데? 묘하게 닮은 거 같으면서도 기품이 달라. 호구, 너 혹시 너무 못생겨서 버려진 거 아냐?"

정아는 마치 그 얘기가 재밌는 농담이라도 되는 듯 웃다가, 갑자기 표정을 싹 굳히며 말을 이었다.

"샘나. 그것도 완전. 넌 네 엄마라는 사람이 자식한테 집도, 가게도 물려준 거잖아. 맨날 너한테만 이런 좋은 일이 생겨."

정아는 늘 이런 식이었다. 자기가 가진 수십 수백 가지의 것들보다, 내가 가진 단 한 가지에 질투를 느끼곤 했다.

"근데 이 할머니들은 다 뭐야?"

"구절초리 토박이 어르신들."

잠옷으로 입을 만한 옷을 꺼내, 정아에게 건넸다. 정아는 누가 듣기라도 하는 듯 목소리를 한껏 낮춰 말했다.

"여기 좀 이상한 것 같아. 종교 단체 뭐 그런 데야? 영화

291

에서 막 그러잖아. 인간을 막 개조해서, 무기로 쓰고."

"이상한 게 맞긴 한데, 그런 건 아냐. 여기 마을 토박이 여자들이 저런 몸을 타고났대. 나이가 들수록 더 근육이 붙고, 건강해지고."

"너희 엄마도 이렇게 되신 거야?"

"이렇게 되신 거냐니."

"괴물처럼."

"괴물 아냐. 그리고 김명희 씨는 이 마을 토박이는 아니니까."

"김명희?"

"엄마 이름."

"아무리 외진 마을이라도, 자리 잡고 있었으면 양심상 엄마라는 사람이 딸자식 불러와야 하는 게 정상 아냐? 아, 새 살림이라도 차리셨나? 너 몰랐던 동생들 있고 그런 거야?"

"모르면서 함부로 아무 얘기나 하지 마."

"엄마 편 들어?"

"엄마 있어본 적도 없어서 뭐가 엄마인지는 모르겠는데, 여기 있다 보니 그냥 김냉희 씨힌데도 무슨 사정이 있겠지 싶어지더라고."

"질투 나게 왜 그러실까, 강호구. 너 많이 변했어. 그나저나 여기 할머니들은 가만 보니 좀 징그럽기도 해. 사람도 막

해치고 그래?"

"이분들이 사람을 왜 해쳐."

나는 구절초리에 온 첫날, 허튼소리를 했다가 영춘 어르신에게 등짝을 얻어맞았단 얘기는 하지 않는 편이 좋겠다고 생각했다. 정아는 사진에 금세 흥미가 떨어졌는지, 젖은 옷을 아무렇게나 벗어 던져두고 내가 준 옷으로 갈아입었다. 옷이 마음에 드는 건지, 그 옷을 입은 자신의 모습이 마음에 드는 것인지 전신 거울 앞에서 한참이고 몸을 좌우로 흔들며 포즈를 취했다. 선명하게 칠한 입술의 양 끝을 과하지 않게 들어 올리며 미소를 지어보기도 했다.

"우절초리인지 구절초리인지, 토박이인지 괴물인지. 아무튼 이 마을도 완전히 나쁘진 않은 것 같네. 너희 엄마가 입던 옷만 입어봐도 알지. 느낌이 딱 와. 명품 못지않은 재질이야. 맘에 들어. 그나저나 나도 엄마가 어디에 있긴 있겠지? 있으면 나한테 비싼 거 딱 하나만 남겨놓고 죽어줬으면 좋겠다. 그래야 공평하지."

"언제까지 여기 있을 건데?"

"오자마자 무안하네. 많이 서운할 뻔했어."

"사고 쳤어? 여기 왜 온 거야?"

"사고는 무슨. 그리고 말은 바르게 하자. 네가 먼저 여기 오라 그랬거든. 죽은 줄 알았던 가족이 살아서 개업식 한다고 메시지를 보내면, 당연히 반갑고 좋은 거 아냐?"

"그렇게 반갑고 좋으면, 내가 죽는다 했을 때 왜 구하러, 아니 말리지 않았어?"

"네 선택인데, 존중해야지. 내가 뭐라고 네 선택을 말려."

"가족이라며."

"가족이니까. 가족은 뭐든 지지해줘야 하는 거니까."

정아는 세수도 하지 않고, 집 안에 단 하나뿐인 침대 한가운데에 벌렁 누워 그대로 곯아떨어졌다. 그 자리가 당연히 자기 것인 양, 한 치의 망설임도 없었다. 며칠을 못 잔 사람처럼, 코를 심하게 골면서 잤다. 붉게 덧바른 입술만 둥둥, 공중을 떠다니는 듯했다.

나는 '특허받은 활기튼튼 효소' 상자를 꺼내 정리하기 시작했다. 물기가 가득한 팩을 꺼내 마른 수건으로 닦아 바구니에 가지런히 담아두었다.

거실 소파에 담요를 가지고 와 덮고 누워, 휴대폰으로 정아의 SNS 계정에 들어가보았다. 공동구매 게시글에는 환불, 폭로, 의혹 등의 내용으로 댓글이 도배되어 있었다. 정아의 피해자들이 증거를 모은 폭로 계정도 생성되어 있었고, 그 계정에만 수백 명의 팔로어가 있었다.

나는 한숨을 깊게 쉬고, 침대 위에서 코를 골며 자는 정아를 노려보았다. 내일 아침 7시면 구보대 어르신들이 오게 될 텐데. 나는 정아가 잠들기 전에 미리 당부하지 못한 것이 떠올랐다.

"아, 몰라. 내일 생각해."

담요를 머리끝까지 뒤집어쓰고, 오지 않는 잠을 청했다.

3

어렴풋이 잠에서 깼다. 눈은 아직 감고 있었지만, 잔뜩 예민해진 귀가 아래층에서 들려오는 소리를 증폭시켰다. 평소와는 미묘하게 다른 결의 소리라는 직감. 눈을 뜨고 시계를 바라봤다. 아침 7시 15분이 다 되어가는 시간이었다. 구절초리 구보대 어르신들이 오고도 남았을 시각이었다. 벌떡 몸을 일으켜 침대 쪽을 보았다. 정아가 없었다. 다급히 1층으로 뛰어 내려갔다.

"하고야, 손님이 와 있는 줄은 몰랐네."

길자 어르신이 인자하게 웃으며 내게 말을 건넸다. 1층 테이블엔 구보대 어르신들이 앉아 있고, 그 사이에 정아가 자리를 차지하고 앉아 있었다. 언제 김명희 씨 옷장을 뒤졌는지, 외출복으로 갈아입고 심지어 목욕에 화장까지 마친 듯 멀끔했다.

"난 처음에 하고 쌍둥이라 그래서 깜짝 놀랐다. 암만 이란성이라고 해도, 닮은 구석이 전혀 없으니까."

"그만큼 각별한 사이라는 거죠. 호구…… 아니, 하고랑 저요. 열여섯 살부터 지금껏 서로 유일한 가족으로 의지하면서 살았는걸요."

"그래, 그게 가족이지. 피 섞였다고 다 가족일까. 어린 것 둘이서 대견하다."

길자 어르신이 정아의 등을 다정하게 토닥였다. 정아는 울 듯한 표정을 지으며, 두 팔을 활짝 벌려 길자 어르신을 와락 안았다. 구절초리 할머니들 사진을 보며 괴물이니, 종교 단체니 함부로 말하던 어제의 정아는 온데간데없었다. 정아를 오래 봐왔지만, 이렇게까지 순식간에 표정을 바꾸고, 필요한 역할에 자신을 온전히 몰입시키는 능력은 늘 놀라웠다.

"저 여기 오길 너무 잘한 것 같아요. 디지털 디톡스도 제대로 될 것 같고, 언니들 같은 할머니들도 너무 좋고. 저 진짜 여기 오기 전까진 딱 죽고 싶은 심정이었거든요? 얼마 전에는 세상에, 한강 다리 아시죠. 거기 난간을 붙잡고 두 시간 넘게 울다가 돌아왔다니까요. 제가 이렇게 밝아 보여도, 매일 살아남는 것만 해도 벅찼거든요. 내 유일한 가족인 하고가 여기 오라고 하지 않았으면, 저는 벌써 차가운 물에 풍덩! 역시 가족이 최고예요. 이렇게 힘들 때 의지할 수도 있고."

정아가 과장된 몸짓을 하며 나와 눈을 마주치고 싱긋 웃었다. 그런 뒤 길자 어르신 옆에 딱 달라붙어 나란히 손을 맞잡았다. 길자 어르신과 정아를 바라보며 당근 기르는 어르신이 말했다.

"그러고 있으니 딸 같아."

능만산 너머 대추 농사를 짓는 어르신이 무릎을 탁 치며 말했다.

"딱 됐네. 길자가 딸 없이 사위 먼저 봤으니, 이제 딸만 있으면 되겠다 싶었더니!"

내가 불편한 표정을 짓고 있다는 건 아무도 알아채지 못하는 듯했다. 정아는 가볍게 몸을 놀려 내가 어제 바구니에 가지런히 담아둔 활기튼튼 효소 팩을 가위로 하나씩 잘라 구보대 어르신들의 입에 물려주었다.

"어르신들 더 건강해지세요. 제가 이런 쪽으로 전문가거든요. 필요한 거 있으면 같이 공동구매 하면 완전 이득이죠."

"공동구매? 뭘 산다는 거냐?"

원주 어르신마저 정아의 말에 흥미가 생긴 듯 몸을 앞으로 기울였다.

"우릴 보고 더 건강해지라니, 그런 말 하는 사람은 네가 처음이네! 아핫핫핫! 하고가 아주 재밌는 친구를 데려왔어."
　영춘 어르신이 호탕하게 웃으며 맞장구쳤다. 정아는 기다렸다는 듯, 지금까지 공동구매로 팔아왔던 제품들의 부풀려진 효능과 홍보 멘트를 열정적으로 늘어놓기 시작했다. 어르신들은 흥미롭다는 표정을 지으며 하나둘씩 정아 쪽으로 몸을 돌렸다.

　피리 부는 사나이가 따로 없었다. 정아는 어디에서든 마을 사람들의 관심을 끌었고, 어디를 가든 사람들을 줄줄이 끌고 다니며 이야기꽃을 피웠다. 만나다방에도 혼자 돌아오는 법이 없었다. 어르신들 몇몇 혹은 길에서 혼자 놀던 다운이라도 데려와 앉혀놓고 수다를 떨어야 직성이 풀리는 듯했다. 그 때문에 정아는 구절초리에 온 지 며칠이 채 되지 않았는데도, 몇 달이나 먼저 이곳에 온 나보다 마을을 속속들이 더 잘 알게 되었다.
　배송해야 할 물건들이 늘어난 것도 정아가 온 뒤부터였다. 생필품부터 크고 작은 전자제품까지. 마을 사람들이 공동구매 한 택배들이 원주 어르신에게 온 택배 무덤 높이를 금방이라도 따라잡을 것처럼 쌓여갔다. 자꾸만 늘어가는 배달 일과 만나다방 일까지. 몸살이 날 지경이었다.
　"디지털 디톡스인가 뭔가 하면서 조용히 쉬다가 간다며.

언제 갈 건데?"

"언제 가기는. 너 돌아가면 나도 돌아가는 거지. 너 여기 있으면 나도 여기 있는 거고."

"뭐?"

"우린 가족이잖아. 그리고 여기 재미도 좀 볼 수 있을 것 같아."

"마을 사람 몇 된다고, 공동구매로 돈을……. 그냥 조용히 쉬다가 가."

"공구가 문제가 아니라니까, 봐봐."

정아가 휴대폰 화면을 보여줬다. 최근에 다시 만든 SNS 계정인 것 같은데, 팔로어가 벌써 2만 명을 넘어서고 있었다. 정아는 그저께 올린 짧은 영상 하나가 알고리즘을 타고 큰 반응을 얻었다면서 내게 영상 하나를 보여주었다. 오며 가며 익숙하게 지났던 언덕이긴 하지만, 그네가 있는 풍경은 어색했다. 정아에게 물으니, 아직도 '구절초리의 명소'를 못 봤느냐며 핀잔을 주었다.

정아는 마을의 새싹인 다운이의 다양한 교육적 경험을 위해 온 마을이 힘써야 한다는 명분을 내세워 영춘 어르신을 구워삶았다. 어르신은 깎아지른 절벽을 마주하고 있는 언덕 위, 180년 된 후박나무에 줄이 긴 나무 그네를 만들어주었다. 정작 다운이는 그네가 무섭다며 울음을 터뜨리곤 집으로 돌아가버렸는데, 정아는 2층 서재에 있던 연분홍색 커튼까지 뜯어다 가슴 아래로 늘어지는 드레스처럼 걸치고 신나게 그네를 탔다. 그렇게 찍은 영상이 입소문을 탄 것이었다. 인도네시아 발리섬의 '발리 스윙' 같다며, 사람들의 반응이 뜨거웠다. 어디서 찍은 영상이냐는 댓글이 압도적이었는데, 정아는 그 물음에 답하지 않고 그저 '좋아요' 버튼만 눌렀다. 오히려 그 때문에 정아의 SNS를 팔로우하는 사람들의 수가 더 빠르게 늘었다.

"야, 호구. 여기서 평생 살 작정이라도 했어?"

"나도 뭐, 돈 조금 모아서 돌아가야지 생각하긴 했는데."

"거봐. 그럼 이렇게 느긋하게 있을 때가 아니라니까. 네가 SNS 세계를 몰라서 그런데, 구절초리 여기가 완전 금광인 거야. 이따위 그네 영상에도 반응이 열렬한데. 그리고 장기적으로 생각해도 내가 하는 일들이 구절초리 사람들한테 좋은 일이 될 거야. 돈이 된다고, 돈이."

"그렇게 돈 벌어서 뭐 할 건데?"

정아가 어이없다는 표정을 지으며 답했다.

"가장 멋진 곳에서 화려하게 죽기로 약속했잖아. 천국 같은 그리스 해변에서, 칵테일 한 잔 마시고. 물론 돈 번다고 당장 죽으러 가진 않겠지만, 인생 뭐 있어? 어차피 한 번 살다가 가는 인생. 나 하고 싶은 거, 남 눈치 안 보고 다 해보고 갈 거야."

"내가 여기 있으면서 생각을 좀 해봤는데……."

"야, 강호구."

"응?"

"또 배신할 생각은 하지 마."

"무슨 배신을."

"가족은 무조건 지지해주는 거야. 내가 언제 너 하는 거에 반대한 적 있어? 서로에게 유일한 가족이기로 했잖아. 결국 나만 그걸 지키고 있었던 거야?"

"유일?"

"응. 유일."

"태수가 네 삶의 진짜 가족이라면서. 둘이서 나를 완전히 내팽개칠 땐 언제고."

"태수 이제 나한테 가족 아냐. 걔는 날 지지해주지 않았어. 사람을 조종하려들고……. 아무튼 지금은 나한테 너밖에 없어. 너도 알잖아. 그 꼴로 여기 왔을 때부터 눈치챘겠지만."

정아는 본인이 납작 엎드릴 타이밍을 잘 알았다. 버림받은 강아지처럼 애처로운 표정을 지어 보이고, 한 번 쥔 상대의 바짓가랑이는 놓치는 법이 없었다. 내게는 여전히 정아를 매몰차게 팽개칠 힘이 없었다. 그러나 휘둘리지 않을 자신감 정도는 생긴 듯했다.

"난 그렇게 못 해."

"호구……. 아니, 하고야. 나 진짜 이제 너밖에 없어."

"네가 징글징글하고, 밉고. 그러면서도 걱정되는 걸 보면 너 내 가족 맞아."

"거봐. 난 그렇게 믿었다고."

"그래서 난 네가 원하는 거 다 못 해줘. 자주 반대할 거고, 잘못하면 등짝도 세게 때려줄 거야. 정말 잘한 거에만 박수도 쳐주고, 응원도 해줄 거야."

"뭐야. 아무튼 너도 나 가족으로 생각한다는 거지? 나 버리지 않는 거지, 그치?"

서른세 살 정아가 열여섯이던 그때처럼 양손으로 내 소매를 꽉 붙들었다. 나는 그 손을 뿌리칠 수 없다는 걸, 그때도 지금도 잘 알았다.

*

점심시간. 길자네 바다 식탁에 간만에 영춘과 원주, 길자가 한 테이블에 앉아 팔팔 끓는 오징엇국을 앞에 두고 식사를 하고 있었다. 뚝배기를 통째로 들고 남은 한 방울까지 마신 영춘이, 정아 얘기를 꺼냈다.

"구절초리에 하고 데리고 온 뒤에, 애를 찾겠다는 사람이 아무도 없는 것 같아서 내심 신경이 쓰였는데, 가족처럼 지내던 정아도 오고. 이제 좀 한시름 놨어."

길자가 콩자반을 집으며 말을 이었다.

"그 장대비가 쏟아지는 날, 혼자 터널 지나서 걷고 또 걸어서 마을에 들어왔다잖아. 얼마나 하고를 찾고 싶었으면 그랬을까 싶어. 토박이들도 깜깜한 밤엔 길 찾기가 쉽지 않은데."

원주가 선글라스를 머리 위로 올리며 놀라 물었다.

"그 늦은 밤에, 하고가 바이크 타고 마중을 나간 게 아니고?"

영춘이 팔짱을 끼고선 대답했다.

"그렇다니까. 걔도 보통내기는 아닌 것 같아. 눈이 살아 있잖아. 뭘 해도 할 것 같다고 생각은 하고 있었는데, 들어보니 도시에서 인플루엔자인가, 그걸 했다잖어."

"인플루엔자는 독감이고, 인플루언서! 얘네들은 진짜, 트렌드 놓치고 마음이 늙으면 진짜 늙은 거라고 공부 좀 하라 했지. 내가 나이 들수록 너네랑 발을 섞기도 싫어."

"그렇지 않아도, 정아가 젊은 사람들이 자주 들어가는 사이트에 뭘 좀 올리고 싶다고 포즈 좀 취해보라기에 이것저것 보여줬지."

"뭘 찍었는데?"

"능만산에 나무 구하러 가는 거, 쪼개는 거, 쪼갠 거 나르는 거. 뭐 특별할 것도 없어. 맨날 내가 하는 일."

"영춘이 너는 생각이 있냐, 없냐. SNS 그게 요즘 텔레비전보다 사람들이 더 많이 보는 거라고. 전 세계 사람들이 다 봐. 그러다 사람들이 구경거리 났다고 우리 마을에 몰려오기라도 하면 어쩌려고 그래."

"정아가 얼굴은 딱 가려서 올린다고 했어. 젊은 사람들 하는 놀이라는데, 나도 장단 맞춰주고 싶기도 했고."

"벌써 다 잊었어? 우리 젊었을 적에 괴물이라고 손가락질하고, 욕하고, 돌 던진 사람들…… 다 장난이라고 그랬지. 그 SNS라는 데가 그런 장난들 못 쳐서 안달 난 사람들만 바글바글한 데야."

"그렇게 별로인 데를 원주 너는 뭘 그렇게 하루 종일 들여다보고 앉았어? 거기서 광고하는 것들 싹 다 사들여서 마을 입구에 쌓인 네 택배만 해도 어마어마하잖아."

"어휴, 말이 통해야 뭔 주의를 주든 말든 하지. 아무튼 조심하란 얘기지. 정아라는 애가 카메라 들이민다고, 신나게 맞장구만 쳐주지 말고!"

4

 여전히 '이름 없는 차'가 만나다방의 인기 메뉴이지만, 이름 붙인 차를 주문하는 손님도 점점 늘어나고 있었다. 이른 아침, 영춘 어르신에게서 음료 배달을 부탁하는 전화가 걸려왔다. 배달지는 옥분 어르신의 집이었다. 나는 '장옥분 차'와 '왕영춘 차', 펫밀크인 '두옥 차'를 한 잔씩 만들어 텀블러에 담고 바이크에 올라탔다. 해변을 따라 난 도로를 달려 언덕을 올라가자, 옥분 어르신의 집이 보였다.
 담벼락 아래, 영춘 어르신이 나무로 만든 커다란 내문을 설치하고 있었다. 지난번 어르신들이 구멍을 냈던, 그 자리에 딱 맞춤형으로 제작한 듯한 대문이었다. 그 크기가 어찌나 큰지, 평범한 사람이라면 서너 명이 함께 힘을 합쳐 밀어야 겨우 열릴 것만 같았다. 나무판에 새겨진 문살무늬와 철물 장식이 햇빛을 받아 번들거렸다.

"마침 딱 목이 마르던 참이었는데, 잘 맞춰 왔네."

흙먼지를 뒤집어쓴 채 드릴과 망치를 번갈아 들고 설치 작업을 이어가던 영춘 어르신이 나를 발견하고는 반가운 표정을 지어 보였다. 나는 바이크 짐칸에서 텀블러 두 개를 꺼내 들고 어르신 쪽으로 걸어갔다. 벽에 뚫린 커다란 구멍 너머로 옥분 어르신의 작은 정원이 훤히 들여다보였다.

넓은 챙이 달린 모자를 쓴 옥분 어르신은 마당 한편 그네에 앉아 있었고, 품에는 옥자를 안고 있었다. 두 사람은 천천히 흔들리는 그네에 몸을 맡긴 채, 마치 세상과 떨어진 한 장면처럼 고요하고 평화로운 모습을 하고 있었다.

"옥분 언니가 말은 안 해도 대문을 내심 기대하는 것 같아. 내가 대문 설치하기 시작한 지 두 시간이 지났는데, 옥분 언니도 두 시간째 그네를 타고 있으니 말이야."

김이 모락모락 피어오르는 '왕영춘 차'를 호로록 한 모금 들이켠 영춘 어르신이 곧바로 연장을 다시 집어 들었다. 나는 그 옆으로 조금 더 다가가 대문을 찬찬히 살펴보았다.

"이 작은 구멍은 뭐예요?"

내가 손으로 문 한쪽 아래를 가리키며 묻자, 어르신이 허리를 펴며 말했다.

"요 작은 것들도 오가기 좋게, 문을 짤 때부터 구멍을 내 봤지. 그럼 두콩이나 옥자가 담벼락 밑을 힘들게 파헤쳐서 개구멍을 만들지 않아도 되지 싶어서 말이다. 이 구멍에는, 이 문이랑 똑같이 생긴 작은 문도 달아줄 거다. 개들이 드나들 수 있게 여닫을 수 있는 식으로."

말을 마친 영춘 어르신은 발치에 놓여 있던 작은 나무 문 짝을 들어 올렸다. 두 뼘 반쯤 되는 크기였지만, 문살무늬며 손잡이까지 정교하게 만들어져 있었다. 큰 대문을 그대로 축소해놓은 듯했다.

서늘해진 바람이 불어와 머리를 헝클었다. 바람은 멈추지 않고 담장에 뚫린 구멍으로도 망설임 없이 들어갔다. 누르스름한 빛으로 겨울을 준비하는 잔디들이 가로로 부드럽게 휘었다가, 다시 아무 일 없었다는 듯 허리를 세웠다. 옥분 어르신의 넓은 챙도 바람을 타고 흔들렸다. 옥자의 길고 보드라운 털도 하늘하늘, 봄날의 민들레 홀씨처럼 흩날렸.

"열려 있으니 얼마나 좋아. 바람도 들고, 오며 가며 얼굴도 마주치고. 옥분 언니 기억이 점점 흐려진다고 해도, 이렇게 자주 얼굴을 보다 보면 기억보다 진한 감성이 먼저 떠오르게 되는 날도 있겠지. 그렇게 되면 언젠간 언니도 예전처럼 모자 훌렁 벗고 마을 사람들이랑 어울리면서 지낼 수 있지 않을까."

"그럼, 구절초리는요?"

"구절초리?"

"이대로의 구절초리도 좋긴 한데, 바깥과 연결된 구절초리를 상상해봤어요. 바람도 들고, 얼굴도 마주치면 결국 좋은 감정이 앞선다고 했으니까."

커다란 경첩을 고정하는 데 몰두하던 영춘 어르신이, 한참 만에 입을 열었다.

"그러게나 말이다. 몸싸움하라면 백 번을 해도 이길 자신이 있는데, 사람들 눈빛이나 수군거림은 견딜 수가 있어야 말이지. 상상만으로도 한겨울에도 식은땀이 날 지경이다. 도시에 나갈 땐, 비도 안 오는데 판초 우의부터 뒤집어쓰고. 덥다, 답답하다 투덜대면서도 정작 벗을 생각은 못 했지. 앞으로 얼마나 살진 모르지만, 그냥 조용히 살다 가면 그럭저럭 괜찮은 삶이지 않겠냐고 믿었던 거야."

말을 마친 영춘 어르신은 대문 작업을 이어나갔다. 망치 소리가 일정한 리듬으로 들려왔다. 나는 영춘 어르신 옆에 쪼그리고 앉아 작업을 지켜보았다.

그때였다. 구절초리에선 좀처럼 들어본 적 없는 굉음이 귀를 찔렀다. 고성능 스포츠카가 전력 질주를 하는 듯한, 금속성 배기음이었다.

부우우우웅— 팝! 팝! 부아아앙!

"안전 제일주의 원주가 어쩐 일로 과속을 다 하는 거지?"

영춘 어르신이 들고 있던 고무망치를 허리에 찬 작업용 벨트에 꽂아 넣으며 말했다. 한가로이 그네를 타던 옥분 어르신도, 옥자를 내려놓고 마당 한가운데서 불안한 듯 서성였다. 하늘은 맑은데, 불길한 기운이 온 마을을 뒤덮는 것만 같았다. 서둘러 바이크 시동을 걸고 헬멧을 썼다.

"어르신, 제가 무슨 일이 있는지 가볼게요."

"그래. 후박나무 있는 언덕 쪽인 것 같은데, 원주한테 연락 좀 넣어보고 나도 곧 따라가마."

180년 된 후박나무가 서 있는 언덕은 옥분 어르신의 집에서 멀지 않았다. 언덕을 오르자, 넓은 초원 한가운데 후박나무 한 그루가 마치 그림처럼 바다를 향해 가지를 활짝 펼치고 서 있었다. 해풍을 견디며 두 세기 가까운 세월을 살아낸 후박나무의 굵은 가지는 구절초리 어르신들의 단단하고 굵은 팔뚝처럼도 보였다. 그 가지에, 영춘 어르신이 지난번 달아주었다던 그네가 바람을 타고 느릿하게 흔들리고 있었다.

그곳에서 정아는 원주 어르신과 마주 선 채 서 있었다. 지난번 2층 서재에서 뜯어간 분홍색 커튼을 또다시 드레스처럼 몸에 둘러 입고 있었다. 머리부터 발끝까지 바늘 한 땀 흐트러짐 없이 갖춰 입은 원주 어르신과는 확연히 대비되는, 어딘가 엉성한 모습이었다.

나라면 눈을 내리깔거나, 무엇을 잘못했는지도 모른 채 일단 '죄송합니다'라는 말부터 꺼냈을 텐데, 정아는 그러지 않은 모양이었다. 오히려 원주 어르신의 두 눈을 똑바로 마주 보며, 팔짱을 낀 채 허리를 꼿꼿하게 세우고 서 있었다.

정아가 원주 어르신이 얼마나 무서운지 몰라서 그러는 게 분명했다. 사실 정아가 무서워하는 사람이 있었던가. 돌아보면 없었다. 학창 시절, 정아의 고집으로 벌인 일들을 수습하고 대신 사과를 하러 다닌 쪽은 나였으니까. 조바심이 났다. 기울어진 언덕에서 나는 바이크 브레이크를 급하게 잡고, 거의 내동댕이치듯 세워두었다. 그 순간, 원주 어르신이 갈래머리에 꽂고 있던 초대형 바늘 하나를 천천히 꺼내 드는 것을 보았다.

"안 돼!"

원주 어르신이 던진 바늘이 화살처럼 날아가 정아의 어깨를 아슬하게 스쳐 지나갔다. 그러고는 180년 된 후박나무의 옹이에 '딱' 소리를 내며 깊숙이 박혔다. 나는 마치 그 옹이가 내 이마라도 되는 듯, 순간 머리가 저릿해지고 얼얼해지는 것만 같았다. 그런데도 정아는 한 치도 물러서지 않았다. 가슴을 쭉 내밀고, 눈을 부릅뜬 채 소리쳤다.

"제가 뭘 잘못했는데요!"

무슨 일인지는 몰랐지만, 나는 정아가 분명 뭔가 잘못했을 거라는 이상한 확신을 가지고 있었다. '넌 분명 잘못했을 거야. 그러니까 일단 사과부터 하자.' 속으로 간절히 빌었다. 내 마음이 정아에게 닿을 리 없다는 걸 알면서도, 빌고 또 빌었다.

나는 걸음을 재촉하다가 언덕에서 데굴데굴 굴렀다. 속절없이 구르는 내 귀에 원주 어르신의 말이 날카롭게 꽂혔다.

"까도 내가 까."

"갑자기 뭘 까요. 저 바쁘거든요?"

"영춘이는 마을에서 제일 못생기고, 힘만 센 멍청이에다 정의로운 척하는 게 꼴 보기 싫은 인간이거든? 근데, 세상 사람들이 아무것도 모르고 영춘이를 손가락질하고 비웃는 건 절대 못 참아. 무시해도 내가 무시할 거고, 타박을 줘도 내가 타박할 거라고."

세상 사람들이라니, 이게 무슨 말인가. 나는 야트막한 언덕에 그대로 엎어진 채 주머니에서 휴대폰을 꺼내 들었다. SNS에 접속해 정아의 계정을 찾아 들어갔다. 요 며칠 사이, 정아의 팔로어 수가 어마어마하게 늘어나 있었다. 가장 최근에 올린 영상들의 조회수는 그야말로 폭발적이었다. 공동구매로 돈을 벌던 예전 계정의 콘텐츠들 조회수를 전부 합쳐도 이 영상들 하나에도 미치지 못할 정도였다. 화제의 영상은 총 세 개. 주인공은 모두 영춘 어르신이었다. 얼굴은 조악한 모자이크로 가려졌지만, 팔뚝에 새겨진 장미 문신이 모든 걸 말해주고 있었다.

영춘 어르신에겐 평범한 일상을 담은 영상이지만, 사람들에겐 신기한 구경거리가 되기에 충분했다. 굵은 통나무를 번쩍 들고 언덕길을 오르는 영상, 높은 곳에서 가볍게 뛰어내리며 튼튼한 무릎을 자랑하는 영상, 부풀어 오른 팔근육으로 가벼운 율동을 하듯 도끼질하는 영상까지.

원본 영상 자체는 문제없을 수도 있었다. 진짜 문제는 그 다음이었다. 정아가 올린 영상이 화제를 모으자, 이를 재료 삼은 클립들이 쏟아지기 시작했다. 누군가는 자극적인 자막을 덧입혔고, 누군가는 짧게 잘라 우스꽝스러운 음악과 효과음을 붙였다. 재생산된 클립이 다시 다른 영상의 재료가 되었고, 그렇게 조롱과 과장의 고리는 순식간에 퍼져나갔다. 실제보다 과장되고, 거짓된 짧은 영상들은 훨씬 더 빠르게 조회수를 끌어 올렸다. 알고리즘은 주저 없이 그쪽을 선택했다.

─70대 괴력녀, 국정원이 감추려던 생체 병기 드디어 포착되다.

나는 화제의 영상 중 하나를 눌러 재생했다.

"음모론으로 알려진 생체 병기, 시골에서 포착된 거 알고 있음? 오늘도 빠르게 알아보자. 통나무 메고 언덕 산책 나가고, 도끼질 한 번에 통나무가 이쑤시개처럼 쪼개짐. 이 괴력녀 팔뚝에 있는 문신이, 바로 국가 비밀 병기 표시라는 썰 있음. 검은 판초 우의 입고 식당에 자주 출몰. 국정원에 신체검사 받으러 갔다가 밥 먹는 거라는 썰도 있음! 후덜덜한 변종 인간, 국정원은 언제까지 감출 수 있을 거라 생각하는지?"

대부분은 터무니없는 가짜 뉴스이거나 자극적인 편집물이었지만, 일부는 실제 목격담과 뒤섞이기도 했다. 도시 외곽 터널에서 영춘 어르신에게 택배를 건넨 적 있다는 기사들의 이야기가 보태지며, 영상은 어느새 진실과 허구가 뒤엉킨 괴담으로 변해 있었다.

"원래 요즘 다 이렇게 하는 거란 말이에요!"

"원래? 요즘? 네가 혼이 나야 정신을 차리겠구나."

"이걸로 수익화하는 것 때문에 그러는 거죠? 어차피 수익 그거 얼마 되지도 않는다고요. 여기 할머니들 돈도 많으면서 왜 그래 진짜! 다 드리면 되잖아요. 투명하게 공개한다고요! 됐죠?"

정아는 빨갛게 칠한 입술을 놀리며 원주 어르신을 자극했다. 원주 어르신의 얼굴이 하얗게 질렸다. 어르신의 살기와 정아의 뻔뻔함이 팽팽하게 맞서고 있었다.

원주 어르신이 땋은 머리카락 사이에 손을 깊숙이 집어넣고, 아주 깊은 곳에 있는 바늘을 찾는 듯 한참을 더듬거리는 것을 보았다. 그 앞엔 빨간 입술만 공중에 둥둥 떠 있는 것 같은, 눈치 없는 정아가 서 있고. 정아의 등 뒤, 열 걸음 정도 떨어진 곳엔 아찔한 낭떠러지가 펼쳐져 있었다. 원주 어르신이 바늘을 꺼내는 순간 정아에게 큰일이 생길 거란 건 자명한 사실처럼 여겨졌다. 단거리 달리기 선수처럼 재빠르게 자세를 잡고, 발로 땅을 박차며 힘껏 달리기 시작했다. 단 한 가지 생각 외에 그 어떤 망설임도 들어설 자리가 없었다.

"원주 어르신, 잠시만요! 저도 까도 제가 까겠습니다. 꿰매더라도 제가 꿰맬게요."

어떤 논리나, 한 가지 감정으로 설명되지 않는 복잡한 마음으로 내뱉은 말이었다. 조금만 생각해보면 내 행동은 쉽게 납득하기 어려웠다. 어차피 바늘로 처참히 꿰매어질 입이라면, 바느질의 달인인 원주 어르신이 시간적으로나 미용적으로나 나은 것 아닌가. 하지만 그 모든 걸 무시한 채, 그 어떤 판단도 미뤄둔 채 사력을 다해 뛰어가는 나는 대체 무엇으로 설명될 수 있을 것인가.

원주 어르신이 뽑아 든 바늘의 뾰족한 끝이 아주 느린 속도로 정아를 향하는 것을 보았다. 마치 내게 숨겨진 초능력이라도 발휘된 것처럼, 나는 그 모든 순간을 느리게 봤고 최선을 다해 뛰었다. 그렇게 나와 가까운 쪽에 서 있던 원주 어르신 옆을 지나갔고, 이제 남은 일은 원주 어르신과 정아 사이에 서서 정아의 몹쓸 빨간 입술을 내 손으로 먼저 틀어막는 것이었다. 딱 반걸음만 더 가까웠더라면 성공이었다.

"어? 어어?"

다리가 가벼워졌다. 바람에 떠오른 하찮은 비닐봉지처럼 몸이 가볍게 떠올랐다. 정아와 원주 어르신의 정수리가 보였다. 저 멀리서 영춘 어르신과 석재가 나를 부르는 소리도 들은 것 같았다. 컹컹. 두콩의 짖는 소리도 들었다. 유체 이탈이라도 한 것인가. 어리둥절한 상태에서 내 몸은 큰 포물선을 그리며 빠른 속도로 아래로 내려갔다. 바닥에 처박힐 듯해 눈을 질끈 감았는데, 몸이 조금 더 가벼워진 상태라는 걸 깨닫고 눈을 떴다. 발밑엔 파도를 철썩이는 바다만 있었다. 육지가 있는 언덕은 저만치 멀어져 있었고, 나를 바다로 던져버린, 이젠 아무도 타고 있지 않은 그네가 크게 흔들리고 있었다.

나는 바다 위를 아주 잠깐 비행한 뒤, 속절없이 아래로 떨어졌다.

5

얼마나 잠들어 있었던 것일까. 무겁게 눈을 떴다. 가장 먼저 보인 것은 정아의 뒤통수였다. 그녀는 나를 등진 채, TV 화면에 온 정신을 쏟고 있었다. 화면 속엔 SNS에서 인기를 끌던 인플루언서가 인기 예능 프로그램에 출연해 자신의 특기인 '먹방'이 어떻게 가능한지를 설명하고 있었다.

"집안이 대대로 대식가예요. 우리 가족 한 달 식비만 7백만 원이 넘습니다. 위가 보통 사람들보다 몇 배는 더 늘어나는 체질이어서, 음식물을 훨씬 더 많이 넣을 수 있는 거죠."

인플루언서가 인화해온 엑스레이 사진을 꺼내 보여주었다. 음식물로 가득 찬 위가, 몸통 전체를 가득 채울 만큼 늘어나 있었다. 잠깐의 정적 후, 방청객과 패널들이 '위대'하다며 박수를 쳤다. 나는 정아의 표정을 보지 않아도 알 것만 같았다. 어린 시절부터 TV에 나오는 사람들을 제일 부러워했던 정아였다. 많은 사람의 관심을 한 몸에 받는 그런 사람이 꼭 되고 싶다고 말했었다.

그렇게 정아의 뒤통수를 멍하니 보고 있다가, 나는 덜컥 겁이 났다. 정아가 뒤를 돌아보았을 때, 무시무시한 장면을 보게 되는 것은 아닐지 걱정이 되기 시작했다. 내가 이렇게 누워 있는 사이에 원주 어르신이 정아를 그냥 내버려뒀을 리 없었다. 끔찍한 상상이 이어졌다. 맥도 못 추고 잡힌 정아가, 마취도 없이 원주 어르신에게 '터져 있다고 다 입이냐'라며 박음질당하는 모습을. 나는 고개를 세차게 저었다.

"일어났네."

뒤돌아선 정아가 다행히도 멀쩡한 입으로 말했다. 바느질 자국 하나 없었고, 붉게 칠한 입술도 그대로였다. 나는 정아가 무사하다는 사실에 순간 마음이 놓였다. 그러다 문득, 왜 이토록 미운 사람을 애틋하게 여기고 있는지, 그 감정을 품고 있다는 사실만으로도 손해를 본 것 같아 억울해졌다. 정아가 내 쪽으로 몸을 가까이 당겨 앉고는 누가 듣기라도 하는 듯 소곤거렸다.

"죽을 뻔했어."

"진짜 죽을 뻔하긴 했나 봐. 온몸이 부서질 것처럼 아픈

걸 보니. 바다로 떨어진 것까지는 기억이 나는데, 뭐가 어떻게 된 건지."

"아니, 너 말고 내가 죽을 뻔했다고. 만약에 너 바다에 빠져서 죽었으면, 난 진짜……. 여기 끔찍해. 무서워. 얼른 나가자."

"정아야."

"응?"

"내가 몸도 회복하고, 기운 차리면."

"응."

"원주 어르신한테 재봉틀 빌려서 네 입을 박아버릴지도 몰라."

"너까지 왜 그래 진짜. 그 말, 이미 수십 번도 더 들었어. 여기 할머니들 진짜 미쳤어. 바늘 할머니는 내가 입만 달싹여도 꿰매버린다고 으박지르고. 식당 할머니는 내가 그렇게 좋다 그래 놓고, 자꾸 회칼을 내 앞에서 갈지를 않나. 그래서 내가 오죽 답답했으면, 너 죽으면 나도 알아서 죽어버리겠다고 말했더니 장미 문신 할머니가 자기 집으로 끌고 가선……."

"훌라를 추게 했고?"

"어떻게 알아? 너도 췄어? 나 오늘도 그 관짝 주변을 다섯 시간이나 돌다 왔어."

뒤늦게 언덕에 도착한 석재가 목격한 바에 따르면, 바다에 빠진 나를 위해 가장 먼저 몸을 던진 건 두콩이었다. 털갈이가 한창이던 두콩이 한 치의 망설임도 없이 바다를 향해 뛰어들 때, 공중에 흩날리던 털이 마치 금가루처럼 반짝였다고 했다.

몸무게가 10킬로그램도 채 되지 않는 두콩이 나를 건져 올릴 수는 없었다. 두콩은 물속에 연거푸 잠수하며 가라앉은 나를 확인했다. 그리고 내가 있는 지점 바로 위에서, 김 양식장에 떠 있는 주황색 플라스틱 부표처럼 둥글게 떠오른 채, 끝없이 울부짖었다. 영춘 어르신은 그 유난스럽게 울어대는 부표 덕분에, 더 늦지 않게 나를 건져 올릴 수 있었다고 했다.

내가 이틀 동안 정신을 잃고 누워 있는 사이, 구절초리를 찾아오는 사람들도 있었다고 한다. 화제의 영상 속 장소를 실제로 보겠다며 찾아온 이들은, 하나같이 카메라를 들고 터널 입구에 도착했다. 높은 산 아래, 으스스한 기운이 감도는 동굴 같은 터널 앞에서 대부분은 겁을 먹고 발길을 돌렸지만, 조회수에 눈이 먼 몇몇은 주저 없이 그 안으로 들어갔다. 물론 마을 깊숙한 곳까지 제대로 들어와보지도 못한 채, 구절초리 아우토반에서 잠복 중이던 원주 어르신에게 발각돼 돌아가야 했지만. 끝내 이들이 얻은 건, 국내 몇 대 없는 고급 스포츠카가 자신들을 쫓아오는 장면이 담긴 짧은 영상 한 편뿐이었다.

며칠 뒤, 구절초리 긴급회의가 소집되어, 만나다방에 마을 사람들이 하나둘 모여들기 시작했다. 나는 이름 없는 차를 내려, 사람들 앞에 하나씩 놓아주었다. 1층이 사람들로 발 디딜 틈 없이 가득 찰 때쯤 영춘 어르신이 회의 절차를 설명 해주었다. 안건과 관련된 자유토론 후, 마을 주민의 표결이 이어진다고 했다. 이번 회의 안건은 단 두 가지였다.
—기존 터널 폐쇄 및 택배 수령지로 사용하던 임시 주택 이전 건.
—한정아 마을 퇴출 건.
첫 번째 안건은 비교적 수월하게 합의가 이뤄졌다. 회의 다음 날부터 터널 폐쇄 작업을 시작하기로 하고, 체육대회 때 사용하던 모래 수레로 흙과 돌을 날라 막는 것으로 의견 이 좁혀졌다. 간만에 모자를 벗고 회의에 참석한 옥분 어르 신은 자신이 담벼락을 쌓을 때 써온 비결을 나누겠다고 했 다. 물론 이 회의의 내용이 옥분 어르신의 기억에 다음 날까 지 남아 있다면, 이라는 전제가 붙긴 했다.
문제는 두 번째 안건이었다. 마을 전체의 안전을 위협한 정아를 이대로 머물게 할 순 없다는 입장과 그동안 누구도 이 마을에서 강제로 내쫓긴 적은 없었다는 반론이 팽팽히 맞섰다.

"그럼 정아가 자발적으로 나가면 되겠네. 안 그래?"

원주 어르신이 정아 쪽을 노려보며 말했다. 마을 사람들의 시선이 일제히 정아에게로 향했다.

정아는 곧바로 대답하지 않았다. 대신 가방에서 립스틱을 꺼내 입술 위에 천천히, 아주 정성스럽게 펴 발랐다. 다 바른 뒤 손거울 보는 것도 잊지 않았다.

"전 무조건 하고랑 함께예요. 떠나거나, 남거나."

그 말이 떨어지자, 시선들이 일제히 내게로 옮겨왔다. 가방에 립스틱을 집어넣은 정아도 나를 바라봤다. 그러곤 그 빨간 입술을 아주 조금 달싹이며 물었다.

"어떻게 할 거야? 난 너만 있으면 돼."

정아와 달리 내 입술은 좀처럼 떨어질 생각을 하지 않았다. 살고 죽는 문제를 앞에 두고도 이렇게까지 망설이진 않은 것 같았다. 나는 1층에 모인 마을 사람들의 얼굴을 천천히 훑어보았다. 오랜 세월이 겹겹이 쌓인 얼굴들에서, 내가 찾아낼 수 있는 답은 없는 듯했다.

딸랑.

문 여는 소리가 들렸다. 무심결에 시선이 입구 쪽으로 향했다. 문 옆에 놓인, 수호신 조각상이 눈에 들어왔다. 과거,

현재, 미래를 모두 보는 눈 세 개 달린 수호신. 영춘 어르신은 말했다. 이 수호신은 모든 것이 원래의 자리를 찾아갈 수 있도록 안내해주는 존재라고. 나는 수호신 조각상을 바라보았다. 세 번째 눈과 내 두 눈이 마주쳤다. 미래를 내다본다는 그 눈은 다른 두 눈에 비해 비뚤고 찌그러져 있었다. 나는 고개를 기울이며 그 눈을 가만히 바라보다가, 숨을 크게 들이마셨다. 천천히 입을 열었다.

지난날의 내가
오늘의 나를 강하게 만든다

1

구절초리의 꿈에서 깨어나, 도시의 내가 된 걸까.
구절초리의 내가, 도시의 꿈을 꾸기 시작한 걸까.

월세가 5만 원 더 싼 창문 없는 방에선 낮과 밤을 구분하기 어려웠다. 더듬거리며 벽면의 스위치를 눌러 불을 켰다. 방 넓이에 비해 과분하게 크고 밝은 형광등 불빛이, 창문 없는 방을 꽉 채웠다.
'벌써 두 번째 월세 내는 날이네.'
나는 누렇게 색이 바랜 한 칸짜리 소형 냉장고에서 물을 꺼내며 생각했다. 물은 미적지근했다. 냉장고는 며칠 전부터 꼴깍꼴깍 숨넘어갈 듯 불안한 소리를 내더니 아예 고장이 난 모양이었다. 어차피 든 것도 없으니 아예 스위치를 뽑아버렸다. 방 안은 무섭도록 조용해졌다. 얇은 벽 너머로 옆방 사람이 뒤척이며 이불 스치는 소리를 냈다.

목욕 바구니를 집어 들고 방문을 열었다. 문 너비보다 조금 더 넓은 좁은 복도를 따라 걸었다. 잠에서 덜 깬 몸으로 조금만 비틀거려도, 좌우 벽이 통째로 달려와 내 몸에 부딪힐 것만 같았다. 외줄을 타는 심정으로 서른두 걸음을 걸으면 공용 샤워실에 도착한다. 밑단에 새까만 곰팡이가 낀 샤워 커튼을 젖히고, 미끈거리는 타일 위를 맨발로 걸었다. 잠이 확 달아났다.

샤워기의 물을 틀었다. 수압이 약해 젖은 빨래 짜듯 물줄기가 비실비실 떨어졌다. 게다가 온수를 틀어둔 지가 한참인데도, 찬물만 새어 나왔다. 급한 대로 찬물이 나오는 샤워기를 몸에 가져다 댔다. 거울 속, 벌거벗은 내 몸에선 아지랑이 같은 김이 피어오르고 있었다. 그 모습을 마주하고 있으니 욱하고 짜증이 솟구쳤다. 냅다 소리를 질렀다.

"난 왕호구다! 강하고 아니고 왕호구!"

호구. 정아와 태수가 내 이름 대신 부르던 그 별명. 나는 제자리로 돌아왔고, 그제야 부정할 수 없게 됐다. 그래, 나는 호구였다. 그것도 왕호구.

"조용히 좀 합시다!"

복도 너머 방에서 누군가 또렷한 목소리로 소리쳤다. 마치 누구 하나 떠들기만을 기다리기라도 했던 것처럼, 기회다 싶어 터져 나오는 분노. 때때로 '숨 좀 적당히 쉽시다'라는 메모가 방문마다 붙는 그런 삭막한 분노는 이곳에선 너무나 익숙한 일이었다.

터널을 폐쇄하는 날, 정아와 나는 터널을 지나는 마지막 사람들이 되었다. 터널에 들어가기 직전, 복자 어르신이 내게 사브레 열 상자를 안겨주었다. 꼭 혼자만 먹으라고 신신당부하며 정아에게 눈을 흘겨보았는데, 결국 열 상자 중 다섯 상자는 정아가 도시로 돌아가는 버스에서 홀랑 다 먹어버렸다. 빈속이라 멀미가 나서 어쩔 수 없었다는 어이없는 핑계를 대면서.

버스가 터미널 근처에서 서서히 속도를 늦추자, 정아는 입에 묻은 과자 가루를 털어내고는 립스틱을 짙게 발랐다. 그러더니 누가 오기라도 할 것처럼 분주히 창밖을 살피기 시작했다. 입가에 희미한 미소가 떠올라 있었다. 나는 그때만 해도 정아가 도시에 도착한 것이 행복해 그렇다고 생각했었다. 터미널 로비에서 태수를 마주치기 전까지는.

"호구, 너는 어디로 가?"

"우리 따로 가?"

"응. 나는 내 집에, 너는 네 집에 가야지."

정아는 태수에게 찰싹 달라붙더니, 내 쪽은 쳐다보지도 않은 채 말했다.

"잠깐 얘기 좀 하자. 이럴 거면 왜 나까지 끌고 나온 거야?"

내가 목소리를 높이며 정아의 팔을 붙잡으려 하자, 태수가 앞을 막아서며 정아의 대변인이라도 되는 듯 말했다.

"거기 너네 엄마가 살던 곳이라며."

"그런데?"

"네 할머니가 그랬다며. 네 엄마, 이상한 종교 단체에 빠져서 너 버리고 간 거라고. 너 거기 있다가 나온 거잖아. 정아가 너 절대 두고 나올 수 없어서 데리고 나온 거고. 내가 얼마나 놀란 줄 알아? 정아까지 영영 잃어버리는 줄 알고……."

태수가 울먹였다. 정아는 나와 눈도 마주치지 않고, 까치발을 하고서 태수의 머리를 쓰다듬어 주었다. 아주 익숙한 장면이었다. 우린 가족 같은 사이인데, 어떻게 너희 둘이 그럴 수 있냐고 쏘아붙였을 때, 이들은 더 단단하게 서로의 팔을 붙들었다.

"태수가 이번에 나를 잃고 나서야 소중함을 더 느꼈대. 나도 무시무시한 시골에 갇혀 있다 보니까, 누가 진짜 소중한 사람인지를 깨달은 거고. 태수랑 나, 진짜 가족이 되어보려고. 너라면 우리를 제일 이해해주고 응원해줄 거라 믿어."

세게 한 대 때려주고 싶은 충동이 일었다. 하지만 내 몸은 언제나 마음만큼 빠르지 않았다. 터미널 로비는 점점 붐볐다. 막 도착한 버스에서 쏟아지는 사람들과, 떠나려는 사람들로 뒤엉켰다. 나는 혼자 시간이 멈춘 것처럼 서 있었고, 그사이 정아와 태수는 인파들 사이로 스르르 사라졌다.

"지금 거신 전화는 없는 번호이므로 확인 후…….."

구절초리 사람들의 전화번호 중, 연결되는 것은 단 하나도 없었다. 사브레 다섯 박스, 구절초리에서 조금 모은 돈을 손에 쥔 채, 나는 다시 완전히 혼자가 되었다.

계단을 따라 고시원 1층으로 내려왔다. 아직 문을 열기 전인데도 으슬으슬 추웠다. 출입문 옆 게시판을 보았다. 각종 공지문들이 유리문 사이로 새어 들어온 바람에 조금씩 흔들리고 있었다.

—실내 흡연 시 즉각 퇴실 조치하겠음.

—공용 화장실 휴지를 개인 공간에 가져가지 마시오.

—달걀 한 판을 통째로 삶아서 다이어트 음식으로 섭취하는 이기적 행태를 보이지 마시오.

—애완동물을 방에 들이지 마시오. 즉각 퇴실 조치. (개X,

고양이X, 햄스터X, 금붕어X)

"애완동물."

네 글자를 읽는데 목이 잠겼다. '애완' 동물은 아니었지만, 가족이자 식구였던 두콩의 온기가 떠올랐다. 냄새나는 몸을 침대로 과감히 던지던 두콩. 차가운 발에 인간보다 높은 체온을 아낌없이 나눠주던 그 두콩. 바다의 부표가 되어준 두콩. 그런 두콩을 닮은 두콩 2세의 짧은 다리는 조금이라도 더 길어졌을까. 두콩을 닮아 자꾸 몸통만 길어지면 안 될 텐데. 두콩 2세가 핫도그처럼 길쭉해진 채 성견이 된 모습을 상상하자 웃음이 터졌다. 벌린 입 사이로 하얗게 입김이 새어 나왔다.

<u>크르르르, 드드득, 털털털털.</u>

기온이 부쩍 더 떨어진 탓인지, 평소보다 더 골골댄 뒤 바이크 시동이 걸렸다.

"가자, 할리! 오늘은 길이 얼어서, 할증 붙었으니까 달려보자."

헐값에 중고 시장에서 사온 바이크에 할리라는 이름을 붙여주었다. 그래도 전 주인이 잘 길들여놓은 덕인지, 배달 일을 하기에 그리 나쁘지만은 않았다. 나는 핸들을 당기며 앞으로 나아갔다.

불을 밝힌 대형 크리스마스트리가 있는 광장 앞을 지났다.

나는 잠시 바이크를 세우고, 크리스마스트리가 잘 보이는 나무 벤치에 자리를 잡고 앉았다. 모두가 손을 잡고 걷는 거리. 나는 언 손을 주머니에 깊숙하게 찔러 넣고, 트리 끝에 달린 커다란 별 모양 장식을 바라봤다.

한여름, 구절초리의 풍경이 눈앞에 펼쳐지는 듯했다. 만나다방 문을 열던 날, 영춘 어르신이 땀을 뻘뻘 흘리며 가지고 온 거대한 화환과 그 꼭대기에서 빙글빙글 돌던 미러볼이 환영처럼 눈앞에 일렁였다. 구절초리에서 그런 과분하게 큰 것들을 받았기 때문일까. 예전엔 그렇게나 꼴 보기 싫었던 트리마저 예뻐 보였다.

키가 어른 허리쯤밖에 오지 않는 아이가, 아빠와 다정히 손을 잡고 내 앞을 지나갔다. 예전 같으면 그냥 고개를 돌렸을 풍경이지만, 이상하게 들여다보고 싶어졌다. 석재와 다운이 같아서, 웃음이 호탕한 게 꼭 영춘 어르신 같아서, 세련된 옷을 차려입은 게 원주 어르신 같아서, 불 앞에서 웍을 노련하게 다루고 있는 걸 보니 길자 어르신 같아서……. 핑계는 많았다. 내가 아는 누구와 닮았다는 이유로 누구라도 붙잡고 이런저런 말을 걸고 싶었다. 같이 차를 마시자고, 물회를 나눠 먹자고, 누군가의 험담을 하거나, 옛이야기를 몽땅 꺼내놓고 밤을 새우자고, 나만 알고 있던 진귀한 구경거리를 같이 보러 가자고, 순식간에 기분 좋아지는 달콤한 걸 나눠 먹자고······. 나는 주머니에 넣어두고 아까 먹던 사브레 한 조각을 꺼내 한 입 깨물었다. 구절초리에서 먹던 그 맛 그대로였다. 고소하고 달콤한 맛이 입안 가득 퍼져나갔다.

새벽이라 콜이 거의 잡히지 않았다. 배가 고파 근처에 자주 가는 편의점으로 바이크를 몰았다. 오늘 목표한 양은 얼추 채웠으니, 서두를 일은 없었다. 느긋하게 바이크를 몰아 번화가에서 조금 벗어난 골목 안으로 접어들었는데, 성능 좋은 바이크를 탄 라이더가 위협적으로 나를 지나쳐갔다.
"위험하게."
잠그지 않은 배달 박스를 덜컹거리며 멀어지는 바이크를 바라보다가, 무심코 고개를 돌렸다. 그 순간, 익숙한 차량 한 대가 시야에 들어왔다.
"설마······."
흰색 승합차 한 대가 빠른 속도로 달려, 큰 도로로 꺾어 들어갔다. 방향은 한강공원 쪽인 듯했다. 나도 바이크 속도를 끌어 올려, 승합차를 뒤쫓기 시작했다. 놓치고 싶지 않았다. 저 승합차 안에, 심야에만 문을 여는 퓨전 식당에서 '코리안 포크 피트'와 '톰얌 크림수프'를 포장해 먹던 3인조 어르신들이 타고 있을 것 같았다. 이 넓은 도시에, 수없이 많은 흰색 승합차가 있다는 건 잘 안다. 몇 분 뒤에 착각이라는 걸 알아차리고 실망하게 될 거란 것도. 하지만, 이 순간만큼은 3인조 어르신들과 함께 달리고 있는 것만 같았다. 그것만으로 충분히 좋았다.

승합차와 간격이 좁혀졌다. 핸들을 더 세게 틀어쥐고 속도를 높였다. 다리 위를 지날 무렵, 한강공원의 불빛이 눈앞에 펼쳐졌다. 잠시 한눈을 팔았던 게 화근이었다. 나는 가로등 불빛 아래 매끈하게 얼어붙은 살얼음을 보지 못했다. 순식간에 바퀴가 미끄러졌고, 핸들은 손을 완전히 벗어났다. 몸이 바이크에서 튕겨 나갔고, 나는 바닥에 그대로 떨어졌다.

헬멧 안으로 거칠고 무거운 내 숨소리만 들렸다.

모든 것이 정지한 듯한 순간이었다.

2

"CT상으로 큰 문제는 없어 보입니다만, 뇌진탕 가능성을 배제할 수는 없어요. 입원해서 경과를 좀 보는 게 좋겠는데, 환자분 보호자 언제 오세요?"

"보호자는 없고요. 그런데 선생님, 제가 이쯤 되면 저는 죽고 싶어도 못 죽는 사람이 아닐까 하는 생각이 들었거든요."

"네에."

"네? 맞다고요?"

"아뇨."

"그럼, 뇌진탕 오면 망상 증상도 포함되는 건지."

의사는 별다른 대답 없이 차트에 무심하게 몇 줄 끄적이더니, 내 얼굴을 한 번 더 쳐다보지도 않고 가운 자락을 휘날리며 다음 병실로 가버렸다. 나는 침대에 가만히 누워 천장을 바라보며, 영화 속에서 봤던 슈퍼 히어로들을 하나씩 떠올려보았다. 구절초리 어르신들의 밧줄 같던 근육들도 함께 겹쳐봤다. 혹시 나도, 그들처럼 특별한 몸을 가진 것은 아닌지. 불사의 몸이라거나, 아무리 다쳐도 다시 회복하는 그런 히어로가! 깊은 곳에서 힘이 불끈 솟아오르는 것 같았다. 몸을 일으켜보려 조금 뒤척였다가, 허리에서 벼락이라도 맞은 것 같은 통증이 느껴졌다.

"악! 너무 아파. 이런 주제에 히어로는 무슨."

스르륵 문 여는 소리가 들렸다. '뇌진탕이 맞다'거나 '당신은 슈퍼 히어로입니다' 같은 결과를 들고 의사가 병실을 다시 찾아온 걸까. 나는 뻣뻣한 고개를 간신히 돌려보았다.

"야, 강호구."

태수가 과일 음료 열 개들이 한 박스를 들고 달그락거리며 병실 안으로 들어서고 있었다. 정아 앞에선 빌빌대고, 툭하면 우는 표정에 가깝던 그 얼굴은 온데간데없었다. 대신, 태수는 만만한 사람은 가볍게 깔아뭉개려는 특유의 장난스러운 웃음을 지으며 다가왔다. 그는 별 인사도 없이 침대 옆 의자에 털썩 앉더니, 박스를 열어 병 음료 하나를 집어 들었다. 까드득 뚜껑을 비틀었다.

"목이 말라서."

태수가 눈을 찡긋거리며 음료수를 한입에 털어 넣었다.

"새벽에 무슨 과속을 그렇게 했냐? 경찰 연락받고 우리 정아가 얼마나 깜짝 놀랐는지 알아? 정아는 오늘 중요한 일정이 있어서 이 오빠가 대신 오지 않았냐."

마치 둘 사이에 그 어떤 껄끄러운 일도 없다는 듯 태수는 끊임없이 제 할 말을 쏟아냈다. 한 번도 원망이나 미움을 받아본 적 없는 사람처럼 뻔뻔했다.

"근데 솔직히 너도 내가 온 게 낫잖아. 한때 나 좋아했으니까. 그래서 우리의 그 끈끈한 파트너 관계도 잘 유지됐던 거고. 안 그래?"

태수는 처음 만났을 때와 하나도 변한 것이 없었다. 아무런 경계 없이 타인의 삶에 깊숙하게 들어와 제멋대로 휘젓고 다니던 태수. 한때는 나 같은 인생에도 찾아와준 그를 그저 특별하다고 여겼다. 사랑을 받아본 적도, 해본 적도 없었던 나였기에 그게 사랑이라 생각하고 살던 시절이 있었다. 상대는 그저 한없이 가볍게만 취급하는 관계를 붙잡고 끙끙대던 시절이.

"야, 호구. 정아한테 듣기는 했다만, 괴물 할머니들 얘기 좀 해줘봐. 재밌던데. 그 노친네들은 왜 돈 벌 기회를 그렇게 걷어차셨을까."

"함부로 괴물이라 하지 마. 그리고 왜 내가 호구야? 그렇게 치면 너는 태수가 아니라 재수야, 왕재수."

"좀 웃겼다. 괴물 할머니들 사이에서 좀 살다 왔다고, 괴물 기운도 좀 옮았나? 힘도 좀 세졌어?"

태수가 우스워 죽겠다는 표정을 지으며 나를 아래위로 훑었다. 그러곤 음료 박스에서 또 한 병을 꺼내 들었다.

"네가 호구인 이유? 이유는 많지. 보자……. 또 우리 호구님 이해 도와드릴게. 그렇지. 하나 생각났다. 내가 잘못해도, 네가 사과하는 거?"

"또."

"백 개는 더 얘기해줄 수 있을걸. 가족 같은 절친한테 좋아하는 남자 양보하는 거?"

뭐가 웃긴지 태수가 몸을 들썩이면서 웃었다. 화가 머리끝까지 차오르는 것 같았지만, 태수의 말에서 완전히 틀린 부분은 없었다. 그게 나였다. 호구였던 나.

"내가 오는 길에 가만히 생각해봤는데, 너와 나의 인연도 정아랑 너 사이만큼이나 끈질기게 이어진다는 거지."

"그래서."

"안아보자. 다리 부러진 거 아니니까 일어설 수 있잖아."

태수는 다 마신 음료병을 박스에 그대로 쑤셔 넣고, 자리에서 일어나 두 팔을 벌렸다. 어디로 튈지 모르는 태수의 말과 행동. 예전의 나는 늘 그가 원하는 대로 이리저리 휘둘리곤 했다. 탈수기에 던져진 물건처럼, 남은 한 방울까지 다 쥐어짜내지고야 마는 것이었다.

"안아보면 알지. 딱 느낌이 오면, 우리의 파트너십은 연장. 오케이?"

침대에서 몸을 일으켰다. 슬리퍼를 신지 않은 맨발이 병원의 차가운 타일 바닥에 닿았다. 서늘한 기운이 발바닥을 타고 머리끝까지 쭉 올라왔다. 종아리 아래부터 무언가 간질거리는 듯한 감각이 퍼졌다. 태수의 말을 그대로 빌리자면, 나도 뭔가 '느낌이 오는' 것이 분명했다. 태수를 향해 한 걸음 다가섰다. 그는 기분 나쁜 웃음을 지어 보이며, 무방비하게 몸을 낮춰 두 팔을 벌렸다.

"정아 몫까지……."

"우리 정아? 무슨 몫?"

구절초리 종합격투기 관람일에 만나다방 구석에 서서 수없이 연습했던 동작을 떠올렸다. 무릎을 살짝 구부려 무게중심을 낮춘다. 허리를 오른쪽으로 비틀고, 팔꿈치를 최대한 뒤로 보낸다. 부목이라도 댄 것처럼 팔을 꼿꼿하게 펴고, 주먹을 작은 돌이라도 쥔 것처럼 단단하게 만든다. 그리고 속으로 왼다. 나는 폭발적으로 튕겨 나갈 수 있는 스프링이다. 그 주문과 함께 나는 비틀었던 몸을 풀어 보이지 않는

궤적을 그리며 주먹을 정확하게 태수의 턱에 꽂아 넣었다.

뻑!

태수의 턱이 두 쪽으로 깨지는 듯한 소리가 정적을 뚫고 퍼져 나왔다. 순간적으로 태수의 두 발이 공중에 떠올랐고, 이내 뒤로 나자빠졌다. 핑크빛으로 물든 끈적한 태수의 침이 포물선을 그리며 공중을 날다가, 태수와 함께 바닥에 툭 떨어졌다. 완벽한 어퍼컷.

충격이 컸는지 태수가 쉽게 일어나지 못하고, 바닥에서 뒤척였다. 태수의 턱에 정확하게 꽂힌 주먹이 얼얼하게 아파왔다. 때린 사람도 꽤나 아프다는 걸 처음 알았다. 그제야 태수에 대한 분노가 더 선명해졌다. 불결한 것을 털어내듯, 손을 탁탁 털었다.

"나도 확실히 느껴지긴 했나 봐."

"호구 새끼가 미쳤나."

태수가 욕지거리를 뱉으며 자리에서 벌떡 일어섰다. 일을 저지르긴 했지만, 그다음은 아무 계획도 없었다. 자꾸만 안 좋은 생각이 떠올랐다. 나는 슬금슬금 비상호출 버튼 쪽으로 몸을 움직였다. 태수는 주먹을 꽉 쥔 손을 공중에서 흔들며 위협적으로 다가왔다. 아무리 무서워도 빌지 않을 테다. 무슨 일이 있어도 상황을 모면하기 위한 사과는 절대 하지 않을 거라 다짐하며 나는 눈을 질끈 감았다.

"뭐야!"

태수의 외침에 눈을 떴다. 태수의 몸이 공중에 떠올라 있었다. 발버둥을 치며 저항했지만, 아무 소용 없는 듯했다.

"영춘 어르신?"

태수를 들어 올린 건, 커다랗고 까만 판초 우의로 온몸을 가린 영춘 어르신이었다. 선글라스와 검은 마스크로 얼굴을 꼼꼼하게 가렸지만, 단박에 알 수 있었다.

"뭐긴 뭐야. 네가 찾던 괴물 노친네지."

영춘 어르신은 태수를 병실 밖으로 집어 던진 뒤, 문을 쾅 닫았다. 문에 뚫린 작은 창 너머로, 태수가 네발로 기듯 복도를 지나 도망갔다.

"다 보셨어요?"

"그럼. 다음에 어퍼컷을 할 때는 몸을 좀 더 비틀어서, 주먹을 조금 더 수직으로 올려야지."

"이 정도면 됐죠. 제가 종합격투기 선수 할 것도 아니고. 그나저나 병문안 오셨는데, 설마 빈손으로 오신 거예요?"

나는 태수가 가져다 놓고, 본인이 두 병이나 마신 음료 박스를 손으로 가리키며 장난스럽게 물었다. 영춘 어르신은 어깨를 으쓱해 보이더니, 대답했다.

"병문안 아니고, 보호자. 보호자가 병원 올 때 과일 음료 박스 사오는 거 봤나?"

보호자. 이렇게 멋진 보호자가 있는 환자가 이 병원, 아니 세계 어디에 있을까. 나는 그동안의 설움을 영춘 어르신께 죄다 쏟아내고, 엉엉 울고 싶은 것을 꾹 참았다. 영춘 어르신이 다 이해한다는 듯 내 옆으로 와 따뜻하고 큰 손으로 내 등을 쓸어주었다.

"길자랑 원주도 딱 너 어퍼컷 치는 장면까지 보고 갔다."

"어딜 가셨는데요?"

"길자는 네 병원비 수납하러, 원주는 출발 전에 맛집에서 뭐 포장할 게 있다고 차 몰고 어디를 갔어. 나도 이제 출발해야지."

"벌써 가시게요?"

"실은 오늘 밤부터 장례 축제가 열려. 너도 알다시피 체육대회랑 장례 축제가 우리 마을서 제일 큰 행사 아니냐. 도시에 나가 있는 마을 사람들도 다 돌아와서 함께 시간을 보낼 거야. 너도 구절초리 사람이니까 당연히 초대장으로 소식은 전해야 하고……. 딱 초대장만 주려고 했는데, 네가 또 이러고 있지 뭐냐."

영춘 어르신이 우의 안쪽 주머니를 뒤적이더니, 작은 봉투를 내밀었다. 봉투의 겉면엔 '강하고' 이름 석 자가 적혀 있었고, 뒷면엔 '장례 축제 초대장'이라는 큼지막한 글자가 쓰여 있었다. 나는 서둘러 봉투를 열었다.

구절초리 주민 강하고에게.

금복자의 장례 축제에 초대합니다.

금복자를 기억하는 모든 이가 함께할 수 있기를.

"장례 축제 때 말이다. 네가 금복자 차를 좀 만들어줬으면 하는데."

시간을 확인했다. 지금부터 서둘러 출발해도, 구절초리에 도착하면 어둑해질 것이었다. 망설일 이유가 없었다. 나는 대답 대신 얼른 환자복을 벗고, 옷을 갈아입었다. 영춘 어르신과 함께 병실 밖으로 나섰다.

"길자가 병원 쉼터 근처에서 기다리고 있다 그랬는데."

길자 어르신을 찾기 위해 주위를 두리번거릴 때였다. 건물 사이로 날카로운 겨울바람이 몰아치더니, 영춘 어르신의 판초 우의 모자를 훌렁 벗겨냈다. 반짝이는 은빛 보석 같은 머리카락이 바람에 흩날렸다. 어르신이 다급히 모자를 뒤집어쓰려는데, 병원 외부 쉼터에서 공놀이하던 아이가 슬며시 다가와 영춘 어르신의 옷깃을 잡아당겼다.

"할머니 SNS에서 봤어요."

"미안하구나. 놀라게 했지."

"아뇨. 저 '좋아요' 완전 열심히 눌렀어요. 할머니, 완전 개멋진 할머니잖아요."

"개멋져?"

"엄마가 그랬어요. 저 아픈 것만 나으면, 할머니처럼 엄청 힘도 세고, 멋있어질 수 있다고요."

영춘 어르신이 얼굴을 가리던 검은색 마스크와 선글라스를 벗어 주머니에 넣고는, 자세를 낮춰 아이와 눈을 마주쳤다. 영춘 어르신은 아이의 머리를 조심스럽게 쓰다듬어 주었다. 머리카락 한 올 없는 아이의 머리는 새싹이 돋기 전의 겨울 흙처럼, 따뜻하고 단단해 보였다.

3

 소복소복 하얀 눈이 내리기 시작했다. 영춘 어르신이 와이퍼로 앞 유리에 묻은 눈을 두어 번 밀어냈다.
 "다들 안전벨트 잘했지? 가자. 복자 언니 기다린다."
 영춘 어르신이 핸들을 잡은 승합차가 미끄러지듯 앞으로 달리기 시작했다. 앞서가던 차들을 모조리 추월하는 바람에, 차가 달리기 시작한 지 얼마 지나지 않아 승합차 앞을 가로막는 것은 아무것도 없었다. 원주 어르신이 손잡이를 꽉 쥐며 짜증을 냈다.
 "너, 영춘이. 이 봉고 엔진에다가 무슨 짓을 한 거지? 어찌 된 게 내 스포츠카보다 빠른 것 같으냐 말이야."
 "봉고 아니라니까. 봉고는 나이 많이 들어서 폐차한 지가 언젠데. 이 차는 신형이라고 내가 몇 번이나 말했잖냐. 너는 차를 그렇게 좋아하면서도, 내 차는 맨날 봉고라 그래."

영춘 어르신이 장난스러운 웃음을 지으며, 속도를 더 높였다. 원주 어르신이 눈을 질끈 감았다.

새로 뚫린 터널을 지나 구절초리로 들어섰다. 승합차는 능만산 앞에 부드럽게 멈췄다. 스타디움 쪽에서 흘러나오는 노랫소리와 왁자한 소음이 마을을 가득 채우고 있었다.

스타디움 안으로 걸어갔다. 체육대회가 구절초리의 1년 중 가장 큰 행사라고 했지만, 내가 보기에 장례 축제는 그보다 훨씬 더 화려하고 많은 사람으로 붐비는 것 같았다. 마치 유명 가수의 초대형 연말 콘서트, 아니면 열광적인 팬 미팅 같은 풍경이랄까. 축축한 숲속, 작은 통나무집에서 복자슈퍼를 운영했던 복자 어르신이 이토록 많은 사랑을 받으며 살아왔다는 사실이 온몸으로 느껴지는 듯했다.

"만나다방 부스는 미리 만들어놨다."

"제가 올지 어떻게 알고요."

"살다 보면, 이유 없이도 당연하게 일어나는 일들이 있으니까. 아무튼 우리는 할 일이 있어서 가보마."

스타디움 운동장 둘레를 따라 몇몇 부스들이 줄지어 서 있었다. 길자네 바다 식탁 부스 바로 옆에 만나다방 부스가 자리하고 있었다. 석재는 바다 식탁 부스에서 김이 모락모락 피어오르는 오징엇국을 그릇에 담느라 정신이 없었다. 나는 사람들 사이에서 조심스레 손을 흔들었다. 석재가 고개를 숙인 채 일에 몰두하느라 내 손짓을 보지 못했다. 한참이 지나 허리를 펴던 석재와 눈이 마주쳤다. 그 순간, 석재의 얼굴이 일그러졌다.

"어이구 석재야, 왜 우냐. 일이 많이 고되냐. 응?"

주변 어르신들이 놀란 얼굴로 걱정스레 물었다. 석재는 아무 말도 하지 않고, 그릇을 든 채 눈물을 뚝뚝 흘리고 있었다. 나는 두 팔을 벌렸다. 석재는 그릇을 내려놓고 내 쪽으로 다가왔다. 키만 커버린 아이처럼, 다운이와 꼭 닮은 얼굴을 하고서 내게 안겼다.

"반가워요, 하고 씨."

"저도요."

석재의 어깨가 조금 흔들렸다. 웃는 건지 우는 건지 알 수 없었지만, 품에서 전해지는 체온이 따뜻했다. 나는 등을 두어 번 가볍게 두드렸다.

"하필 내 오징엇국 푸는 차례에 그러고들 있어! 그만 끌어안고 나도 얼른 국 좀 퍼줘."

맨 앞줄에 선 동네 어르신 한 분이 빈 그릇을 흔들며, 장난스럽게 석재를 놀렸다.

만나다방 부스로 서둘러 들어가 '금복자 차'를 만들기 시작했다. 이름 없는 풀로 차 베이스를 잔뜩 만들고, 우유를 데웠다. 설탕을 아낌없이 콸콸콸. 바닐라크림을 휘핑해두었다가, 일회용 컵에 한 잔씩 낼 때마다 듬뿍 짜내었다. 사브레 과자를 부순 토핑과 떡, 캐러멜시럽을 뿌렸다. 대추밭 어르신이 가장 먼저 부스를 찾아와 '금복자 차'를 맛보았다.

"어우, 복자 언니는 이렇게 단 걸 좋아했다고?"

"복자 어르신이 그랬어요. 오늘의 단맛을 내일로 미루지 말라고."

"아무렴, 복자 언니가 그랬겠지. 입이 저릴 정도로 단 걸 먹으니, 복자 언니랑 아직 같이 살고 있는 것 같네."

밤이 깊어졌다. 축제는 절정에 이르렀다. 정신없이 음식을 나눠주고, 복자 어르신에 대한 기억을 나누던 부스들도 불이 꺼졌다. 스타디움 가운데 사람들이 하나둘씩 모여들기 시작했다. 각기 다른 크기의 풍등을 들고서였다. 풍등에 죽은 이를 위한 편지를 적는 게 구절초리의 전통이었다. 그중엔 내일 줘야지, 하고 미뤄두었던 복자슈퍼 외상값을 봉투에 넣어 붙여둔 사람도 있었다. 나는 풍등에 '금복자 차' 레시피를 적어두었다.

영춘 어르신이 커다란 징이 매달려 있는 단상 위에 올랐다. 그리고 성인 키만 한 기다란 채를 힘차게 휘둘렀다.
댕.

징소리에 맞춰 풍등이 일제히 떠올랐다. 빛나는 풍등이 별처럼 밤하늘을 가득 수놓았다. 은하수처럼 이어지는 풍등의 무리에 내가 띄운 풍등이 섞여 들어가는 걸 보고 있는데, 석재가 내 옆으로 슬그머니 다가왔다. 울음기 없는 말끔한 얼굴이었다.

"제가 보고 싶어서 온 거죠?"

"석재 씨 하나만 보고 이 시골 마을에 돌아오는 건 좀 그렇지 않나."

"빈말이라도 해주면 덧나요? 엉엉 운 사람 무안하게. 그나저나 하고 씨는 풍등에 뭐라고 썼어요?"

"금복자 차 레시피요. 거기에서도 달콤한 거 꼭 드시라고요. 석재 씨는요?"

"좀 도와달라고요."

"어떤 걸요?"

"다운이가 복자 어르신처럼 좋은 어른이 될 수 있게 도와달라고요. 그리고……."

"그리고?"

"하고 씨도 잘 지켜봐 달라고요."

운동장 한가운데, 밝은 빛을 내는 거대한 물고기 조형물이 떠올랐다. 마치 바닷속에서 헤엄을 치는 것처럼, 유유히 꼬리를 치고 지느러미를 일렁이는 물고기가 사람들의 머리 위를 지나갔다.

댕.

영춘 어르신이 또 한 번 징을 치자, 원주 어르신이 커다란 재봉 가위로 물고기 조형물과 땅을 이어주던 끈을 잘라냈다. 물고기는 깊은 바닷속에서 수면 위로 올라가는 것처럼, 여유로운 속도로 풍등 별이 수놓은 하늘로 떠올랐다.

"이렇게 죽는 것도 나쁘진 않네요."

"하고 씨, 그런 생각 마세요. 죽는다니요."

"더 잘 살고 싶어졌단 얘기예요. 좋은 사람들 곁에서 지내다가 따뜻한 작별 인사를 받으면서 떠나는 인생, 그게 하고 싶어졌어요. 단것도 내일로 미루지 않고, 때때로 미운 사람 어퍼컷도 시원하게 날리면서. 아름답고 멋지고 강한 그런 할머니가 될 때까지 살고 싶어요."

나는 슬며시 석재의 손에 내 손을 포갰다. 귀까지 빨개진 석재가 내 손을 힘주어 잡았다.

4

이른 아침, 목욕 바구니를 챙겨 부지런히 밖으로 나섰다. 현관문을 열자 밤새 내린 눈으로 세상이 온통 하얗게 변해 있었다. 도톰한 눈 이불 아래, 지난 모든 계절의 흔적이 뜨끈하게 몸을 지지고 있을 것 같았다. 나는 한참 그 풍경을 바라보다가, 아무도 밟지 않은 눈을 뽀득뽀득 밟으며 걸음을 옮겼다.

마을회관 옆에 솟아 있는 높은 굴뚝 위로, 눈구름 같은 하얀 연기가 피어오르고 있었다. 마을에 단 하나뿐인 공중목욕탕이 열리는 특별한 날이었다. 언 손을 입으로 호호 불어 녹이며, 공중목욕탕의 문을 열고 들어섰다.

나는 '여탕 입구'라고 쓰인 나무문 앞에서 망설였다. 구절초리 공중목욕탕에 온 것도 처음이었지만, 실은 목욕탕이라는 데를 처음 와본 셈이었다. 어린 시절, 골목에서 뽀얀 얼굴이 되어 바나나우유를 마시며 엄마 손을 붙잡고 집으로 돌아가는 또래 친구들을 보면서 부러워하기만 했다. 목욕탕은 어린아이 혼자 들어가긴 좀 어려운 곳이었으니까. 한참 어른이 되었는데도, 나는 그 입구 앞에선 어쩐지 어린 시절의 내가 되는 기분이었다.

"일찍 일어나는 새가, 더 깨끗한 물에 목욕하는 법!"

영춘 어르신이 다가와 내 어깨를 툭 가볍게 두드렸다.

"어르신, 잘 주무셨어요?"

"너도 이제 잘 알다시피 우리는 잘 자는 게 문제가 아니야. 잘 일어나야지. 아핫핫핫핫핫!"

"잘 일어나셨어요?"

"그럼, 오늘도 잘 일어났다."

영춘 어르신이 내 어깨에 손을 올리고서 목욕탕 문을 열었다. 목욕탕 안에 가득 차 있던 훈훈하게 데워진 수증기가 훅 끼쳐 들어왔다. 공기 속에 은은한 비누향이 섞여 있었다. 밖은 언제 녹을지 기약할 수 없는 흰 눈이 산더미처럼 쌓여 있는데, 목욕탕 안은 장마가 가까운 무더운 여름날처럼 습하고 더웠다. 문 하나만 통과했을 뿐인데, 완전히 다른 세상에 온 것 같았다. 긴 터널을 지나면, 그 누구도 몰랐던 힘센 할머니들의 마을 구절초리가 있는 것처럼.

 탈의실 사물함 앞에 서서 나는 계속 주변을 살폈다. 목욕탕 이용하는 방법을 몰랐다. 하는 수 없이 영춘 어르신이 하는 그대로 보고 따라 했다. 그런 내 마음을 읽기라도 했는지, 영춘 어르신은 홀렁홀렁 걸치고 있던 옷을 벗어 사물함에 던져 넣고는, 장난스러운 표정을 지었다. 실오라기 하나 걸치지 않은 자세로 두 팔을 번쩍 들고, 한쪽 다리는 홍학처럼 들었다.

 "아핫핫핫! 이것도 따라 해야 목욕탕에 들어갈 수 있는 거야."

 "놀리지 마세요."

 "목욕탕 한 번도 못 와본 사람처럼, 왜 그리 두리번거리는 거야?"

 "진짜 한 번도 못 와봤으니 그렇죠."

 "왜 목욕탕엘 한 번도 안 가봐."

 "목욕탕 입장권이 없어서 그랬죠."

 "돈만 내면 되지. 요즘 도시에는 입장권 받는 곳도 있어?"

 "엄마가 입장권이죠. 저는 엄마 없어서 목욕탕에 한 번도 못 들어가봤어요."

 영춘 어르신이 내 맨살을 찰싹 소리가 나게 때렸다.

 "그럼 너는 오늘 30년도 더 묵은 때를 벗겨야 하는 거네."

영춘 어르신이 마른 수건 하나를 어깨 위에 걸쳐놓고 앞장섰다. 나도 수건 하나를 어깨 위에 걸고 뒤따랐다.

연녹색 타일이 바닥부터 천장까지 빼곡히 덮인 목욕탕. 벽면을 따라, 수영을 해도 좋을 만큼 길게 뻗은 냉탕이 있었다. 냉탕의 끝에는 인공 폭포가 떨어지고 있었는데, 원주 어르신이 긴 머리를 늘어뜨리고 수련하는 도인처럼 물을 맞고 있었다. 목욕탕 가운데에는 꽤 많은 인원을 수용할 수 있을 만한 큰 온탕이 있었다. 온탕 안에는 할머니들 대여섯 명이 붉어진 얼굴을 하고서 같은 말을 반복했다.

"어흐. 시원하다."

온탕 안에 살며시 손을 집어넣었다가 너무 뜨거워서 깜짝 놀랐다. 몇 초만 더 있어도 그대로 익은 고기가 될 것만 같아 들어갈 엄두가 나지 않았다. 샤워기 자리에 가서 대충 몸을 씻고 집에 가야겠다는 생각뿐이었다. 그때였다.

"제대로 퉁퉁 불려야 30년 묵은 때가 시원하게 밀리지."

영춘 어르신이 나를 번쩍 들어 온탕 안에 집어넣었다. 끓는 물에 던져진 개구리처럼, 나는 온탕에서 버둥거렸다.

시간이 지나자, 온몸이 튀겨질 듯 뜨겁던 물에도 서서히 익숙해졌다. 나는 상체까지 깊숙이 몸을 담갔다. 얼마 전부터 구절초리 구보대에서 함께 뛰기 시작했더니, 근육통이 심했다. 그런데 뜨끈한 온탕에 몸을 담그자, 신기하게도 몸을 이루는 마디마디가 하나씩 풀려가는 기분이었다.

　나도 어르신들처럼 '어흐' 하고 소리를 내며 몸을 담그고 있었다. 그때, 목욕탕 문이 조심스럽게 열리더니, 수줍은 자세로 옥분 어르신이 들어섰다. 그리고 그 뒤로, 입꼬리를 씰룩이며 따라가는 영춘 어르신을 보았다. 나는 옥분 어르신에게 위험하다는 신호를 보내려 손을 마구 흔들었다. 그 신호를 알아차리지 못한 옥분 어르신이 나를 향해 웃어 보였다. 그게 그녀의 마지막 웃는 모습이었다. 영춘 어르신이 옥분 어르신을 번쩍 들어 온탕에 집어 던졌고, 옥분 어르신은 괴성을 지르며 온탕에서 파닥거렸다. 이제야 옥분 어르신의 집에 대문이 생겼는데, 그의 담벼락이 올해는 얼마나 더 높이 쌓일지 가늠조차 되지 않았다.

　"자아. 이제 다들 얼추 불리셨지요?"

　탕에 있던 사람들도, 찜질방에 있던 사람들도 목욕탕 의자를 하나씩 들고 가운데로 모이기 시작했다. 나도 덩달아 의자 하나를 집어 대열에 함께 자리했다. 커다란 온탕 주위에 서로의 등을 보는 자세로 둥근 원을 만들어 앉았다.

　"묵은때를 시원하게 벗겨주자고요."

　모두가 일제히 한 손에 때밀이 장갑을 꼈다. 나도 목욕 바구니에서 때밀이 장갑을 꺼내 손에 끼워 넣었다. 장갑에 비누를 톡톡 두드려 펴 바른 뒤 눈앞의 등에 손을 가져다 댔다. 커다란 배의 노를 젓는 것처럼, 누군가 구령을 붙이면 거기에 맞춰 신나게 등 위를 쓸어냈다. 지난해에 차마 털어 내지 못했던 묵은 것들이 우수수 쏟아졌다. 내 뒤에 앉은 영춘 어르신의 엄청난 힘에 등 피부가 통째로 벗겨져 나가는 것 같았지만, 이상하게 시원하다는 말이 절로 나왔다.

"자자, 물 한 바가지 끼얹고!"

등에 따뜻한 물 한 바가지가 끼얹어졌다. 영춘 어르신이 때밀이 장갑을 낀 손으로 박수 치는 소리를 냈다. 뒤를 돌아보았다. 그는 마치 단단한 나무를 대패질이라도 할 것처럼, 두 팔을 번갈아가며 스트레칭하고 몸을 풀고 있었다. 영춘 어르신이 씩 웃었다.

"구절초리에서는 엄마 없어도 돼. 괜찮다. 이것 봐라."

목욕탕은 참 이상한 곳이었다. 한 번 말했는데도, 목소리가 매끄러운 타일에 반사되어 여러 번 돌아왔다. 나는 영춘 어르신의 목소리를 듣고 또 들었다.

"가족이 별것 아니더라고. 맛있는 거 나눠 먹고, 서로 간섭하고, 등 밀어주고. 이런 게 가족이지. 엄마 없는 게 대수인가. 여기 할매들은 엄마 없은 지 오래야. 아무도 신경 안 쓴다. 우리를 뭐라고 부르면 좋으려나. 그래. 거대가족. 구절초리 거대가족!"

따뜻한 물 한 바가지가 촤악, 소리를 내며 등 위에 끼얹어졌다. 밀린 등 부분이 파스를 바른 것처럼 시원했다. 그 위에 뽀얀 새살이 차오를 것 같아서, 새로운 일들이 차곡차곡 쌓일 것 같다는 기분 좋은 생각이 밀려 들어왔다.

가만히 귀를 기울였다. 물안개가 낀 것 같은 뿌연 실내에, 사람들의 웃음소리가 스며들었다. 등을 절대 내어주지 않겠다는 옥분 어르신과 거친 말을 쏟아내는 원주 어르신 사이의 실랑이 소리도 들려왔다. 때론 한해 농사지은 것들에 대해, 어선 수리에 대해, 도시에 나가는 일정에 대해. 마을 사람들이 생각하고, 고민한 것들이 한데 뒤엉켰다. 온탕 위에서 가볍게 둥둥 떠다니고 있었다.

에필로그

"우린 봐주고 그런 거 없어!"

영춘 어르신은 단호했다. 흙바닥에 주저앉아 있다가 엉덩이에 묻은 먼지를 털어내며 일어섰다. 양 옆구리에 두 손을 갖다 대고, 두 다리는 어깨보다 조금 더 넓게 벌려 단단하게 지면을 딛고 섰다. 배에 힘을 주고, 영춘 어르신의 눈을 똑바로 응시했다.

"이건 공평하지가 않잖아요!"

"출발선 똑같지, 수레 무게 똑같지, 결승선 거리까지 똑같은데 뭐가 공평하지가 않다는 말이냐."

"어르신들이 좋아하는 종합 격투기 선수들도 다 체급별로 싸우는데 체급 자체가 다르잖아요. 출발선이 완전히 다른 거라고요."

"여든 다 되어가는 할머니들을 못 이겨먹어서 악을 바락바락. 구절초리 온 지 1년이 다 되었는데 몸이 아직 그게 뭐냐. 억울하면 운동을 좀 더 열심히 해보시든가."

"타고난 체력에 운동 중독인 할머니들을 제가 어떻게 따라잡아요?"

영춘 어르신이 양손으로 두 귀를 막고 돌아섰다. 나는 씩씩대며 모래가 가득 실린 수레의 손잡이를 잡았다. 예선 경기는 참가자들이 직접 출발선으로 수레를 다시 가져다 놓는 것까지가 일이었다. 힘을 주어 수레 손잡이를 누르자, 수레의 뒤쪽이 들어 올려졌다. 구절초리에서 먹고, 자고, 뛰며 서서히 자라나기 시작한 근육이 팔에서 미세하게 움찔거리는 게 느껴졌다. 지난해보다 더 단단해진 종아리로 땅을 박차며, 팔과 어깨에 힘을 주어 수레를 당겼다.

출발선으로 돌아와 수레를 잘 세워둔 뒤 안내 부스로 향했다. 주머니에서 꼬깃꼬깃하게 구겨진 '제77회 구절초리 체육대회' 종목별 참가 확인증을 꺼냈다. 1톤 모래 수레 끌기 대회 예선란에 '탈락' 도장이 인정사정없이 찍혔다.

"남은 종목도 예선 탈락일 게 뻔하지만, 참여하는 게 중요하댔어."

볼멘소리를 하면서도 남은 일정을 꼼꼼히 확인했다. 줄줄이 예선에서 탈락하더라도, 적어도 올해의 기록이 남는 셈이었다. 내년의 체육대회에서 지난해의 나보다 얼마나 강해졌는지, 또 성장했는지를 알기 위해서라도 최선을 다하고 싶었다.

스타디움을 나와 팔을 힘차게 앞뒤로 치며 경보를 하듯 걸어 구절초리의 초여름 풍경 속으로 궁둥이를 씰룩이며 들어갔다. 잘 구워진 빵 같은 흙 위에 키가 훌쩍 자란 농작물들이 푸른빛으로 반짝였다.

딸랑.

만나다방 문을 열고 들어갔다. 모래사장을 얼마나 뛰어다녔는지, 흙투성이가 된 두콩 2세가 몸을 부르르 털며 내 뒤를 따라왔다. 이번 주는 체육대회 예선 때문에 단체 주문이 꽤 많은 편이었다. 오후에 예약된 주문을 처리하려면 지금부터 서둘러야 했지만, 나는 잠시 숨을 고를 겸 주방으로 들어가 이른 아침에 우려둔 이름 없는 차 베이스를 냉장고에서 꺼냈다.

"다 먹고살자고 하는 일이니까."

목이 긴 유리컵에 얼음을 가득 넣고, 순서대로 재료를 넣었다. 색색깔의 다양한 층이 유리컵에 쌓였다. 더위로 유리컵에 이슬이 금세 맺히기 시작했다. 나는 시원한 촉감이 느껴지는 유리컵을 들고 해변으로 나갔다. 따뜻하게 닿는 모래의 감촉이 좋았다. 음료를 한 모금 마시려는데, 나를 부르는 소리가 들렸다. 조금 떨어진 곳에서 은색 그릇을 든 석재가 활짝 웃으며 손을 흔들고 있었다.

"하고 씨! 뭐 드세요?"

"만나다방 올여름 신메뉴요."

"이름이 뭔데요?"

"드디어 완성한, '강하고 차'예요!"

나는 손에 들고 있던 유리컵을 석재가 잘 볼 수 있도록 높이 들어 올렸다. 석재가 한 손으로 엄지를 세우느라, 은색 그릇을 위태롭게 한 손에만 쥔 채 거의 뛰듯 내게 다가오기 시작했다. 그가 한 걸음 내디딜 때마다, 그릇에 가득 찬 물회의 붉은 국물이 찰랑이며 출렁이다가 이내 공중으로 튀어 올랐고, 방울방울 떠오른 국물은 햇빛을 받아 한낮의 별처럼 흩어져 반짝였다.

그 반짝임을 뚫고, 석재가 내게로 오고 있었다.

내 이름을 소중히 여기는 사람.

내가 강하고 아름다운 할머니가 될 수 있도록 응원해주겠다는 그런 사람이.

작가의 말

집 근처 주민센터에 들러 화장실에서 볼일을 보는데, 손바닥만 한 광고판에 적힌 문구에 눈길이 오래 머물렀습니다. '한 아이를 키우는 데는 온 마을이 필요하다.' 그때 저는 '완전히 망가진 외로운 사람이 어딘가에서 회복하는 이야기'를 막연히 떠올리고 있던 시기였습니다. 볼일을 마치고 자리에서 일어섰습니다. (물 내렸습니다. 걱정하지 마세요.) 문득 이런 생각이 스쳤습니다.

다 자란 어른이 회복하는 데도 온 마을이 필요해.

그 순간, 아주 힘세고 멋진 구절초리의 할머니들이 제게 처음 말을 걸어오는 듯했습니다. 굵은 밧줄처럼 단단한 이두박근을 불끈거리며, 잘 단련된 팔을 높이 뻗어 이리 오라고 손짓하면서.

주민센터를 나와 집으로 가는 길, 철거가 한창인 재개발 구역을 지나쳤습니다. 무엇이었는지 알 수 없을 만큼 부서진 건물들 사이, 드물게 형체를 유지하고 있는 집들이 있었습니다. 그중 붉은 벽돌의 5층 건물, 반쯤 깨진 꼭대기 창문을 가만히 바라보다가, 저 대신 구절초리에 가게 될 '강하고'를 떠올렸습니다. 초대도 여행도 아닌, 흰색 승합차에 납치되어 구절초리에 도착하게 될 주인공을요. 『강하고 아름다운 할머니가 되고 싶어』는 그렇게 시작됐습니다.

운동을 참 좋아합니다. 20대 시절엔 태권도와 복싱을 즐겨 했고, 30대 후반에 접어든 최근엔 여성 축구부에 들어가 공을 차고 있습니다. 운동신경이 좋은 편도 아닌데, 운동을 왜 좋아하는지 곰곰이 생각해본 적이 있습니다. 그러면 어김없이 함께 운동했던 사람들의 얼굴이 떠오르곤 했습니다. 함께 몸을 길게 늘어뜨려 스트레칭하고, 있는 힘껏 달리고, 풍기는 땀 냄새를 오히려 자랑스러워 하던 그런 사람들. 단순히 운동을 좋아했다기보다는, 운동하는 사람들과 함께하는 시간을 좋아했던 겁니다. 구절초리의 1년 중 가장 큰 행사가 '구절초리 체육대회'가 된 것도, 어쩌면 당연한 일이었는지 모릅니다.

과장을 조금 보태자면, 아름다운 마을 구절초리에, 살면서 만나고 싶었던 사람들을 모두 불러와 앉혀놓고 한껏 수다를 떨고 한바탕 웃고 울다 보니 초고가 저절로 써진 기분이었습니다. 그래서 초고를 탈고하고 나서는 조금 아쉬운 마음도 들었지요. 이제 나는 어디에서 이런 멋진 사람들을 만날 수 있을까. 철거를 앞둔 빈집에 남겨진 강하고처럼 쓸쓸한 마음이 되기도 했습니다. 하지만 그 마음은 오래가지 않았습니다. 허구의 세계에만 존재한다고 생각했던 구절초리의 사람들이 결국은 내 곁의 사람들이었다는 사실을 새삼 깨달았기 때문입니다. 다정하고, 씩씩하고, 아름다운 사람들. 그들이 모델이 되어주지 않았다면, 이 소설은 완성하지 못했을 겁니다.

늘 묵묵히 딸을 응원해주시는 나의 첫 어른, 부모님. 장편소설이라는 고단한 과정에 통닭과 족발을 수혈해준 동생. 두콩의 모델이자 작업할 때마다 시린 무릎을 데워준 반려견, 우주. 의기소침해질 때마다, 무조건 당신이 최고라고 말해주는 도토리. 이 이야기의 변천사를 다 꿰고 있을 정도로 모든 버전의 원고를 읽어주며 위로가 되어준 문우. 무엇보다도, 신원주의 택배 무덤처럼 쌓인 무수한 이야기 속에서 『강하고 아름다운 할머니가 되고 싶어』를 발견해준 출판사

클레이하우스에 감사의 마음을 전합니다.

2025년 7월

김슬기

강하고 아름다운 할머니가 되고 싶어

초판 1쇄 발행 2025년 7월 9일
초판 3쇄 발행 2025년 8월 25일

지은이 김슬기

편집 조은혜
디자인 STUDIO 보글
일러스트 유니키스트
마케팅 한민지, 신동익
제작 ㈜공간코퍼레이션

펴낸이 윤성훈 **펴낸곳** 클레이하우스㈜
출판등록 2021년 2월 2일 제2021-000015호
주소 경기도 파주시 회동길 363-21, 2층
전화 070-4285-4925 **팩스** 070-7966-4925 **이메일** clayhouse@clayhouse.kr

ISBN 979-11-93235-60-7 (03810)

- 책값은 뒤표지에 있습니다.
- 파본은 구입하신 서점에서 교환해드립니다.
- 이 책은 저작권법에 의하여 보호를 받는 저작물이므로 무단 전재와 복제를 금하며, 이 책 내용의 전부 또는 일부를 이용하시려면 반드시 저작권자와 출판사의 서면 동의를 받아야 합니다.

클레이하우스㈜가 더 나은 책을 펴낼 수 있도록 의견을 남겨주시거나 오타를 신고해주세요.
QR코드에 접속해 독자 설문에 참여해주신 분께 추첨을 통해 선물을 드리겠습니다.